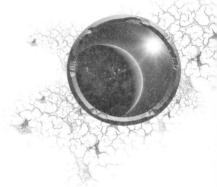

이계진입 리로디드 15

임경배 퓨전 판타지 소설

초판 1쇄 찍은 날 § 2018년 1월 23일
초판 1쇄 펴낸 날 § 2018년 1월 30일

지은이 § 임경배
펴낸이 § 서경석

편집책임 § 이지연

펴낸곳 § 도서출판 청어람
등록번호 § 제387-1999-000006호
등록일자 § 1999. 5. 31
어람번호 § 제1-2837호

주소 § 경기도 부천시 부일로 483번길 40 서경B/D 3F (우) 14640
전화 § 032-656-4452 팩스 § 032-656-4453
http://www.chungeoram.com
E-mail § chungeorambook@daum.net

ISBN 979-11-04-91615-1 04810
ISBN 979-11-04-90529-2 (세트)

RELOADED

임경배 퓨전 판타지 소설

FUSION FANTASTIC STORY

이계진입 15 [완결]
리로디드

도서출판 청어람

CONTENTS

RELOADED

이계진입
리로디드

Chapter 1

비밀II

알리타의 영향력을 파악하고 나자, 릴스타인은 당시의 상황에
대해서도 가설을 세울 수 있었다.

　─이계 마력로가 또 다른 제국의 후계자와 나 자신을 구별하
지 못하고 마력을 투입한 것이라 판단된다.

　시스템 입장에선 알리타도 적용 대상의 일부였다. 그녀가 평
범하게 마법만 쓸 때는 영향력이 그리 크지 않았지만, 이계소환
술이라는 명백한 '루스클란 혈족'의 힘을 쓰자 영향력도 커졌다.
　시한이 헛웃음을 흘렸다.
　"마음껏 마력을 때려 부어버렸나? 하긴, 그러니 그런 엄청난
사태가 일어날 수밖에."

단정 짓는 것이 아니라 가설이라고 한 이유는 릴스타인 본인도 진실을 확인할 방법이 없기 때문이었다.

은밀성을 위해 이계 마력로의 마력 전이는 차원 기류를 이용하도록 설계했다. 문제는 저 차원 기류를 릴스타인 본인도 감지할 수 없다는 것이었다.

루스클란의 유적을 이용한 시스템이다 보니, 오직 루스클란의 혈족만이 파악할 수 있었다.

이계소환술과 비슷하다. 설령 차원력을 지닌 다른 존재가 있다 해도, 그는 루스클란의 이계소환술을 쓸 수는 없다. 차라리 자신만의 다른 이계소환술은 개발할 수 있을지언정.

술식 자체가 오로지 루스클란에 특화되어 있는 것이다.

"비유하자면 주파수가 서로 다른 상황인 거군, 이거."

왜 자신이 이계소환술을 못 쓰는지 알 것 같았다. 중얼거리다 말고 성시한은 문득 고개를 갸웃거렸다.

"가만, 그럼 릴스타인도 이계소환술은 못 쓴다는 소린가?"

이건 꽤나 희망적인 정보다. 시한의 표정이 살짝 밝아졌다.

그리고 카렌과 알리타의 반문에 금방 도로 어두워졌다.

"휘하에는 무신급과 초인급이 그렇게 득실거리는데, 이계 마물이 굳이 필요나 할까요?"

"게다가 여기에도 써 있잖아요. 자신만의 독자적인 이계소환술을 개발할 수는 있다고. 릴스타인이라면 그 정도는 가능하지 않을까요?"

"그, 그런가?"

좋다 말았다. 실망하며 시한은 다시 영상으로 눈을 돌렸다.

성시한과 달리 릴스타인은 어쨌든 간접적으로라도 루스클란의 차원력을 다루고 있다. 그럼에도 막상 차원 기류는 감지하지 못했다.

자격은 되는데, 차원력이 못 미쳤다.

100미터급인 알리타에겐 가능한 일이 50미터급인 릴스타인에겐 불가능한 것이다.

따로 설비를 통해야만 확인이 가능했다. 하지만 적색 상아탑에 돌아와 확인할 때쯤엔 이미 시간이 지날 대로 지난 후였다.

이후 릴스타인은 이렇게 기록하고 있었다.

—확인할 수는 없었지만 정황을 볼 때 저 가설은 사실일 가능성이 매우 높다. 그러므로 앞으로의 대처 역시 가설이 사실임을 가정하고 움직이기로 했다.

틈나는 대로 이계 마력로 술식을 재검토한 뒤 그는 결론을 내렸다.

—너무 복잡하게 술식이 얽혀 있어 더 이상 손을 댈 방법이 없다.

이 문제를 해결할 방법은 하나뿐이었다.

—두 조건을 일치시키면 된다.

제국의 진정한 후계자와 최강의 루스클란 차원력을 지닌 이가 동일 인물이라면 오류도 발동하지 않는 것이다.

—알리타라는 소녀를 제거할 필요가 있다. 어차피 시한과 동행하고 있으니 한꺼번에 처리하면 될 것이다.

＊　　　　＊　　　　＊

알리타는 안심했다.

"다행이네요. 저 문제만은 릴스타인도 해결을 못 했으니."

시한이 어이없어하며 물었다.

"좋아할 때가 아니잖아, 알리타?"

이건 그녀 역시 최우선 척살 대상이 되었다는 의미다.

"이제부턴 릴스타인이 네 목숨도 집요하게 노릴 거란 소리인데?"

"어차피 여기까지 와버렸는데요, 뭘? 시한이 죽고 나면 난들 무사하겠어요?"

말로만 하는 소리가 아니라 정말 대수롭지 않게 여기는 표정이었다. 아무리 그래도 제 목숨이 걸린 문제인데 저렇게 태연하게 넘어갈 수 있을까?

생각해 보니 알리타는 원래 그랬다.

'아, 얘 원래 낙천적으로 부정적인 성격이었지.'

또다시 영상 위로 이런저런 마법 연구에 대한 기록이 이어졌다.

대부분 이계 마력로에 관한 내용이었다. 덕분에 시한은 그에 대한 상세한 정보를 얻을 수 있었다.

이계 마력로는 103인의 크림슨 나이츠와 동결된 보충 인원 280명의 마력을 묶어 거대한 권능으로 바꾸는 장치였다. 물론 현시점에서 280명이며, 추가로 지구인을 소환하거나 크림슨 나이츠의 숫자가 줄어 보충할 경우도 있을 테니 실제 수치는 좀 더 유동적일 것이다.

특이하게도 알파 시리즈는 이계 마력로의 대상에서 벗어나 있었다.

'왜 알파 시리즈는 대상이 아닌 거지? 뭐가 달라서?'

그에 관련된 추가 기록이 보였다.

―성시한이라는 표본을 얻지 못했기에 기존의 무신급 소드하이어 양성 계획은 시행할 수 없었다. 대신 선별한 지구인의 육체, 그리고 세뇌를 통해 흔들리지 않는 충성심을 지니게 된 테라노어인의 영혼을 합일해 무신급 소드하이어를 만들었다.

놀란 시한이 눈을 크게 떴다.

"…영혼을 합일시켰다고? 그런 것도 가능하단 말이야?"

릴스타인이 네크로맨시 계열 마법에도 조예가 깊다는 건 잘 알고 있었다. 하지만 저 정도일 줄은 미처 몰랐다. 인간의 영혼조차 멋대로 다룰 수 있다니, 이미 반쯤은 신적인 존재가 된 셈이 아닌가?

덕분에 알파 시리즈는 크림슨 나이츠와 전혀 다른 존재가 되었다. 테라노어인의 영혼 덕분에 릴스타인의 정신 지배망에서 벗어났고 이성도 지니고 있었다.

'가만? 정신 지배에서 벗어났다면…….'

순간 시한의 표정이 밝아졌다.

'그럼 알파 시리즈는 마음만 먹으면 릴스타인을 배신하는 것도 가능하다는 소린가?'

그리고 이내 실망했다.

릴스타인도 그 점은 충분히 염두에 두었기에, 이미 여러 안전책을 마련해 둔 것이다.

굳건한 충성심을 영혼에 각인시키고 정체성 혼란을 방지해 기억도 지웠으며 정신 조작을 통해 스스로에 대한 의문도 없앴다.

정신 지배를 당하고 있는 것은 아니라 해도, 무조건 충성을 다하는 정신 조작은 걸려 있으니 결과적으로는 마찬가지다.

'쳇, 그 정도는 신경 썼나, 역시.'

그렇게 릴스타인은 알파 시리즈의 충성심을 확보했다. 하지만 그럼에도 문제는 남아 있었다.

정신 지배망에 속한 것이 아니니, 크림슨 나이츠의 업그레이드 방식도 사용할 수 없었다.

─미리 지구인의 육체에 투기술 데이터와 실전 경험을 입력한 뒤 테라노어인의 영혼을 합일함으로써 기본적인 전투 성능은 충족시켰다. 그러나 합일한 이후 더 이상의 추가 데이터를 입력하는 것은 불가능했다.

마력 역시 연결시킬 수 없었다. 애초에 시스템에 속해 있지 않은 존재니까.

이것이 알파 시리즈가 이계 마력로의 대상이 아닌 이유였다.

기록이 이어졌다.

—개선점을 마련해야 한다.

딱히 알파 시리즈의 마력에 대한 개선점은 아니었다.

어차피 크림슨 나이츠와 보충 인원만으로도 마력은 차고도 넘친다. 릴스타인도 저 점은 신경도 쓰지 않았다.

—현재의 방식으론 무신급 소드하이어를 양산할 수 없다.

무신급 소드하이어를 만들기 위해서는 합일시킬 영혼의 경지가 최소 기사급 이상은 되어야 한다. 기사급 소드하이어 중 완벽하게 세뇌시킬 수 있는 영혼은 극히 귀하고, 그 영혼과 궁합이 맞는 지구인의 육체는 더욱 귀하다.

—모든 조건을 만족시키자니 고작해야 다섯 명밖에 만들 수 없었다. 또 다른 적합한 영혼과 육체를 발견한 후에야 추가로 인원을 보충할 수 있으리라.

무신급 소드하이어 양산 계획은 절반의 성공에 불과했다. 알파의 경우엔 그저 운이 좋았을 뿐이었다.

우연히 제일 먼저 소환한 지구인이 특별한 육체를 지니고 있었고, 뛰어난 재능을 지닌 테라노어인의 영혼과 궁합도 좋았다. 릴스타인이 의도해서 저 정도의 강자가 탄생한 것은 아니다.

모두를 돌아보며 성시한이 피식 웃었다.

"이건 꽤나 희망적인 이야기인데? 적어도 다음에 만날 때 무신급이 열댓 명씩 나타나지는 않겠어."

우드로우와 비렛타도 미소를 보였다.

"그러게 말입니다. 적어도 시간적 여유가 좀 더 생겼군요."

"승산이 조금 올라갔네요."

전혀 기대하지도 않았던 귀중한 정보를 얻었다. 카렌도 오랜 의문을 풀었다는 듯 고개를 끄덕였다.

"어쩐지 그들의 말투나 행동이 내내 어색하다고 생각했어요. 이질적인 육체와 영혼이 강제로 합쳐졌으니 그럴 법도 하네요."

알파 시리즈에 대한 기록이 끝났다. 다시 이계 마력로의 사용 효율에 대한 내용으로 돌아갔다.

이어진 것은 릴스타인의 진신 마력에 대한 정보였다.

지구인은 성시한처럼 인간의 한계에 다다른 마력 축적이 가능하다. 그런 지구인이 거의 400명 가까이 모였으니 그 총량은 실로 무시무시한 것이었다.

의외로 릴스타인은 저 모든 권능을 전부 자신의 진신 마력과 연결하지는 않았다.

아무리 무한대의 탄약이 있다 해도 무한대로 총탄을 발사할 수는 없다. 그 전에 총열이 달구어져 망가질 테니까.

마찬가지로 무한한 마력이 있다지만 릴스타인이 그 모든 힘을 한꺼번에 다룰 수는 없는 것이다.

집중력이나 정신력 등의 문제도 있고 총열에 해당하는 기맥의 한계도 존재한다.

그래서 릴스타인은 이계 마력로의 일부만을 자신의 진신 마력과 연결했다.

그 정도로도 충분하기 때문이었다. 저 상태만으로도 이미 성시한의 3배에 달하는 마력 출력량을 지니게 되며, 총 마력량은 20배를 넘어간다.

게다가 릴스타인 개인이 직접 구사하는 마력이 저 정도이고 다른 방식이라면 그 이상도 충분히 다룰 수 있었다. 간접 방식, 이계소환술이나 결계 같은 마력 설비를 이용하는 식이면 아무 문제가 없다.

실피스와 콘라드가 창백한 안색으로 말했다.

"정말 무지막지한 권능이네요……."

"정면으로 부딪쳤다면 승산 따윈 전혀 없었겠습니다, 이거."

시한이 고개를 끄덕였다.

"그나마 이제 좀 돌파구가 생겼지."

저 이계 마력로를 무력화할 수 있다면 릴스타인의 마력도 원상태로 돌아가리라.

문제는 그 원상태라는 게 '인간의 한계에 다다른 마력을 보유한, 고금 제일의 지식과 지혜를 지닌 플로어 마스터'로 돌아간다는 의미다.

원래 상태라고 해서 만만한 것은 결코 아닌 것이다.

"뭐, 그래도 손도 발도 못 쓸 때에 비하면 훨씬 낫잖아?"

시한의 말에 알리타도 동의했다.

"그리고 이계 마력로를 부수면 시한의 마력도 원래대로 돌아오는 거잖아요? 그럼 좀 더 승산이 높아지지 않을까요?"

곧바로 설치된 장소에 대한 정보도 흘러나왔다. 위치를 확인한 성시한이 표정을 구겼다.

"젠장, 역시 저곳이었나?"

이계 마력로는 필라 오브 임페라토르 지하층 서쪽 구역에 위치해 있었다. 동결된 지구인들을 보관하는 보존 장치 역시 마찬가지였다.

그가 침투했던 수정탑과 그리 멀리 떨어지지 않은 것이다.

차원 기류를 통해 마력 흐름을 감춘 탓에, 바로 근처까지 갔었음에도 아무것도 못 느끼고 도로 나와 버렸다.

'아쉽네…….'

시한은 혀를 찼다.

'들어간 김에 같이 처리해 버렸으면 일이 엄청나게 편해졌을 거 아냐?'

하지만 그는 이내 미련을 버렸다.

원래 세상일이란 건 그렇게 만사 뜻대로 돌아가지 않는 법. 그 상황에서 붙잡힌 지구인마저 찾겠다고 돌아다니다가 들키기라도 했다면 어떤 결과가 나왔을지는 모르는 일이다.

'무사히 빠져나온 것만으로도 만족해야지.'

게다가 곰곰이 생각해 보니 과연 당시의 판단이 옳았다.

만약 운 좋게 저 장소를 찾았다 치자. 그리고 간혀 있는 280명의 지구인과 마주쳤다 치자.

'그럼 어쩔 건데?'

달랑 세 명이서 280명이나 되는 지구인을 구한 다음, 저 대인원을 이끌고 무신급 소드하이어 2인과 초인급 소드하이어 30인, 수십 명의 전투 마기언이며 홍룡기사단과 싸워가며 탑을 탈출하라고?

'말도 안 되는 소리지.'

심지어 그것도 단기 결전이어야 한다. 시간을 끌면 주둔 중인 크림슨 나이츠 수십 명과 비번인 적색 상아탑의 마법병단, 4,000의 수도 경비대까지 몰려온다.

어차피 결과는 다르지 않다.

설령 동결된 지구인들을 발견했다 해도 당시 성시한이 선택할 길은 '일단 놔두고 나중에 구하자'가 될 수밖에 없는 것이다.

'물론 이게 마력로를 그냥 두고 온 것은 아쉬운 일이지만⋯⋯.'

그 시스템을 부숴 버렸다면 릴스타인의 마력 문제를 한 번에 해결할 수 있었을 것이다.

그런데 그 상황에서, 아무런 정보도 근거도 없는데 갑자기 '왠지 저 번쩍번쩍한 정체 모를 마법 시설이 부수고 싶은걸? 어디 한번 박살 내볼까?'라는 생각이 들 리가 있을까? 한가한 것도 아니고 절대 들켜서는 안 되는 상황이었는데?

시한은 피식 웃었다.

'그쯤 되면 내가 미친놈이지.'

릴스타인의 비밀을 파악한 것만으로도 충분히 성공했다. 그 이상을 바라는 건 망상일 뿐이다.

"다시 한 번 릴스타인이 델스트로이를 비우면 그때를 노려봐야지."

시한의 말에 알리타가 고개를 갸웃거렸다.

"릴스타인이 다시 왕도를 비울까요? 이번에 필라 오브 임페라토르를 공격당했잖아요?"

"켈테론 말에 따르면 그럴 거라던데? 애당초 그 이유로 탑을 한번 휘저어놓은 거기도 하고."

"아, 하긴."

켈테론은 뭔가 수를 쓸 때, 가능한 한 여러 이득을 취하도록 계획을 짠다. 이번 탑 공격도 단순히 릴스타인의 공간 이동 가능 범위만을 확인하고자 저지른 짓은 아니었다.

"이제 저 지구인들을 어떻게 구해낼지가 관건이네."

한층 밝아진 얼굴로 성시한은 훔쳐낸 정보를 마저 확인했다.

그렇게 잠시 시간이 지났다.

점점 시한을 비롯한 모두의 안색이 어두워졌다. 카렌이 우울한 목소리로 말했다.

"…생각보다 간단한 일이 아니네요."

동결된 지구인을 구하는 건, 단순히 보관 설비에서 꺼낸 다음 마법이나 신성술로 회복시키면 되는 문제가 아니었다.

크림슨 나이츠와 마찬가지로 릴스타인은 보충 인원에도 동등한 수준의 안전장치를 걸어놓았다. 이들은 봉인에서 풀려나면 자동으로 죽어버리는 것이다. 어차피 '보관'이 힘든 거지 '채집'이 힘든 건 아니니까!

보존 설비가 일정 수준 이상으로 부서지거나 이계 마력로가 무력화되어도 결과는 같았다. 봉인된 지구인들의 목숨이 일종의 인질인 셈이다.

알리타가 치를 떨었다.

"대체 사람 목숨을 얼마나 하찮게 봐야 이런 짓을 할 수 있는 거죠?"

반면 창천기사단은 각오를 다진 표정이었다. 에세드와 콘라드, 실피스가 굳은 목소리로 중얼거렸다.

"최선을 다해 그들을 구할 방법을 찾아야겠지만……."

"정 방법이 없다면……."

"최악의 상황도 각오는 해야겠군요."

성시한이 인상을 썼다.

"그게 무슨 소리야? 죄 없는 지구인 280명을 모조리 죽이자고?"

비렛타가 고개를 저었다.

"이대로 릴스타인을 내버려 두면 더 많은 죄 없는 이들이 죽어갈 거예요."

이들은 이미 한 번 대의를 위해 죄 없는 이들이 죽어가는 걸 본 것이다. 바로 루스클란의 어린 황족들.

우드로우가 한숨을 쉬었다.

"세상엔 어쩔 수 없는 상황이란 게 있지요. 시한 대장도 아시잖습니까? 그동안 우리가 죽인 크림슨 나이츠 역시 죄 없는 지구인들입니다. 그들과 이들이 뭐가 다른 겁니까?"

시한의 말문이 막혔다. 깊은 침묵이 좌중을 휘감았다.

"안 돼요."

고요를 깬 것은 카렌이었다.

"우린 이미 그것이 잘못된 일이란 걸 알아요. 알면서 잘못을 되풀이할 순 없어요."

"하지만 정녕 다른 방법이 없다면 어쩌시겠습니까?"

에세드의 질문에 카렌이 부드러운 미소를 띠었다.

"그렇다면 패배할 수밖에요."

그녀의 눈빛은 조금도 흔들리지 않았다.

"그릇된 방법으로 승리한 이들이 어떻게 되었는지, 지금 세상이 보여주고 있잖아요?"

지금 당장 릴스타인과 싸워야 할 처지는 아니다. 아직은 다른 방법을 찾을 시간적 여유가 있다.

당면한 문제는 일단 미루고, 시한 일행은 영상을 마저 살펴보았다.

이후에도 훔쳐낸 정보는 꽤나 많이 남아 있었다. 하지만 별로 건질 것은 없었다.

대부분 릴스타인 개인의 자잘한 마법 연구 기록이나 필라 오브 임페라토르 운영에 관한 이야기였다.

전자는 대세에 별 영향을 주지 않고, 후자는 이미 켈테론도 파악하고 있는 정보다.

군데군데 릴스타인 개인의 시시콜콜한 신변잡기도 적혀 있었다. 오늘 뭘 먹었으며 몇 시에 자고 몇 시에 기상을 했는지도 세밀하게 기록해 놓은 것이다.

보다 말고 알리타가 중얼거렸다.

"정말 열심히도 기록해 놨네요?"

시한이 대꾸했다.

"원래 마기언들은 하나같이 기록광이니까."

"우리한테는 다행이네요. 릴스타인이 따로 기록을 해놓지 않았다면 비밀을 훔칠 수도 없었을 텐데."

동시에 좀 허술하다는 생각도 든다.

"애초에 이렇게 자료를 보관하지 않았다면 비밀이 샐 일도 없었을 것 같은데……"

"에이, 그건 아니지."

성시한이 실소하며 말했다.

"비밀 샐 걸 염려해서 연구 자료를 보관하지 않는 마기언이 세상에 어디 있겠어?"

릴스타인이 아무리 천재라도 그 많은 정보를 다 외우고 다닐 수는 없는 것이다.

범죄 조직이 증거 남을 줄 뻔히 알면서 굳이 이중장부 만드는 이유가 무엇이겠는가? 조직 운영에 반드시 필요해서다.

저 말은 '컴퓨터 안 쓰면 해킹당할 일도 없을 텐데, 왜 컴퓨터를 쓰지?'란 소리나 같다.

"알리타, 너도 요새는 스펠 북에 마법 연습한 거 열심히 적어 놓잖아?"

"그래야 다음에 연습할 때 참고가 되니까… 아, 그런 거구나?"

납득하며 알리타가 고개를 끄덕였다.

여전히 영상은 별 상관 없는 정보들을 계속 토해내고 있었다. 보다 보니 점점 지루해진다.

이미 릴스타인의 마력에 대한 비밀을 충분히 알아냈으니 목표도 달성한 셈이었다. 아무래도 집중력이 점점 떨어질 수밖에 없었다.

'그렇다고 기껏 목숨 걸고 훔쳐낸 건데 전부 확인하지 않을 수도 없잖아?'

그러던 중이었다. 갑자기 시한이 안색을 굳혔다.

"어? 저건 뭐지?"

이계 마력로와 관련된 새로운 정보였다.

카렌이 고개를 갸웃거리며 소리 내어 읽었다.

"…사상(思想) 고정 광역 결계진?"

릴스타인은 이계 마력로의 일부만을 자신의 진신 마력으로 삼았다. 자료에 따르면 대략 지구인 30여 명의 마력이 그와 직접적으로 연결되어 있었다.

또한 필라 오브 임페라토르와 4대 상아탑 등의 다양한 결계와 마도구 운용에 지구인 60여 명의 마력이 추가로 투입되었다.

합치면 대충 100명 남짓, 그런데 릴스타인이 지배하고 있는 지구인의 숫자는 거의 400에 달한다.

그럼 남은 마력은 과연 어디에 쓰고 있는 걸까?

이어진 내용은 그 마력의 사용처에 대한 릴스타인의 기록이었다.

*   *   *

초대 황제, 루스클란 대제는 불로불사를 꿈꾸며 지구의 마력을 노리다가 실패했다. 하지만 그 이론 자체가 틀린 것은 아니었다.

현실적으로 제한적인 불로불사는 가능하다고 릴스타인은 기록하고 있었다.

─카렌은 훌륭한 사례다. 그녀는 강력한 신성력과 고유의 재생 능력을 바탕으로 변치 않는 젊음을 손에 넣었다. 불로(不老)의 존재가 되는 데 성공한 셈이다. 외부의 영향으로 인해 육체가 한도 이상으로 훼손되면 결국 죽게 되니 불사(不死)라 할 수는 없겠지만 충분히 근접한 상태라 볼 수 있다…….

카렌을 돌아보며 시한이 놀라 물었다.

"어, 그럼 카렌은 이대로 늙지 않고 수천 년씩 살 수 있는 거야?"

그녀 역시 당황하고 있었다.

"그, 글쎄요?"

어째 자신이 십 년 전부터 영 늙지 않는다고 생각하긴 했지만, 그것이 영원히 젊게 산다는 의미라곤 생각도 못 했다.

"그냥 남들보다 노화가 좀 더딘 게 아닐까요? 한낱 인간에게 저런 게 가능할 리가…….."

"애당초 한낱 인간은 목이 잘린 다음 도로 붙이지도 못하지 않아?"

"아, 뭐, 그렇긴 하지만… 아무리 그래도……."

당황하는 카렌의 등 뒤에서 질시와 선망이 뒤섞인 목소리가 들려온다.

"안 늙는대……."

"영원히 20대래……."

"좋겠… 부럽……."

순서대로 알리타, 실피스, 비렛타였다. 그냥 여기 모인 여성 전원이라 하겠다.

손을 저으며 시한이 애써 화제를 바꿨다.

"저건 어디까지나 릴스타인의 말일 뿐이잖아? 실제로 어떤지는 모르는 일이지."

그리고 다시 기록을 읽어갔다.

"연구를 통해, 나는 인간 한계의 17배에 달하는 진신 마력의 소유자라면 마법으로도 비슷한 효과를 낼 수 있다는 것을 확인했다……."

*   *   *

충분한 마력이 있다면 불사는 무리더라도, 늙지도 병들지도 않는 육신은 충분히 손에 넣을 수 있다. 그리고 나는 이미 그 이상의 힘을 손에 넣었다.

나는 족히 수천 년 동안 테라노어를 지배할 준비가 되어 있었다.

이제 남은 것은 테라노어가 수천 년 동안 지배당할 준비를 해두는 것이리라.

흔들리지 않는 통치란 어떤 것일까?

그것은 피지배자가 지배자에게 저항하지 않는 통치를 뜻하는 것일 터다.

역사적으로 지배자는 피지배자의 저항을 막기 위해 다양한 방법을 써왔다. 그리고 저 방법들은 결국 세 가지로 귀결된다.

자비로운 통치를 펼치거나, 강력한 군사력을 통해 공포로 억누르거나, 혹은 둘 다 시행하거나.

첫 번째는 성군의 통치요, 두 번째는 폭군의 통치이며, 세 번째는 명군의 통치라 할 수 있다.

내가 평범한 왕이라면 세 번째를 선택했을 것이다. 평범한 인간의 수명을 지니고, 평범하게 수십 년이라는 인간의 생애 동안 군림하는 왕이라면.

하지만 저 방식은 수천 년의 지배에는 맞지 않는다.

처음엔 의식주만 해결되어도 아무 불만이 없던 이라도, 그 상황이 당연해지면 또 다른 불만을 느끼게 된다. 그 불만을 잠재우기 위해 더욱 행복한 세상을 만든다 해도 그 상황이 당연해지면 같은 일이 반복될 뿐이다.

이미 시한의 세계를 통해 증명되었다.

그토록 놀라운 문명 속에서, 그토록 황당할 정도의 편의에 길들어져 있음에도 지구인들은 결코 행복해하지 않았다. 그들은 여전히 불만을 토했고 여전히 불행해했다.

인간의 욕심은 사라지지 않는다.

아무리 행복한 세상을 만든다 해도, 아무리 부유하고 풍요로워도 인간은 결코 만족할 수 없다.

나는 인간의 불만, 그 자체를 없애야 한다는 결론에 도달했다.

그리고 테라노어 전역에 펼치는 정신 조작 마법, 사상 고정 광역 결계진을 창안했다.

＊　　　＊　　　＊

릴스타인이 고안한 '사상 고정 광역 결계진'의 효능은 의외로 단순했다.

범위 내의 모든 인간의 무의식에 정해진 명령을 심는 것.

그 범위란 게 테라노어 대륙 전역이다 보니 스케일이 어마어마하긴 했지만, 기본적으로는 간단한 마법이었다.

그러나 시행만은 결코 단순하지 않았다.

일단 테라노어인에겐 완벽한 정신 지배가 먹히지 않는다. 소환된 지구인들과 달리 자기 목숨을 버리거나 하는, 본능을 거역하는 정신 지배를 걸 수는 없다.

모든 인간이 큰 거부감 없이 받아들일 수 있는 명령이어야 했다.

또한 복잡한 명령을 입력할 수도 없었다. 대륙 전체의 모든 인류에게 적용시키려다 보니 아무리 마법 술식을 철저히 만들어도 고작 하나의 명령을 내리는 것이 한계였다.

확실한 명령어를 찾기 위해 릴스타인은 수정탑 내에 가상 인간 사회를 설정하고 시뮬레이션을 돌려보았다.

처음 내린 명령은 이것이었다.

"릴스타인에게 절대 거역하지 말라."

바로 문제가 생겼다.

일개 백성은 릴스타인이 누군지 피상적으로밖에 모르는 것이다. 그저 엄청난 마기언이고 영웅이며 테라노어의 지배자, 백성들이 아는 건 이 정도다. 이래서야 릴스타인이 눈앞에 없으면 복종 명령도 사라져 버린다.

그래서 수정 사항을 적용했다.

"왕에게 절대 거역하지 말라."

이것도 문제가 있었다.

국정 업무는 왕 혼자서 처리하는 것이 아니다. 신하와 관리들 역시 필요하다.

저래서는 왕의 명령에만 복종할 뿐 사회 전반으론 달라지지 않는 것이다. 결국 사회가 혼란해지거나 하여 목숨이 위태로워지면 본능이 명령을 능가하고 저항 세력으로 발전할 가능성이 크다.

이번에는 명령어를 좀 바꿨다.

"상급자의 명령에 복종하라."

결과는 실로 개판이었다.

인간 사회란 건 상, 하급자가 딱 정해지는 것이 아니라 수시로 바뀌는 법이다. 상급자였던 이가 하급자가 되는 순간 명령어 자체가 꼬여 대규모 혼란이 일어났다.

릴스타인은 반성했다.

이는 그리 단순하게 생각할 문제가 아니었다.

예상치 못한 변수가 일어나도 여전히 질서를 유지하고 사회 혼란을 막을 수 있는, 보다 근본적인 키워드가 필요했다.

고심 끝에 그는 하나의 명령을 찾아냈다.

"현실에 만족하라."

완벽한 명령어였다. 저 단순한 명령만으로도 백성들은 더 이상 저항 의지를 보이지 않았다. 관리들 역시 청렴결백해졌다. 인간들의 탐욕이 크게 사라지고 사소한 기본적인 욕구만 남았다.

하지만 이 역시 세대가 바뀌면서 심각한 문제점을 드러냈다.

현실에 만족한다는 것은, 미래를 대비하지 않는다는 의미도 되는 것이다.

농민들은 씨를 뿌리지 않았다. 학자는 공부를 하지 않았다. 상인은 돈을 벌려 하지 않았다.

천천히, 가상의 인류 사회 전체가 사멸해 갔다.

기겁하며 릴스타인은 바로 명령어를 거두었다. 그리고 고민하고 또 고민했다.

대체 어떤 키워드여야 가장 완벽하게 백성들의 저항 의지를 꺾으면서 사회를 무난히 유지할 수 있을까?

역사를 뒤지고 또 뒤졌다. 며칠에 걸친 고민 끝에 그는 선인의 지혜에서 답을 얻었다.

의외로 해답은 가까운 곳에 있었다. 멀리 갈 것도 없이, 현시대에서도 많은 지배층이 저 지혜를 실제로 활용한다.

가장 완벽한 명령어는 이것이었다.

"나쁜 일이 생기면 자신을 원망하라."

모든 문제가 해결되었다.

배를 곯아도 자신이 일을 하지 않은 탓, 병에 걸려도 평소 몸

관리를 하지 않은 탓, 세상이 어지러워져도 자신이 본분을 제대로 지키지 않은 탓.

모든 것이 자기 잘못이었다.

스스로 반성하고 노력해야 할 일이었다.

백성들은 통치자를 원망하지 않았다. 원망이 없으니 저항도 없었다. 저항이 없으니 대적자도 존재하지 않았다.

릴스타인은 결과에 크게 흡족해했다.

저 마법이 발동하면 더 이상 테라노어의 어느 누구도 그에게 반감을 지니지 않게 될 것이다.

인류 전체에게 사랑받으며 영원히 군림할 수 있으리라!

＊　　　　＊　　　　＊

아연실색하며 시한은 입을 쩍 벌렸다.

"맙소사……."

다른 이들 역시 비슷한 표정이었다.

"이 무슨……."

"저런 미친……."

차라리 릴스타인이 신이 되려 하거나, 지구를 정복하려 하거나 했다면 이렇게까지 놀라진 않았을 것이다. 그 정도는 상상할 수 있는 범주 내였으니까.

"아니, 어떤 의미에선 신이 되려 한 것일 수도 있겠군요."

에세드가 굳은 목소리로 말했다.

"단지 우리가 생각하는 그런 초월적인 존재의 신이 아닐 뿐."

저대로라면 릴스타인은 모두에게 사랑받는 존재가 될 것이다.

사랑받을 이유가 없어도, 무슨 짓을 어떻게 해도, 그것이 아무리 이해가 가지 않는다 해도, 사람들은 스스로 이유를 만들고 의심치 않으며 맹목적으로 따르게 될 테니까.

그야말로 '인간의 신'이다.

우울한 목소리로 카렌이 말을 받았다.

"…차라리 광제가 나을 지경이네요."

이후 릴스타인은 이렇게 기록하고 있었다.

─설령 이계의 초인이 나타나거나, 소수의 깬 자가 사상 고정 광역 결계진에 저항하는 경우가 생긴다 해도 문제는 없다. 그 정도는 알파 시리즈와 크림슨 나이츠로 얼마든지 처리 가능하다.

진정 릴스타인을 꺾고 싶다면 세력을 규합하고, 동료를 모으고, 민심을 이끌어야 한다. 바로 십 년 전 성시한이 그랬던 것처럼.

─이는 있을 수 없는 일이다. 세상 모든 일을 자신의 탓으로 돌리는 백성들은 결코 저들에게 호응해 주지 않을 테니까.

그걸로 릴스타인의 기록은 끝났다. 영상이 사라지고 붉은 금속구가 빛을 잃었다.

깊은 침묵이 흘렀다. 다들 말을 잇지 못하고 있었다.

"……."

한참 후에야, 시한이 고요를 깼다.

"릴스타인을 막아야 해."

막아야 한다.

저 결계진 발동을 막지 못하면 성시한은 철저히 고립될 것이다. 아니, 그 문제를 떠나 테라노어 전체가 미쳐 돌아가게 된다.

"다행히 아직은 발동되지 않았다고 했으니⋯⋯."

훔쳐낸 정보에 따르면 사고 고정 광역 결계진은 대략 40% 정도 완성된 상태였다. 진행 속도를 볼 때 아직 한 달 남짓의 시간이 남았다.

"이것 참, 느긋하게 굴 때가 아니었잖아?"

시한이 에세드를 돌아보았다.

"켈테론과도 상의를 해봐야겠어. 지금 델스트로이로 돌아갈 수 있을까?"

그가 난처해하는 표정을 지었다.

"아직 계엄령 상태일 텐데요? 위험하지 않겠습니까?"

성시한이 그 난리를 피운 지 고작 6일밖에 지나지 않았다. 벌써 계엄령을 거두고 일상으로 돌아갔을 리가 없다.

"그런가⋯⋯."

시한이 고민할 때였다.

"굳이 델스트로이로 안 돌아가도 켈테론 후작과는 접선할 수 있을 것 같은데요?"

뭔가 생각난 듯 알리타가 손가락을 세어보았다.

"우리가 필라 오브 임페라토르를 뒤집어놓은 게 공간 통로 활용도를 파악하려는 이유만은 아니잖아요? 예정대로라면 지금쯤 델스트로이가 아니라 가스탈 시티에 가 있지 않을까요?"

"벌써 날짜가 그렇게 됐나?"

반색을 하며 시한은 몸을 일으켰다.

"그럼 바로 출발하자. 지체할 여유가 없어."

Chapter 2

Fire starter

릴스타인은 의문에 빠져 있었다.

"시한 녀석이 대체 무슨 짓을 한 걸까?"

모르는 것이 생기면 해결하지 않고는 직성이 풀리지 않는 성격이었다. 그때마다 철저한 연구를 통해 호기심을 해소해 왔다.

그런데 아무리 조사해도, 아무리 가설을 세우려 해도 대체 무슨 수로 크림슨 나이츠의 경비 태세를 피할 수 있었던 건지 모르겠다!

"미치겠군."

의아한 부분은 또 있었다.

수정탑의 자료를 빼낸 성시한은 탈출 과정에서 필라 오브 임페라토르를 거하게 부수어 버렸다. 그냥 잠입 도중 발각된 것이라면 별로 이상한 일이 아니겠지만, 릴스타인은 시한이 수정탑의 자료를 빼냈다는 사실을 알고 있었다.

즉, 지하층까지 몰래 침투해 놓고 정작 빠져나갈 땐 일부러 난동을 부렸다는 소리다.

"왜 그랬지?"

혹시 탈출에까지 신경을 쓰기 귀찮아서 그랬던 걸까?

말은 된다. 어차피 볼일 다 봤으니, 굳이 탈출에 시간을 끌 바엔 가로막는 거 죄다 부숴 버리면서 최대한 빠르게 탑을 벗어나는 것이 오히려 안전하다는 판단을 내렸을지도 모르지.

"아니면 그냥 목적을 달성한 뒤 긴장이 풀려서 실수한 것일지도?"

그럴 수도 있다. 성시한도 사람이고, 사람이라면 실수를 안 할 수 없다. 어쩌면 기절시킨 경비가 깨어났을 수도 있고…….

릴스타인은 인상을 썼다. 끼워 맞추면 어떻게든 말이야 되겠지만, 단순하게 결론을 짓기엔 뭔가 석연치가 않았다.

진짜 이유를 알게 된 것은 다음 날이었다.

하이어 엔다윈이 허겁지겁 보고를 올렸다.

"브렌탈과 바로스가 탈출했습니다, 폐하!"

사파란 왕국을 제어하기 위해 릴스타인은 브렌탈 국왕을 일부러 살려두었다. 하이어 바로스와 하이어 베르패스 역시 마찬가지였다. 저들을 볼모 삼아 흑사자 기사단과 퀸즈 나이츠의 저항을 막았다.

이후 베르패스는 전향하고 릴스타인 밑으로 들어갔다. 그리고 은형기사단으로 이름을 바꾼 퀸즈 나이츠의 수장이 되었다.

반면 브렌탈과 바로스는 끝까지 릴스타인에게 굴복하지 않았다. 그래서 내내 왕성 지하의 감옥에 갇혀 있었다.

그 두 사람이 지금 탈옥했다는 것이다.

"언제 탈옥한 거지?"

릴스타인의 질문에 엔다윈이 조심스레 답했다.

"7일 전, 새벽입니다."

"…그런데 탈옥한 사실을 이제야 알아챈 건가?"

릴스타인은 분노한 기색을 보였다.

"대체 관리를 얼마나 허술하게 했기에 이런 일이 생길 수 있 단 말인가?"

간수들 목을 모조리 쳐야겠다며 릴스타인이 중얼거릴 때였 다. 엔다윈이 설명을 이었다.

"그것이… 환영 마법으로 두 사람이 갇혀 있는 것처럼 위장했 기에 간수들도 전혀 모르고 있었습니다. 그러다가 오늘 아침에 야 사실을 알게 되어서……."

"왕실 감옥엔 철저한 마법 방어 결계가 설치되어 있는데 무슨 헛소리인가? 말도 안 되는 변명이다!"

"결계는 모두 파괴되었습니다."

"그렇다 해도 파괴된 시점에서 경고가 울렸을 것이 아닌가?"

말하다 말고 릴스타인의 표정이 바뀌었다. 이유를 알아챈 것 이다.

"…그러고 보니 그 경고 마법을 관리하는 장소가 필라 오브 임페라토르 북쪽 구역이었군."

시기도 딱 맞다. 7일 전 새벽이면 정확하게 성시한이 탑을 휘 저은 그때다.

"아마도 양동작전이었던 듯합니다."

말하다 말고 엔다윈은 의아해했다.

릴스타인이 후련해하는 표정을 짓고 있었다. 보통, 뒤통수 맞은 사람은 저런 표정을 짓지 않는다.

"폐하?"

"하, 이제야 이해가 되는군."

실제로 릴스타인은 홀가분해하고 있었다. 그까짓 브렌탈과 바로스의 탈옥보다는, 호기심이 해소되지 않은 쪽이 그에겐 더 큰 일이었던 것이다.

'그렇다고 저게 하찮은 일로 치부할 문제는 아니지만.'

바로 안색을 굳히며 릴스타인이 물었다.

"그들의 행방에 대해선 파악했나?"

"레트릴 공이 열심히 수색 중이나 아직은 성과가 없는 듯합니다. 무엇보다, 오늘 아침에야 알아낸 사실이니까요."

아무리 유능한 탐색자라 해도 일 터지고 몇 시간 되지도 않아서 성과를 낼 순 없는 법이다. 릴스타인도 납득했다.

"일단 백호기사단과 흑사자 기사단 쪽 동태부터 확인하고 있습니다. 두 사람이 모습을 드러낸다면 역시 저쪽부터일 테니까요."

"추가로 정보가 들어오면 바로 보고하도록."

"예, 폐하!"

엔다윈이 도로 방을 나갔다. 혼자가 된 릴스타인은 한 번 더 웃었다.

"역시 세상에 이유 없이 일어나는 일은 없는 법이라니까."

이제 남은 의문은 하나뿐.

"…그래서 지하층은 대체 무슨 수로 몰래 들어간 거지?"

*　　　　　*　　　　　*

가스탈 시티는 릴스타인 왕국 북부 국경과 마주한 사파란 왕국의 남부 도시 중 하나였다.

정확히 말하면 저 지리적 위치는 틀린 표현이다. 이미 테라노어 전역이 릴스타인의 것이 되었으니, 릴스타인 왕국 중부에 위치한 구사파란 왕국의 도시 중 하나라고 해야 옳을 것이다.

하나 대륙이 통일된 지 얼마 되지 않은 터라 여전히 사람들에겐 육왕국 시절 기준이 익숙하고, 아직까진 저런 표현이 유지되는 중이었다.

그 가스탈 시티의 관저에서 화려한 연회가 열리고 있었다. 중앙에서 온 높은 귀족을 맞이하기 위함이었다.

한 접시에 족히 금화 한 닢이 넘는 온갖 산해진미가 테이블을 가득 메운다. 아리따운 옷을 입은 무희들이 귀족 옆에 찰싹 붙어 온갖 시중을 든다.

"이것도 드셔보시옵소서, 나리."

"오냐, 맛있구나."

"부채를 부치겠사옵니다."

"그래그래."

일견 방탕하기 짝이 없는 광경이었다. 그러니 이 연회를 즐기는 귀족 역시 방탕하기 짝이 없는 자여야 할 것이다.

그러나 시중드는 무희들은 지금, 자신들이 모시는 이 염소수염의 중년 귀족을 보며 꽤나 헷갈려 하고 있었다.

"그것도 먹어보자꾸나."

"예, 나리."

"이것도 맛있구만. 캬, 역시 비싼 값 하네."

화려한 해산물 요리를 입에 넣고 오물오물 씹은 뒤 크게 만족한 표정을 짓는다. 그리고 이내 얼굴을 찌푸리며 손짓을 한다.

"덥다, 이것들아. 좀 더 열심히 부쳐보아라."

무희들이 먹여주는 음식을 오물거리며 켈테론은 양손으로 연신 서류를 넘겼다.

그렇다.

그는 이 화려한 연회를 벌여놓고도, 행정 업무를 손에서 놓지 않고 있었다.

무시무시한 속도로 서류를 작성하고 다음 서류로 손을 가져가는데, 그 분량이 족히 사람 키와 맞먹는다. 무희들은 보기만 해도 머리가 지끈거릴 정도로 방대한 양이다.

그걸 빠르게 처리하는 모습은 실로 유능하고 성실한 관리의 표본이었다. 방탕과는 거리가 멀었다.

그렇다고 방탕하지 않다고 하기에도 애매했다. 간간히 무희들 가슴이나 엉덩이를 더듬으며, 그 와중에 충분히 여색도 밝히는 것이다.

"으히히, 가끔 손가락을 풀어줘야 일하기 편하지?"

그래놓고 바로 서류 작업으로 돌아가 버리지만.

"가만있자, 다음 안건이……."

무희들은 혼란에 빠졌다.

'이분은 도대체……'

'방탕한 거야, 아니면 성실한 거야?'

어쨌든 켈테론 본인에겐 매우 만족스러운 상황이었다.

맛있는 음식으로 입이 즐겁고, 아리따운 여인들을 옆에 끼고 노니 사내로서도 즐겁고, 적성에 맞는 일거리들로 정신까지 즐거우니 이 어찌 완벽한 연회가 아닐 수 있으랴?

그렇게 열심히 일과 놀이를 병행하다 말고 켈테론이 기지개를 켰다.

"아그그~ 어깨가 쑤신다. 주물러라, 요것아."

"예, 나리."

마사지를 받으며 그는 잠시 생각에 잠겼다.

'음, 이걸로 공식 업무는 대충 정리가 되었군.'

가스탈 시티에서의 켈테론의 공식 업무는 '구사파란 왕국군의 재편에 따른 기저 행정 및 보급 처리'였다. 이는 혹독한 서류 작업을 통해 거의 마무리되었다.

하지만 가스탈 시티에 온 진짜 이유는 이것만이 아니었다. 그에겐 또 다른 업무가 있었던 것이다.

'브렌탈 폐하와 바로스 공은 지금쯤 무사히 빠져나갔으려나?'

탈옥시킨 두 사람을 무사히 가스탈 시티까지 탈출시키고, 재기에 필요한 군자금을 대주는 것이 이 도시를 찾은 비공식적인 이유였다.

저 군자금을 마련하기 위해 얼마나 열심히 움직였던가?

새로 인맥을 쌓은 릴스타인 휘하 귀족들에게 다양한 이권을 팔아넘겼고, 구육왕국의 귀족 중 중앙으로 끈을 대려는 이들로부터도 상당한 액수를 챙겨두었다. 반릴스타인 연합의 귀족들로부터 받아 챙긴 일명 '혁명 자금'도 어마어마했다.

그야말로 탐관오리의 표본이라 할 수 있겠지만 켈테론은 떳떳했다.

어차피 나중에 들켜도 이 한마디면 전부 해결되는 것이다.

'전부 이계구원자의 명에 따라 테라노어를 위해 움직인 일이었소!'

하늘을 우러러 한 점 부끄러움 없이 뇌물을 받아먹을 수 있는 상황은 결코 쉽게 오지 않는 법이다. 켈테론은 이 기회를 놓칠 생각이 절대 없었다.

그리고 실제로 테라노어를 위한 일이기도 했다.

저 액수 중 상당수가 군자금으로 돌아갔으며, 그 비율은 무려 70%나 되었다! 놀라울 정도로 양심적인 비율인 것이다!

…그러니까 켈테론 기준에선.

뭐, 남은 30%만으로도 재산이 라텐베르크 재상 시절보다 두 배로 늘었다는 사소한 문제가 있긴 하지만 그 정도야 잘 처리할 자신이 있다.

'역시 왕국 하나만 잡고 있을 때랑은 달라. 큰물에서 노니 떡고물도 크게 떨어진다니까?'

이 정도가 적당하다. 너무 많이 먹으면 탈나고, 너무 조금 먹으면 이 고생 하는 보람이 없다.

'하여튼 이걸로 이 도시에서의 볼일도 끝났군.'

남은 것은 왕도 델스트로이로 돌아가는 일뿐이다.

연회를 파하고 켈테론은 자신의 침실로 돌아갔다. 그리고 가스탈 시티에서의 마지막 밤을 맞이했다.

하지만 그는 잠들지 못했다.

예상치 못한 손님들을 맞이해, 예상치 못한 이야기를 듣게 된 탓이었다.

＊　　　　　＊　　　　　＊

느닷없이 자신의 침상 머리에 나타난 세 그림자를 보며 켈테론은 소스라치게 놀랐다. 그러나 정체를 알고 나선 바로 안심했다.

성시한과 카렌 이나시우스, 알리타였다.

잠옷 차림으로 일어나 켈테론이 넙죽 고개를 숙였다.

"아이고, 시한 님! 미리 전갈이라도 주시지 않고……."

혹여 이로 인해 자신의 정체가 들키거나 할 거란 걱정은 애초에 하지도 않았다. 필라 오브 임페라토르조차도 몰래 들락거린 실력자가 고작 지방 도시의 관저 경비 따위에게 들켰을 리가 없잖아?

"어쩐 일로 이곳까지 행차하셨는지요?"

"릴스타인의 정보에 대해서 알려주려고. 그대와도 공유해야 할 필요가 있었다."

시한은 곧바로 자신이 알아낸 내용을 켈테론에게도 전했다. 특히나 사상 고정 광역 결계진에 대해서.

"릴스타인은 제정신이 아니야! 이런 미친 짓을 시행하게 둘 순 없어!"

흥분해 떠들다 말고 시한은 잠시 의아해했다.

어째 켈테론이 그럴듯하다는 듯 고개를 끄덕이고 있었다.

"호오, 그거 좋은 수법이군요. 음, 훌륭한데?"

"잠깐? 지금 릴스타인을 칭찬하는 거야?"

"아니, 그건 아니고 그냥 그럴싸하다고……."

흠칫 놀라며 켈테론이 손을 내저었다. 그리고 의아해했다.

"그런데 저게 정말 가능한 겁니까? 아무리 그래도 대륙의 모든 사람을 그렇게 만들 순 없을 것 같은데……."

"현재 릴스타인의 능력이라면 충분히 가능해."

시한은 고개를 저었다.

저 정신 조작 마법의 악랄한 점은, 인간의 본능을 크게 거역하지 않는다는 부분이었다.

"세상을 원망하는 것 못지않게 스스로를 탓하는 것 역시 사람이라면 자연스러운 감정 중 하나지."

이미 존재하는 감정을 증폭시키는 건 그리 어려운 마법이 아니다.

"당장 켈테론, 자네만 해도 나쁜 일이 생겼을 때 자기 탓을 하는 경우가 있었을 것 아닌가?"

켈테론이 눈을 깜빡였다.

"없었는데요?"

성시한도 눈을 깜빡였다.

"없었다고?"

"네."

"한 번도 스스로를 탓한 적이 없다는 소린가, 지금?"

"그런데요?"

전혀 이해가 안 간다는 표정으로 켈테론이 진지하게 되물었다.

"열심히 살았는데 나쁜 일이 생긴 게 왜 제 탓입니까?"

"……"

시한은 침묵했다.

어떤 의미에선 정말 굉장하다.

초지일관 남 탓만 하며 살아온 인생이라니!

'와, 저러면서도 저 정도 지위에 오를 수 있나?'

하지만 켈테론에게도 나름대로의 이유는 있었다.

"원인이 나 자신이라 문제가 생겼으면 문제가 생기기도 전에 이미 결과를 알 수 있다는 소리잖습니까? 그런데 스스로를 탓할 이유가 어디 있습니까? 해결책을 떠올리면 되는 문제인데."

반대로 이미 알고도 어쩔 수 없는 일이라 문제가 생겼다면 그건 당연히 자신 탓이 아니지 않은가? 자신이 어쩔 수 없는 일이었는데.

실제로 젊은 시절의 켈테론이 제대로 된 관직을 못 얻은 것은 그의 능력보다는 하급 귀족으로 살던 부모 탓이었다. 제국 시절 반역자로 쫓겨 다닌 것도 반역에 연루된 친척 탓이었다.

켈테론 입장에서는 당연한 소릴 당연하게 한 것뿐이었다.

'저게 또 저런 식으로도 해석이 되나?'

시한은 혀를 내둘렀다.

뭐, 켈테론도 일단 상황의 심각성 자체는 충분히 이해한 모양이었다.

"하지만 어리석은 백성들은 충분히 저럴 수 있겠지요. 네, 확실히 위험한 상황이군요."

카렌이 슬쩍 눈을 흘겼다.

"아까는 훌륭한 계책이라 하지 않았나요?"

"지배자 입장에선 그렇다는 의미입니다요. 제가 릴스타인이었다면 당연히 찬성입니다만……."

켈테론이 어깨를 으쓱였다.

"지배당하는 입장이잖습니까? 피지배자 입장에선 당연히 막아야죠."

사자가 토끼를 잡아먹는 게 당연한 자연의 섭리라면 사자에게 잡아먹히지 않도록 토끼가 도망치는 것도, 그로 인해 사자가 굶어 죽는 것도 당연한 자연의 섭리다.

뭔가를 계산하며 켈테론은 심각한 표정을 지었다.

"시한 님 말씀대로라면 앞으로 시간이 한 달 남짓밖에 없군요. 이거 계획을 크게 수정해야겠는데……."

성시한이 고개를 끄덕였다.

"그래서 내가 황급히 그대를 찾은 거야."

원래 켈테론이 구상한 기존 계획은 십 년 전 혁명전쟁의 재현이었다.

당시 혁명 7영웅이 그랬던 것처럼 대륙 각지에서 릴스타인에 대한 저항 세력을 키워 외곽에서부터 조금씩 제국을 무너뜨리는 것이다.

그것을 위한 첫 단계가 브렌탈과 바로스의 탈옥이었다.

침투한 사실이 발각될 걸 알면서도 성시한은 일부러 필라 오브 임페라토르를 흔들어놓았다.

단순히 왕실 감옥을 직접 습격해 두 사람을 탈출시켰다면 그날 바로 탈출 사실이 알려지고, 백호기사단과 흑사자 기사단도 이내 제압되었을 것이다.

하나 7일이라는 귀중한 시간을 번 덕분에 저들은 무사히 휘하 세력과 합류해 모습을 감췄다.

단순히 두 사람을 구한 것으로 끝이 아니다. 세력 재구축에 성공했으며 저들의 영향력을 바탕으로 군대를 재건할 토대도 마련했다.

또한 성시한의 은신 능력이 필라 오브 임페라토르의 경계보다 위라는 것도 증명했다. 그토록 다양한 마법 결계와 초인급 소드 하이어를 깔아놓았는데도 결국 뚫어버렸으니까.

그럼 여기서 릴스타인이 취해야 할 대처는 무엇일까?

필라 오브 임페라토르의 경계를 더욱 강화하고, 본인도 탑에 머물며 성시한의 재침투를 대비해야 할까?

이건 권력을 쥐어보지 못한 소시민의 발상이다.

일국의 왕이 통치고 뭐고 다 때려치우고 직접 문지기가 되겠다고? 그러는 동안 성시한은 차곡차곡 세력을 키울 것이고, 기껏 세운 제국은 점점 무너져 내리겠지.

오히려 더더욱 적극적으로 시한을 잡으러 다녀야 한다.

세력이 생겼다는 것은 딸린 식구가 생겼다는 의미도 된다. 홀몸이 아니게 되면 예전처럼 신출귀몰하게 움직일 수 없다.

이젠 릴스타인도 성시한의 자취를 파악할 수 있게 된 것이다. 브렌탈이나 바로스를 족치면 시한이 튀어나올 테니까. 설마 수하들이 죽게 생겼는데 내버려 두진 않을 것 아닌가?

사실 이 시점에서 볼 땐 오히려 성시한이 불리한 위치가 되었다고 할 수도 있었다.

그에게 켈테론이라는 든든한 아군이 없었다면 말이지.

켈테론 덕분에 릴스타인의 움직임을 얼마든지 파악할 수 있게 되었다. 브렌탈이나 바로스가 위기에 처하기 전에 미리 피신시킬 수 있다는 의미다.

반면 릴스타인은 자신의 정보가 새어 나간다는 걸 모른다.

여전히 성시한은 예전처럼 신출귀몰하게 움직일 수 있다. 릴스타인이 자리 비운 틈을 타 다시 한 번 필라 오브 임페라토르를 잠입하는 것도 가능하다.

켈테론의 작전은 분명 완벽했다.

릴스타인의 정보를 손에 넣기 전까지는.

하지만 '사상 고정 광역 결계진'의 존재 덕분에 모든 계획은 어그러져 버렸다.

"이래서야 굳이 릴스타인이 직접 나설 필요가 없겠군요."

켈테론은 안색을 굳혔다.

분명 일국의 군주가 직접 문지기 노릇 하는 것은 바보짓이다. 기업 사장이 도둑이 두려워 회사 일도 도외시하고 천년만년 금고만 껴안고 있는 짓이나 다름없다.

하지만 기간이 딱 정해져 있으면 또 이야기가 달라진다.

"한 달만 버티면 끝난다. 이거라면 릴스타인도 움직이지 않을 겁니다. 나랏일에도 큰 지장이 없을 테니까요."

"괜히 필라 오브 임페라토르에서 난동을 부렸나?"

차라리 조용히 빠져나왔다면 릴스타인에게 쓸데없는 경각심을 주지 않았을지도 모른다며 시한은 한숨을 쉬었다.

그러자 켈테론이 손을 저었다.

"아니, 그건 잘한 일입니다. 브렌탈과 바로스는 구해야 했으니까요."

"조용히 빠져나온 다음 두 사람을 따로 구했어도 됐잖아?"

"그럼 백호기사단과 흑사자 기사단의 운신이 제한되지요. 게다가, 어차피 결과는 마찬가지였을 겁니다."

당장은 들키지 않는다 해도 어차피 정보를 빼낸 사실은 알려질 수밖에 없었다.

릴스타인의 수정탑은 그의 개인 연구 기록이다. 그것도 엄청나게 세세한, 자신의 신변잡기까지 적혀 있는 기록.

"쉽게 말해서 일종의 일기 같은 거죠?"

"뭐, 그렇지?"

"그러니까, 매일 기록한다는 소리 아닙니까?"

설령 난동을 부리지 않고 몰래 빠져나왔다 해도, 릴스타인이라면 매일 수정탑을 조작하는 과정에서 결국 성시한의 흔적을 발견했을 것이다.

"당일에 알아채나 다음 날 알아채나 그게 그거죠."

"그래도 탑의 경계가 뚫렸다는 걸 몰랐다면 흔적도 알아차리지 못했을 수 있지 않나?"

"릴스타인이 그렇게 둔할 것 같진 않습니다만?"

"하긴 그렇군."

납득하며 시한은 화제를 돌렸다.

"하여튼 이 사상 고정 광역 결계진이 문제야. 이것 때문에 한 달이라는 시간제한이 생겨 버렸어."

켈테론이 질문을 던졌다.

"그 결계진이란 걸 무효화시키는 방법은 없습니까?"

"필라 오브 임페라토르를 공격해서 직접 부수는 방법뿐이야."

"4 대 상아탑은요? 연계되어 있다고 하셨잖습니까? 그럼 4 대 상아탑 중 하나를 부수거나 하면 어느 정도 영향을 줄 수 있지 않을까요?"

"그 생각은 나나 카렌도 했는데……."

성시한이 혀를 찼다.

"릴스타인도 그 정도는 감안하고 있더군."

초기에는 루스클란의 유적과 4 대 상아탑을 연계시켰지만 필라 오브 임페라토르를 세운 지금은 다르다.

"모든 관련 시설은 오롯이 필라 오브 임페라토르에만 귀속되어 있어."

유적에 설치되어 있던 대부분의 설비를 이미 옮겨놓았다. 남은 유적의 용도는 추가로 지구인을 소환하는 것뿐이다.

"그럼 결계진의 중계기 역할을 하는 것은요? 그걸 부수면 적어도 마법의 적용 범위는 줄일 수 있지 않겠습니까?"

릴스타인이 색출 결계를 제작할 때, 그는 테라노어 전체를 적용 범위로 두기 위해서 대륙 사방에 마법 중계기를 설치해야 했다. 사상 고정 광역 결계진도 마찬가지가 아니냐는 질문이었다.

성시한은 고개를 저었다.

"이 결계진은 따로 중계기가 필요 없어. 색출 결계와는 상황이 좀 다르거든."

이를테면 송신과 수신의 차이였다.

필라 오브 임페라토르의 마력 출력만으로도 이미 테라노어 전역을 덮을 수 있다. 하지만 색출 결계의 경우 검색된 정보를 다시 릴스타인에게 수신해야 한다. 그 과정에서 마법 중계기가 필요한 것이다.

하지만 사상 고정 광역 결계진은 오직 마법을 퍼뜨리기만 하면 된다. 이 마법의 적용 대상에 대한 정보를 도로 릴스타인에게 수신할 필요는 없다.

"결국 방법은 하나뿐이군요."

"그렇지."

필라 오브 임페라토르를 공략해야 한다.

그것도 한 달 이내에.

"그렇지 않으면 릴스타인은 영원히 테라노어의 지배자가 되겠지. 그 누구도 그에게 저항할 의지를 갖지 못할 테고."

암울한 상황이었다. 성시한의 안색이 어두워졌다.

그때 켈테론이 표정을 풀었다.

"아주 불리한 상황만은 아니군요."

"응?"

반색을 하며 시한이 고개를 들었다. 켈테론이 말을 이었다.

"그러니까 적어도 한 달은 확실하게 릴스타인의 발이 묶였다는 소리잖습니까?"

상황이 이렇게 된 이상 릴스타인은 결코 움직이지 않을 것이다. 모든 일은 수하들을 부려 해결할 것이고 본인은 철저히 필라 오브 임페라토르만을 지키겠지.

"이제까지도 항상 그래왔으니까요."

필요하다면 소심해 보일 정도로 몸을 사리는 것이 릴스타인의 성격이었다. 이번이라도 다를 리는 없다.

켈테론의 입가에 미소가 떠올랐다.

"덕분에 저항 세력 키우기는 훨씬 편해졌습니다."

원래는 몇 달씩 걸릴 거라 예상했다. 언제 찾아올지 모를 릴스타인의 공격에 대비해 극히 조심스럽게 움직이며 세력을 키워야 할 테니까.

하지만 이제는 대놓고 움직여도 된다.

"당장 브렌탈 폐하와 바로스 공에게 연락해야겠습니다. 좀 더 빠르게, 종적 들킬 거 신경 쓰지 말고 당장 휘하 세력을 규합하라고 말입죠."

"그래도 돼? 릴스타인이 마냥 좌시하지만은 않을 텐데?"

본인은 움직이지 않는다 해도, 크림슨 나이츠를 동원해 미연에 반란의 새싹을 짓밟으려 할 것이다.

"당연히 그렇게 하겠죠."

성시한의 지적에도 켈테론은 동요하지 않았다.

"하지만 이젠 시한 님이나 카렌 님이 대놓고 모습을 드러내도 되잖습니까?"

어깨를 으쓱이며 그는 히죽 웃었다.

"어차피 릴스타인은 필라 오브 임페라토르에서 안 나올 테니까요."

*　　　　　*　　　　　*

단장을 잃은 백호기사단과 흑사자 기사단은 반쯤 해체된 상태였다. 고참 기사들은 강제로 은퇴해 감시당하는 상태였고, 기사단은 반 토막이 난 채 릴스타인의 부하들 밑에서 일하고 있었다.

그러나 브렌탈과 바로스가 탈출하며 상황은 달라졌다.

탈출 시기에 맞춰 저들도 몰래 움직였다. 은퇴한 고참들은 감시를 피해 다시 약속된 합류 장소로 모였고, 남아 있던 기사단역시 릴스타인의 부하들을 참살한 뒤 달아났다.

평상시라면 이렇게 일이 이렇게 쉽게 진행되진 않았을 것이다.

릴스타인에겐 그저 알파 시리즈와 크림슨 나이츠만 있는 것이아니다. 기존 군사력 역시 강대하다. 단순한 반역이었다면 초기에 제압되어 피를 흘렸으리라.

하지만 시기가 적절했다.

필라 오브 임페라토르 습격으로 인해 대규모 계엄령이 떨어지며, 릴스타인 왕국군의 관리 체계도 허점이 생긴 것이다.

이 역시 켈테론의 노림수 중 하나였다.

'자기 집에 도둑이 들었는데 옆집 감시나 하게 생겼습니까? 제정신 아닌 게 당연하죠.'

달아난 브렌탈의 백호기사단과 바로스의 흑사자 기사단은 라텐베르크의 깊은 산중에 숨어들었다. 그리고 인근에 주둔한 릴스타인 왕국군을 공격해 아인츠 1세를 구해내며 화려하게 부활을 알렸다.

대륙 전체에 사파란 왕국의 진정한 국왕, 브렌탈의 선전포고가 울려 퍼졌다.

"모든 테라노어인을 대표해 간악한 릴스타인에게 고한다! 그대의 통치는 실로 광제의 재림이니, 우리는 결코 굴복하지 않을 것이다!"

*   *   *

턱을 괸 채 릴스타인은 중얼거렸다.

"의외로 브렌탈이 과감하게 나오는군. 좀 더 몸을 사릴 줄 알았는데."

그 모습은 중앙 홀 상단, 왕좌 옆에 배치된 마법 거울을 통해 비치고 있었다. 평소와 달리 직접 회의에 참석하지 않은 것이다.

중대한 마법 연구로 자리를 비울 수 없다며, 그는 한동안 이렇게 마법 영상으로 국정을 돌보겠다고 했다. 왕실 예법에 어긋나는 행위지만 신하들 중 감히 그 점을 지적할 수 있는 이는 아무도 없었다.

거울 속의 릴스타인이 홀에 모인 신하들을 둘러보았다.

"어찌들 생각하나?"

신하 중 한 명이 대답했다.

"아마도 이계구원자가 뒤에 있겠지요."

다른 신하 한 명이 코웃음을 쳤다.

"그건 너무나 당연한 소리가 아니오?"

이 상황에서 브렌탈과 바로스가 '우연히' 탈옥했을 거라 생각하는 바보가 몇 명이나 있을까? 보나 마나 성시한의 술책이겠지.

신하들이 의견을 냈다.

"사소한 불길이 산악을 태우는 법이라 하였사옵니다."

"초반에 확실히 제압하는 것이 옳다고 봅니다."

다들 같은 의견이었다. 상식적으로 이 상황에서 그냥 내버려 두자는 의견이 나올 리가 없다.

이 회의의 진짜 논쟁점은 어떻게 처리하냐는 것.

홀 좌측에 서 있던 염소수염의 중년 사내가 발언했다.

"골치 아픈 문제를 해결할 좋은 기회라고 봅니다, 폐하."

간사한 미소를 지으며 허리를 꾸벅 숙인다.

"휘하 세력이 생겼으니 이계구원자도 예전처럼 신출귀몰하게 움직이진 못하겠지요. 친정을 하시어 확실히 처리하면 모든 근심이 사라질 것이옵니다."

켈테론을 바라보며 릴스타인은 빙그레 웃었다.

'하긴, 사정을 모른다면 저것이 최선이겠군.'

확실히 켈테론은 배신자가 아니다. 이 상황에서, 성시한에게 가장 불리한 의견을 거리낌 없이 꺼낸다.

릴스타인 역시 예전이라면 직접 나섰을 것이다. 하지만 저 의견을 받아들일 순 없었다.

'시한 녀석이 이계 마력로와 사상 고정 광역 결계진의 존재를 알아버렸어.'

절대 필라 오브 임페라토르를 떠날 수 없는 것이다.

"친정은 하지 않겠다. 짐에겐 믿을 만한 기사가 많이 있으니까."

짐짓 근엄하게 릴스타인이 목소리를 냈다.

"홍룡기사단 50기와 크림슨 나이츠 30명, 정병 3,000을 보내겠다."

정보부의 레트릴이 근심하며 물었다.

"이계구원자가 혼자일 땐 충분했겠지요. 하지만 백호기사단과 흑사자 기사단을 이끄는 그를 저들만으로 상대할 수 있겠습니까? 그는 여전히 초인 중의 초인입니다."

"짐도 잘 알고 있다. 어차피 저들만으로 이계구원자까지 처리할 수 있을 거라곤 생각하지 않아."

하지만 브렌탈과 바로스, 그리고 백호기사단과 흑사자 기사단은 확실히 해치울 수 있을 것이다. 병력 자체가 압도적이니까.

"저항의 불씨를 초기에 진압하고 이계구원자의 손발을 끊는다. 그것이면 족하다."

릴스타인이 명령을 내렸다.

"토벌대를 준비하라. 하이어 엔다윈, 그대가 직접 나서도록."

일국의 국왕이자 초인급 소드하이어인 브렌탈이 상대라면 하이어 엔다윈 정도는 되어야 격이 맞다. 엔다윈도 그 점은 부인하지 않았다.

그저 작은 근심을 표할 뿐.

"제가 시한 님을 감당할 수 있겠나이까?"

여전히 그는 성시한을 존칭으로 부르고 있었다. 그뿐 아니라 다른 신하들도 마찬가지였다.

이유는 알 수 없지만, 적이 된 지금도 릴스타인은 타인이 성시한을 하대하는 걸 용납하지 않았다.

실제로 신하 중 한 명이 아부한답시고 이계침략자라고 바꿔 불렀다가 그의 분노를 산 일도 있었다. 그래서 이계구원자라는 호칭도 여전히 통용되고 있었다.

엔다윈은 의견을 이었다.

"시한 님 곁에는 카렌 님이나 용병왕 바락도 있을지 모릅니다. 패배하진 않는다 해도 아군의 피해가 극심할 것이옵니다."

이는 소극적인 태도라기보다는 냉정하게 현실을 파악하는 쪽에 가깝다. 릴스타인도 이 신중한 노기사를 탓하지 않았다.

"하이어 엔다윈, 그대에게 감마와 델타, 엡실론을 붙이겠다. 이 정도면 충분하겠지?"

그제야 엔다윈이 부복하며 용맹하게 외쳤다.

"명을 받들어, 폐하께 승리를 바치겠나이다!"

*　　　　*　　　　*

라텐베르크 왕국 동부의 험준한 산악 지대.

이곳에서 대규모 전투가 벌어지고 있었다.

흰 호랑이의 문장을 단 기사들이 지축을 흔들며 말을 달린다. 선두에 선 50대의 노기사, 하이어 브렌탈이 고함을 터뜨렸다.

"사파란 왕국의 기사들이여! 릴스타인의 졸개들을 모조리 쳐죽여라!"

반대편엔 검은 사자의 문장을 단 기사들이 달리고 있었다. 하이어 바로스가 투기강을 높이 쳐들었다.

"가라! 라텐베르크의 기사들이여, 흑사자의 힘을 보여주어라!"

그 뒤를 800여 명의 병사가 기세등등하게 따른다. 한 번 더 고국의 깃발 아래 모인 병사들이었다.

이들을 맞이한 것은 붉은 망토를 걸친 홍룡기사단과 진홍빛

갑주 차림의 크림슨 나이츠, 그리고 분지를 포위한 4,000의 릴스타인 왕국군.

좌우로 밀려드는 백호와 흑사자의 군세를 노려보며 하이어 엔다윈이 진중하게 소리쳤다.

"아군의 전력은 압도적이다! 패배는 있을 수 없다! 나가서, 싸워서, 승리를 거머쥐어라!"

이내 전투가 시작됐다. 곳곳에서 창칼이 부딪히며 금속음을 울리고 기합과 비명이 메아리쳤다.

"와아아!"

"으아아악!"

아우성 속에서 투기강의 충돌로 인한 뇌성이 울려 퍼졌다. 검을 맞댄 두 초인급 소드하이어, 바로스과 엔다윈의 교전으로 인한 굉음이었다.

붉은 투기강을 내려치며 엔다윈이 외쳤다.

"승산은 없다, 하이어 바로스! 부하들을 아낀다면 당장 항복하라!"

틀린 말은 아니었다. 기사들의 숫자도, 병사들의 전력도 분명 릴스타인 왕국군 쪽이 압도적이다.

하지만 공격을 튕겨내며 바로스는 도리어 코웃음을 쳤다.

"누구 멋대로 승산이 없다는 거요?"

실제로 그리 밀리지 않고 있었다.

흑사자 기사단은 홍룡기사단를 마주해 백중지세의 전투를 이어가고, 백호기사단은 무려 크림슨 나이츠를 상대해서도 용케 버티고 있다.

백호기사단을 이끄는 하이어 브렌탈의 위용 덕분이었다.

"놈들에겐 명확한 약점이 있다! 그 점을 잊지 마라!"

세 명의 크림슨 나이츠를 동시에 상대하면서도 브렌탈은 흔들림 없이 검을 휘두르고 있었다.

예의 '투기 흩뜨리기' 수법이었다. 크림슨 나이츠의 저 약점만은 릴스타인도 아직 보완하지 못한 것이다.

기사급과 투사급이 모인 흑사자 기사단이 홍룡기사단과 맞붙고, 백경기사단의 달인급 소드하이어들은 투기 흩뜨리기 수법으로 크림슨 나이츠를 상대한다.

그렇다 해도 역시 전력이 극심하게 차이 나는 것은 어쩔 수 없다. 당장 병력의 수만 해도 800과 4,000이었다. 원래대로라면 이내 승부가 갈렸을 것이다.

백호와 흑사자의 군세, 그 후미에서 가공할 전과를 보이고 있는 저 흑발의 남녀가 없었더라면 말이다.

"백월의 사슬!"

냉기를 머금은 신성술의 사슬이 사방으로 펼쳐져 적색 기사들을 덮쳐간다. 투기강과 달빛 사슬이 어지럽게 뒤얽혔다. 그 위를 전격의 그물이 내리쬈었다.

"청월의 사슬!"

네 명의 크림슨 나이츠가 감전되어 신음을 흘렸다. 그러나 쓰러지진 않았다. 초인급의 방어 투기는 이 정도로 뚫리지 않는 것이다.

이내 크림슨 나이츠가 반격에 나섰다.

"크아아아!"

패왕기를 바탕으로 다양한 투기진이 모습을 드러냈다. 너울지는 투기의 오로라, 암석으로 이루어진 거대한 주먹, 불꽃을 뿜는 뇌룡이 전장을 누볐다.

'시한의 극광에 젝센가드의 거인의 손, 테오란트의 뇌룡의 숨결인가?'

공세를 피해 몸을 날리며 그녀는 냉정하게 상황을 파악했다. 아쉽지만 플레이그 블레스는 쓸 수 없었다. 주변에 아군이 너무 많았다.

그렇다 해도 워낙 익숙한 투기진이었다. 허점을 파고드는 건 그리 어려운 일이 아니었다.

뇌룡의 턱밑으로 파고들어 불길을 피하며 카렌이 단숨에 세 명의 적색 기사에게 접근했다.

"타앗!"

눈앞의 상대에게 잽에 가까운 펀치를 날린다. 상대가 반응하는 틈을 타 낮은 자세로 파고든 뒤 태클을 걸고, 바닥을 뒹굴며 자세를 바꿔 옆구리로 상대의 다리를 얽어맨다.

우드득!

붙잡힌 크림슨 나이츠의 무릎 관절이 잔인하게 꺾여갔다.

"크억!"

신음하며 적색 기사는 바닥을 굴러 다시 일어났다.

심각한 중상이었지만, 그렇다고 치명상도 아니다. 초인급 소드하이어쯤 되면 한쪽 무릎이 나가도 여전히 싸울 수 있는 것이다. 그저 움직임에 제한이 생길 뿐이다.

"으아아!"

크림슨 나이츠가 부상당한 다리를 억지로 투기로 움직이며 카렌을 노렸다.

하지만 그녀는 비틀거리는 상대를 무시한 채 다른 두 크림슨 나이츠에게 공세를 가했다. 화려한 관절기의 연계 속에 이들 역시 동료와 같은 운명을 맞이해 버렸다.

그동안 무릎이 부러진 크림슨 나이츠는 아무것도 하지 못했다. 그저 절뚝거리며 카렌을 쫓아다니고만 있었다.

"크윽! 크아아!"

정확하게 카렌이 의도한 바였다.

'좋아.'

싸우지 못할 정도로 큰 부상을 입으면 크림슨 나이츠는 자멸해 버린다.

'하지만 싸울 수 있을 정도의 부상이라면 그 상황에서 최선을 다하지.'

즉, 이렇게 적당히 부러뜨려 놓으면 움직임이 느려진 채로 계속 카렌을 쫓아다닐 뿐이다. 어쨌든 적을 해치운 것은 아니니까.

세 크림슨 나이츠가 느릿느릿 계속 카렌을 추격한다. 그동안 그녀는 다른 크림슨 나이츠를 공격했다.

무릎 나간 크림슨 나이츠의 숫자가 더 늘었다. 그리고 그들 역시 전원 좀비처럼 카렌만을 뒤쫓기 시작했다. 슬슬 카렌만 죽어라 쫓는 적색 기사의 수가 두 자리에 이를 지경이었다.

"으아아아!"

"으아!"

전투력을 잃게 만든 것도, 확실히 제압한 것도 아니지만 더 이상 아군에 대한 공격은 없다.

카렌이 새로 개발한, 크림슨 나이츠를 죽이지 않으면서도 전장의 영향력을 잃게 만드는 수법이었다.

성시한 역시 그 수법으로 톡톡히 재미를 보는 중이었다.

거창한 마법이나 투기술은 쓰지 않고, 카렌에게 배운 관절기로 하나하나 움직임을 느리게 만드는 데만 집중한다.

"살아 있는 골렘이라고 생각하면 이래저래 대처법이 떠오르게 마련이거든?"

두 사람의 활약으로 크림슨 나이츠는 거의 봉인된 상태가 되었다. 그렇다면 남은 것은 4,000 대 800의, 일반 병사들의 격전뿐.

이는 성시한이 틈틈이 마법으로 원호함으로써 충분히 메울 수 있다.

"블리자드 스톰, 체인 라이트닝, 레인 오브 아이스 대거!"

폭풍우와 전격과 쏟아지는 얼음 칼날 속에서 릴스타인 왕국군은 힘겨운 싸움을 이어나갔다. 덕분에 시한 쪽 군세는 수적인 열세에도 불구하고 용케 승기를 유지하고 있었다.

바로스와 대결 중이던 엔다윈이 상황을 파악하고 혀를 찼다.

"역시……."

별로 놀랄 일은 아니었다.

"저 두 분이 나타나지 않을 리 없지."

릴스타인 왕국군 후미에서 세 줄기의 빛이 솟구쳤다. 찬란한 황금빛 섬광이 허공을 찌르며 우렁찬 외침이 터졌다.

"이계구원자!"

"우리들의 왕을 대적하는 자여!"

"그대는 우리가 상대한다!"

감마와 델타, 엡실론이 전장의 허공을 도약해 시한을 노리기 시작했다.

세 명의 무신급 소드하이어가 성시한을 삼면으로 포위했다. 그리고 손을 휘두르며 힘을 떨쳤다.

"무신기, 십이지검!"

도합 36개의 광검이 화려하게 모습을 드러냈다. 그들을 노려 보며 시한도 안색을 굳혔다. 이들이 상대라면 더 이상 크림슨 나이츠에 신경 쓸 여력은 없었다.

시한 역시 손가락을 까닥였다.

"무신기, 십이지검."

수십 자루의 광검이 허공을 날았다. 그리고 격한 충돌을 반복하며 쉴 새 없이 금빛 광륜을 하늘 위로 떨쳐냈다.

밀리는 것은 성시한 쪽이었다. 광검 하나하나의 위력은 위일지라도, 수적으로 너무 차이가 컸다.

"일대일이라면 우리가 그대의 상대가 될 리 없으나!"

"우리는 셋이고, 그대는 하나!"

"우리의 승리다!"

감마와 델타, 엡실론이 저마다 한마디씩 던졌다. 시한이 코웃음을 쳤다.

"계산 잘해서 좋겠다. 유치원 가면 칭찬받겠어?"

겉으론 밀리는 것 같지만 그에겐 아직 여유가 있었다.

십이지검을 예전처럼 정면으로 충돌시키는 것이 아니라, 교묘하게 각도를 맞춰 비껴 흘리는 것이다. 그렇게 해서 3 대 1이라는 불리함을 메운다.

상황이 여의치 않자 감마가 무신기를 바꿨다.

"무신기, 무극천……."

물론 발동하기도 전에 훼방받았지만.

"그거 두고 봐줄 사람 이제 아무도 없다니까 그러네?"

일검을 찔러 넣어 시한은 감마의 자세를 흩뜨렸다. 무극천광의 투기 흐름이 이내 깨졌다. 하지만 덕분에 델타가 새로운 무신기를 펼칠 시간은 벌었다.

"무신기, 검의 제전!"

수백 개의 빛의 칼날이 급류가 되어 시한에게 쏟아졌다. 워낙 광범위한 공격이라 회피는 불가능했다. 곧바로 십이지검을 회전시켜 몸을 보호하며 성시한이 쓴웃음을 지었다.

"그새 완전히 터득했네."

잘도 갖다 베낀다. 역시 제대로 된 무신기가 아니면 쉽게 훔칠 수 있다.

'그래, 제대로 된 무신기가 아니라면.'

검의 제전과 십이지검 회전력이 충돌해 서로 소멸했다. 검을 똑바로 세우며 시한이 중얼거렸다.

"진짜 무신기를 보여주지."

한 줄기 투기가 세상을 밝히며…….

"무신기, 무극천검!"

찬란한 황금의 검이 그의 손아귀에 잡혔다.

"음?"

"저건?"

감마와 델타, 엡실론의 안색이 바뀌었다. 저런 무신기는 성시한의 정보에 없었다.

"새로운 무신기인가?"

하지만 당황하진 않았다.

"상관없다!"

"그 어떠한 힘이라도!"

"종국엔 우리의 새로운 힘이 되리라!"

시한은 고소를 머금었다.

'여전히 말투 이상하군. 뭐, 이제는 이유를 알지만.'

영혼과 육신에 괴리감이 있으니 정상적인 사고 패턴보다는 '왕을 섬기는 기사'라는 존재의 밈(Meme)에 따른 사고를 보일 수밖에 없다. 빙의되거나 한 사람들에게선 흔히 볼 수 있는 말투인 것이다.

세 기사가 일제히 새로운 투기술을 선보였다. 성시한의 무극천검과 똑같은 투기량, 똑같은 투기 흐름이었다.

"타아아앗!"

세 줄기 검푸른 칼날이 솟구쳤다.

그것은 전혀 황금빛으로 번쩍이지 않았다. 그냥 평범한, 무신급의 투기량을 쏟아부은 투기강이었다.

감마와 델타, 엡실론이 일제히 당황했다.

"뭐지?"

"분명히 똑같이 따라 했는데?"

"운용상 전혀 다르지 않을 텐데?"

시한은 비릿하게 웃었다.

"그럴 줄 알았지."

진짜 무신기는 베낄 수 없다.

"타앗!"

기합을 터뜨리며 성시한이 몸을 날렸다. 감마가 황급히 무신기를 바꿨다.

"십이지검!"

열두 자루 광검이 허공을 가른다. 날아드는 파괴의 칼날을 향해 시한은 우아하게 일검을 내리 그었다.

황금의 선(線)이 세상을 갈랐다.

파아앗!

마치 세상을 그린 도화지를 그대로 베어버리는 듯한 일격이었다. 균열이 생기고, 십이지검을 덮쳤다. 순식간에 십이지검이 산산이 박살 나며 수십수백의 폭발을 일으켰다.

콰콰콰쾅!

폭발과 함께 감마가 피를 토하며 뒤로 튕겨져 나갔다. 워낙 강렬한 공격이었던 탓에 십이지검을 통해 파괴력이 역류한 것이다.

"크어어억!"

비명을 터뜨리며 나뒹구는 감마의 모습에 델타와 엡실론은 경악했다.

"이 무슨 가공할 위력이란 말인가?"

"무극천광이라도 날리지 않는 한은 있을 수 없는 일이거늘!"

시한은 빙그레 웃었다.

"응, 그거 맞아."

무극천검은 성시한이 평생 갈고닦은 무의 정수가 깃든 진정한 무신기였다.

그런데 과연 그 무의 정수란 게 뭘까? 성시한이라는 무인이 지닌 그만의 특징은?

솔직히 별거 없다.

"무식하게 파괴력이 높다는 거지, 뭐. 평생 그거만 바라보고 살았는데."

잘하는 게 그것뿐이라, 잘하는 것에만 매달렸다. 물론 테라노어로 귀환한 후엔 이런저런 다른 용법도 신경 썼지만 그래도 기본은 저것이다.

그럼 그 정수가 담긴 무신기는?

"무식하게 파괴력이 높겠지."

그래서 나온 것이 이 무극천검이었다.

무극천검의 용법 자체는 간단하다. 그냥 무진장 센, 절대적인 파괴의 검을 구현화한 것뿐이다.

"그러니까 무극천광의 파괴력을 낼 수 있을 정도로 무진장 센 검을 말이지."

시한은 의기양양하게 웃었다.

무극천광을 검의 형태로 바꿔 압축한 것이 그의 진정한 무신기였다. 그래서 이름도 무극천검이었다. 애당초 무극천광의 연장선이었으니 딱히 다른 이름을 붙일 수 없는 것이다.

다른 점이 있다면 예전처럼 발동 시간이 필요 없다는 것, 그리고 한 번 휘둘렀다고 사라지지도 않는다는 것뿐.

"애당초 무극천광은 사람 잡으려고 만든 기술이 아니었거든. 그래서 사람 잡는 기술을 만들었지."

별것 아닌 것 같지만 생각해 보면 어마어마한 이점이었다.

쉽게 말해서, 한 방 한 방이 무극천광급인 공격을 딜레이 없이 휘두르게 되었다는 소리다!

"물론 전력을 다해 휘둘렀을 때 그렇다는 거고, 실제로 공방을 나눌 땐 힘의 배분을 해야 하니 그 정도 위력까진 안 나오겠지만……."

중얼거리며 시한이 무극천검을 들어 델타와 엡실론을 겨누었다.

"그래도 맞고 버틸 놈은 별로 없을걸?"

감마가 간신히 몸을 일으켰다. 델타와 엡실론 역시 딱딱하게 굳은 표정으로 자세를 취했다.

"제, 제법이긴 하지만……."

"우리 역시 무신급 소드하이어!"

"우리의 무신기도 결코 약하지 않다!"

세 기사가 동시에 몸을 날렸다. 저마다 가장 신뢰하는 최강의 기술을 발동하며 전력을 다한다.

"무신기, 십이지검!"

"무신기, 검의 제전!"

"무신기, 무극천광!"

시한은 가만히 그 광경을 지켜보기만 했다.

상대의 공세가 닥쳐오는 걸 빤히 보면서도 조용히 읊조릴 뿐.

"전부 가짜 무신기잖아."

그는 다시 한 번 허공에 일검을 그었다. 다시 한 번 한 줄기 선이 세상을 갈랐다.

그 선은 감마와 델타의 팔다리에도 드리워져 있었다. 이내 잘린 팔다리가 피를 뿌리며 허공으로 날아올랐다.

"크어억!"

"으아악!"

왼팔과 오른 다리를 잃은 두 기사가 볼품없이 바닥에 떨어져 비명을 터뜨렸다. 하지만 이 둘조차도 엡실론에 비하면 사정이 나았다.

엡실론은 정수리부터 몸통 끝까지 일격에 갈라진 상태였다. 두 동강 난 육신이 짙은 선혈 속을 허무하게 유영한다. 비명조차 남기지 못한 채 고깃덩이로 변해 버린 것이다.

후드득!

내리는 피의 비를 맞으며 시한은 태연하게 중얼거렸다.

"역시 아직은 정교함이 부족한가? 한 번에 셋을 전부 베려 했는데."

감마와 델타가 곧바로 몸을 돌려 달아나려 했다. 하지만 성시한이 더 빨랐다.

"누가 놓칠 줄 알아?"

방심 따윈 전혀 하지 않는다. 그건 이미 지겹게 했다.

이내 황금빛 광채가 한 번 더 번뜩였다. 두 개의 머리통이 날아올랐다.

세 무신급 소드하이어가 일격에 쓰러져 버렸다. 그리고 그 광경은 이 자리의 모든 이의 눈에도 똑똑히 비쳤다.

"마, 맙소사……."

하이어 엔다윈은 공포에 질렸다.

성시한이 강한 줄이야 알고 있었지만 저 정도로 초월적이진 않았다. 대체 어떤 괴물이 되어버린 거냐?

"후퇴! 전군 후퇴하라!"

홍룡기사단과 크림슨 나이츠가 일제히 후퇴하기 시작했다.

시한도 굳이 저들까지 뒤쫓진 않았다. 무신급 소드하이어 셋을 처리했으니 더 바랄 나위가 없었다.

그저 만족스럽게 웃었다.

간만의 승리였다.

릴스타인 토벌군은 패했다. 그러나 패배한 것치곤 그리 피해가 크지 않았다.

홍룡기사단은 고작해야 한 자리 수의 중상자가 나왔고 4,000의 병력도 200 정도의 손실로 그쳤다. 심지어 크림슨 나이츠는 단 한 명도 죽지 않았다. 물론 반수 이상이 도가니가 나가 절뚝거리는 신세가 되었지만, 초인급 소드하이어쯤 되면 그 정도 부상은 수일 내에 회복할 수 있다.

분명히 숫자로만 보면 패배라기보단 전략상 후퇴에 가까웠다.

하지만 릴스타인은 당황했다.

"무극천검이라고?"

그까짓 숫자가 문제가 아니었다.

무려 무신급 소드하이어 셋을 모조리 잃은 것이다. 크림슨 나이츠와 달리 간단히 보충할 수도 없는 전력을!

"이런……."

성시한이 다시 모습을 드러낸 시점에서 뭔가 믿는 것이 있을 거란 예상은 했지만, 이 정도일 줄은 몰랐다.

릴스타인이 레트릴과 엔다윈을 비추는 마법의 거울을 바라보았다. 여전히 그는 필라 오브 임페라토르에 머무르며 이렇게 간접적으로 보고를 받고 있었다.

"도대체 어떤 무신기였지?"

감마나 델타, 엡실론 중 한 명이라도 생환했다면 어느 정도 정보를 얻을 수 있었을 것이다. 그런데 하필이면 깡그리 몰살당했다.

물론 하이어 엔다윈은 그 광경을 직접 지켜보았다.

"참으로 말씀드리기 부끄러운 일이오나……."

문제는 그저 지켜보는 것이 전부였다는 점이지만.

"…뭔가 번쩍하더니 혈우가 내리더군요."

"그게 끝인가?"

"제 안목으로는 그 이상을 파악할 수가 없었습니다. 정황을 볼 때 무극천광의 완성형이라 추측할 순 있겠습니다만, 자세한 건……."

어쨌든 한 가지는 확실했다.

성시한이 더욱 강해졌다. 벽을 넘은 건지, 새로운 수법을 개발한 건지는 모르겠지만 더 이상 예전의 그가 아니다.

"과연 녀석답군. 순순히 당해주진 않겠다 이건가?"

릴스타인은 턱을 괸 채 고민에 잠겼다. 그리고 문득 손을 내

저었다.

"알았다. 그대들은 이만 물러가도록."

"예, 폐하."

마법 영상이 다시 평범한 거울로 돌아왔다. 릴스타인이 자리에서 일어나 집무실을 나섰다.

통로를 따라 걸음을 옮기며 릴스타인은 차분히 생각을 정리했다.

'그러고 보니 카렌이 크림슨 나이츠의 발을 묶는 수법을 썼다고 했던가?'

저건 그리 신경 쓸 필요가 없다. 저런 하찮은 편법은 바로 대응법을 찾을 수 있다.

그냥 크림슨 나이츠의 적아 판별 우선순위를 재조정해, 미처 못 해치운 적을 쫓아다닐 게 아니라 다른 목표물부터 공격하도록 하면 되는 문제다. 너무 간단한 해답이라 고민할 가치조차 없다.

카렌도 두 번 통할 거라 생각하고 쓴 수법은 아닐 것이다.

'그녀는 그 정도로 어리석지 않지.'

역시 문제는 성시한의 새로운 무신기였다. 알파를 떠올리며 릴스타인은 스스로에게 물었다.

'알파라면 저 셋을 몰살시킬 수 있을까?'

가능하다. 알파와 다른 시리즈에는 분명 그 정도의 격차가 있다.

'하지만 일격에?'

이건 모르겠다. 기량이 문제가 아니라, 알파에겐 그렇게까지 절대적인 파괴력을 지닌 기술이 없었다.

감마와 델타, 엡실론이 그리 쉽게 당한 건 무극천검이란 기술의 존재를 몰랐던 탓도 있다. 인지하고 있었다면 좀 더 신중하게 전투를 벌였을 것이다.

종합적으로 판단할 때, 이 결과만으로 성시한이 알파를 능가했다고 단정 지을 수는 없었다.

'하지만 그냥 능가했다고 가정하는 쪽이 옳겠지.'

낙천적인 예측이 좋은 결과를 가져오는 경우는 그리 많지 않았다. 그는 저 사실을 잘 알고 있었다.

발걸음이 지하층으로 옮겨졌다. 경계를 서는 크림슨 나이츠를 지나 지하 외곽의 거대한 석실로 향한다.

"열려라, 봉인의 문이여."

간단한 마법만으로 석실 문이 저절로 열렸다. 온갖 기괴한 설비가 가득한 공간이 나왔다.

바닥은 물론이고, 천장과 사방의 벽면까지 복잡한 마법진이 빼곡하게 들어선 곳이었다. 다양한 술식이 정신없이 얽혀 빛을 발하고 있었다.

그 사이를 걸어 릴스타인은 한 마법진 앞에 섰다.

허공에 뜬 적룡의 망토와 연결된 다섯 개의 관, 알파 시리즈를 탄생시킨 곳이었다.

그 속에 또 다른 다섯 명의 지구인이 잠들어 있는 것이 보였다.

제타, 에타, 세타, 이오타, 캅파.

이들 역시 알파 시리즈의 연장선으로 지구의 고대 언어에 맞춘 코드 네임을 지니고 있었다.

"시간을 맞춘 건 셋뿐인가."

릴스타인이 제타와 에타, 세타의 수정관을 향해 손을 내밀었다. 입술이 달싹이며 마법의 언령이 흘러나왔다.

"눈을 떠라, 나의 충성스러운 기사들아!"

벌거벗은 세 사람이 관에서 빠져나와 릴스타인 앞에 부복했다.

부리부리한 눈과 짙은 인상을 지닌 인도 계열의 50대 중년 사내와 초콜릿색 피부를 지닌 폴리네시아 계열의 젊은 여인, 그리고 북유럽 계통의 30대 백인 남자였다.

예전과 다르게 여성과 중년인도 끼어 있다. 영육(靈肉)의 조화에 좀 더 중점을 두었는지라 이번에는 전투에 불리한 육체도 그냥 사용한 것이다.

이들 전원이 테라노어의 예법에 따라 테라노어의 언어로 충성을 맹세한다.

"명령을 내리소서, 나의 왕이시여!"

"우선 의복을 걸치도록."

제타와 에타, 세타에게 명령을 내린 뒤 릴스타인은 나머지 수정관 둘을 바라보았다.

남은 두 남녀, 캅파와 이오타는 아쉽지만 당장 써먹을 수 없었다.

저들이 완성되려면 아직 두어 달은 더 걸린다. 그 전에 꺼내면 제 힘이 나오지 않았다. 지구인의 육체와 융합한 기사급의 영혼을 무신급까지 끌어 올리려면 충분한 시간이 필요한 것이다.

더구나 수명도 극히 짧아진다. 영육의 밸런스가 붕괴해 며칠 안에 자멸해 버린다.

'그래도 3명이라면 잃은 숫자는 그럭저럭 보충했다만……'

아니, 이건 보충이 아니다. 그냥 8명이어야 할 무신급 소드하이어의 전력이 5명으로 줄어든 것일 뿐이다.

뼈아픈 실책이었다.

그러나 릴스타인은 이내 표정을 풀었다.

"따져보니 이것도 아주 나쁜 일만은 아니군."

성시한을 떠올리며 그가 미소를 지었다.

"의외로 좋은 기회일 수도 있겠어."

*　　　　　*　　　　　*

전투에 승리한 브렌탈의 백호기사단과 바로스의 흑사자 기사단은 그대로 북진해 사파란 왕국 오지에 몸을 숨겼다. 그리고 다시 세력을 모았다. 군자금도 충분하고 릴스타인의 지배에 반감을 느낀 인근 영주들의 협조도 있어, 상당히 빠른 속도로 전력을 갖출 수 있었다.

"빨라봤자 시간이 부족하긴 마찬가지지만. 이제 22일 남은 셈인가?"

시한은 머릿속으로 날짜를 계산해 보았다.

진군할 시간을 생각하면 보름도 안 남은 셈이다. 그 짧은 기간 안에 릴스타인을 칠 준비를 갖춰야 한다.

교통이 발달한 현대 지구라면 모를까, 교통과 통신에 시간이 걸리는 테라노어의 문명 수준에서는 상식 밖의 이야기다.

"그래, 나도 알긴 아는데 참 선택의 여지가 없네."

혀를 차며 성시한은 계속 말을 몰았다. 말 머리를 나란히 한 채 카렌이 대꾸했다.

"그러니까 우리가 지금 이렇게 열심히 돌아다니는 거잖아요?"

현재 시한 일행은 브렌탈이나 바로스와 함께 있지 않았다. 전투에서 승리하자마자 다시 남쪽으로 이동하고 있는 것이다.

"어휴, 바쁘다, 바빠."

툴툴대는 성시한 옆에서 알리타의 목소리가 들렸다.

"그런데 굳이 무극천검을 선보일 필요가 있었나요? 차라리 숨기는 쪽이 더……."

강해졌다는 사실을 숨겨서 비장의 한 수로 삼는 것이 더 낫지 않았겠냐는 말이었다.

"그랬으면 감마와 델타, 엡실론을 놓쳤겠지."

시한도 저 생각을 안 해본 건 아니었다. 하지만 힘을 감춘다면 저들을 몰살시킬 수도 없었다.

"여유가 있다면 다른 방법도 찾아봤겠지만, 지금 우린 시간이 없잖아? 확실하게 저 셋을 처리하는 게 훨씬 이득이야."

그리고 어느 정도는 일부러 드러낸 면도 있었다.

"내가 다시 움직인 시점에서, 뭔가 있다는 것쯤은 릴스타인도 짐작할 거 아냐?"

과거 릴스타인이 굳이 무신급 소드하이어를 미리 선보였던 것과 같은 맥락이었다. 어차피 예상할 거라면 어느 정도 정보를 던져주는 쪽이 진위를 감추기 쉽다.

"아직 밑천을 다 드러낸 것도 아니니까, 뭐……."

"하긴 그렇네요."

납득하며 알리타는 고개를 끄덕였다. 그리고 다시 질문을 던졌다.

"이건 좀 딴 이야기인데, 크림슨 나이츠의 추가 보충도 막아야 하지 않을까요?"

"응? 필라 오브 임페라토르에 있는 보충 인원을 무슨 수로?"

"아, 제가 말을 좀 잘못했네요. 그러니까 추가 보충 인원의 보충요."

쉽게 말해서 릴스타인이 추가로 지구인을 소환하는 건 방해할 필요가 있지 않겠냐는 질문이었다.

"적어도 무고한 지구인이 계속 소환당하는 건 막을 수 있잖아요. 이젠 릴스타인이 어떤 식으로 지구인을 소환하는지도 알고 있고요."

루스클란의 유적, 왕의 심장에 위치한 차원 균열을 닫아버리면 릴스타인도 더 이상 지구인을 소환하진 못할 것이다. 확실히 일리가 있는 이야기였다.

그러나 시한은 쓴웃음을 지었다.

"착각하나 본데 알리타, 왕의 심장은 차원 균열을 여는 시설이 아니야. 닫는 시설이지."

정확히는 '계속 닫고 있는' 시설이다.

"차원 균열이란 건 마법이나 투기 난사해서 부숴 버릴 수 있는 그런 물건이 아니야. 그래서 루스클란 대제조차도 그저 봉인하는 데만 그쳤잖아? 균열 자체를 소멸시킬 방법이 없었으니까."

그런데 알리타가 짚는 부분은 그게 아닌 듯했다.

"그건 저도 알아요. 초대 황제의 기록을 함께 봤으니까."

"그럼?"

"그 차원 균열이란 게, 지하 2㎞에 위치한 거잖아요? 아예 그 균열 주위의 지형 자체를 모조리 뭉개 버리면 어떻게 되는 거예요?"

"어?"

시한은 고개를 갸웃거렸다. 확실히 저렇게 되면…….

"만약 지구인이 소환된다 해도 그냥 땅속에 파묻힌 채로 끝나 버리겠네?"

잔인한 이야기지만, 적어도 릴스타인이 추가로 지구인을 전력화하는 건 막을 수 있다.

"그럴듯한데?"

성시한이 혹하는 표정을 지을 때였다. 카렌이 바로 반대 의견을 냈다.

"그러면 안 될 거예요."

"응? 어째서?"

"이유는 저도 몰라요."

순간 시한은 어이없어하며 카렌을 바라보았다.

"이유는 모르는데 안 될 거라는 게 무슨 소리야?"

그녀가 말을 이었다.

"그런 간단한 방법이 있는데, 굳이 루스클란 대제가 비용과 시간을 들여가며 왕의 심장을 건설했을까요?"

초대 황제는 분명 지구인이 테라노어로 오는 걸 경계해 그 시설을 만들었다. 지구인이 오자마자 죽어버린다면 굳이 저 대공사를 할 이유도 없다.

"뭔가 이유가 있어요. 우리는 모르지만, 왕의 심장을 함부로 부수면 안 되는 이유가."

듣고 보니 이 또한 그럴듯하긴 마찬가지였다. 시한이 허를 찼다.

"결국 릴스타인과 결판을 짓는 것만이 유일한 해결책이군."

알리타가 빙그레 웃었다.

"그럼 좀 더 속도를 낼까요?"

카렌도 맞장구를 쳤다.

"켈테론 공이 애타게 기다리고 있을 테니까요."

이들은 다시 델스트로이로 돌아가고 있었다. 켈테론에게서 추가로 정보를 받아 새로운 계획을 짜기 위해서였다.

그냥 미리미리 손발 맞춰 움직이면 참 편하겠지만, 문제는 릴스타인의 움직임이 실시간으로 바뀐다는 점이었다. 때문에 켈테론의 정보도 실시간으로 바뀌니 미리 계획 세워봐야 별 의미가 없는 것이다.

덕분에 시한 일행은 대륙 북부까지 올라갔다가 이틀 만에 남부까지 내려가는 강행군을 감행해야 했다. 몇 번이나 말을 갈아타고, 때론 투기와 신성력을 이용해 직접 뛰어야 간신히 가능한 일정이었다.

속도를 올리며 시한이 투덜거렸다.

"마법 거울 쓸 때가 편하고 좋았는데."

알리타가 어깨를 으쓱였다.

"할 수 없죠. 썼다간 바로 걸릴 텐데."

마법의 거울로 영상을 주고받으면 그에 따른 마력 흐름이 감지된다. 주고받은 내용이 무엇인지야 아무리 천하의 릴스타인이라도 알아낼 수 없겠지만, 적어도 영상 마법을 썼다는 사실 자체는 들통 나는 것이다.

일국의 왕도 아니고 켈테론이 개인적으로 저 마법을 쓰면 당연히 의심을 받겠지.

웃으며 카렌이 박차를 가했다.

"힘내요, 시한. 적어도 오늘 밤까진 델스트로이에 도착해야 하니까."

브렌탈과 바로스의 세력만으로 릴스타인과 싸울 순 없다.

이미 테라노어 전체를 집어삼킨 그였다. 지금의 릴스타인은 과거의 광제와 맞먹는 절대 군주인 것이다.

"하지만 광제와 다른 부분도 있습니다."

천년 제국을 등에 업고 있던 광제와 달리, 테라노어는 아직 릴스타인을 완전한 지배자로 인정하지 않는다.

"그럴 시간이 없었으니까요."

켈테론의 말대로, 릴스타인이 대륙을 통일한 지는 고작 몇 달이 채 되지 않았다. 그동안 열심히 대륙 여기저기로 돌아다닌 것도 바로 지배자의 자리를 굳히기 위함이다.

"하지만 이제 필라 오브 임페라토르에 갇힌 신세가 되었죠."

자발적이든 뭐든 간에, 그 자리에서 움직일 수 없다면 그건 갇힌 신세다.

"그러니 이 기회에 잔뜩 불씨를 지필 생각입니다."

대륙 여기저기서 우후죽순으로 저항 세력이 일어나 테라노어 전체가 혼란스러워지는 것, 그 틈에 전력을 모아 단번에 적의 중추인 필라 오브 임페라토르를 내려치는 것이 켈테론의 계획이었다.

시한이 물었다.

"그런데 시간이 될까? 아무리 그래도 한 달도 안 되는 기간 안에 대륙 전체를 혼란스럽게 하는 건 불가능할 것 같은데?"

회사에서 안건 하나 상정하고 그거 통과되는 데도 며칠씩 걸리는 법이다. 하물며 이건 목숨이 걸린 일이다. 사람들을 모으고, 뜻을 합치고, 하나의 세력으로 꾸려 거사를 도모하는 게 고작 며칠 만에 될 리가 없다.

켈테론이 빙그레 웃었다.

"그래서 아예 대놓고 움직이고 있습니다."

그는 접선한 대륙 각지의 귀족들에게 그간 입수한 모든 정보를 아낌없이 풀고 있었다. 상대의 군사적 움직임이며 행정상의 허점을 전부 파악한다면 저 짧은 시간 내에 세력을 규합하는 것도 불가능한 일은 아니다.

물론 저 방법에도 단점은 있었다. 그것도 아주 심각한 단점이.

"그러다가 바로 들키는 거 아냐?"

자고로 꼬리가 길면 밟히는 법이라 했다. 내부 정보가 폭포처럼 줄줄 새는데 어지간한 바보가 아니고서야 그걸 못 알아차릴 리 있을까?

켈테론도 순순히 동의했다.

"금방 들키겠죠. 저도 나름대로 손은 쓰겠지만, 아마 한 달도 못 버티고 발각될 겁니다."

그러자 성시한의 표정이 풀렸다.

"아, 한 달?"

켈테론도 히죽 웃었다.

"네, 한 달요."

그렇다. 단기 결전이라면 뒤를 걱정할 필요가 없는 것이다. 어차피 한 달 뒤엔 모든 일이 끝나 있을 텐데?

"유리함과 불리함은 종이 앞뒤의 차이일 뿐. 불리한 상황을 뒤집으면 곧 유리함이 보이는 법이지요."

진작 여기저기 전서 올빼미를 날려놓았다. 그동안 켈테론이 접선했던 대륙 각지의 유력자들이 한꺼번에 준동하리라. 순식간에 테라노어 전체가 시끄러워지겠지.

"이미 불씨는 잔뜩 지펴놓았습니다."

허리를 굽히며 켈테론이 정중히 말했다.

"이제 이 불길을 키워 세상을 태우는 것은 시한 님의 몫입니다."

Chapter 3

저항의 불길

테라노어 북부, 구테오란트 왕국의 한 변경 지대.

수십의 기사단과 한 사내를 호위하며 말을 달리고 있었다. 폐위된 테오란트 왕국의 옛 국왕, 에란트 1세와 백경기사단이었다.

말들이 황야를 질주하며 흙먼지가 피어오른다. 입가를 막으며 백경기사 한 명이 에란트에게 말했다.

"피로하시겠지만 조금만 버텨주십시오, 폐하."

에란트가 너스레를 떨었다.

"걱정 말게. 말 타고 달리는데 뭐가 문제겠는가. 십 년 전엔 두 발로 뛰어서 사흘 동안 도망 다닌 적도 있었는데?"

말은 그렇게 해도 그의 안색은 그리 좋지 않았다. 승마 역시 상당한 체력을 소모하는 행위인 것이다. 소드하이어가 아닌 일반인에겐 충분히 강행군이다.

그렇게 황야를 지나 협곡에 다다를 때였다. 백경기사들의 안색이 바뀌었다.

"윽!"

"저들은?"

협곡 입구에 한 무리의 군세가 대기하고 있었다. 300여 명 정도의 병력에 앙시와 파라트 기사단, 릴스타인 북부 왕국군이었다.

"릴스타인 폐하의 명에 따라!"

"반역자를 처단하노라!"

이내 양측이 맹렬히 격돌했다.

비록 백색상아탑 전투로 전력이 많이 깎이긴 했지만, 백경기사단은 여전히 테오란트 왕국 최강의 정예들이었다. 아무리 수적으로 밀린다 해도 저런 2류 기사단에 당할 정도는 아니다.

하지만 릴스타인 왕국군엔 크림슨 나이츠, 초인급 소드하이어가 넷이나 끼어 있었다.

"크아아아!"

투기강을 휘두르며 크림슨 나이츠가 몸을 날렸다. 순식간에 백경기사단의 대열이 헝클어졌다.

투기 흩뜨리기 수법이 분명 크림슨 나이츠의 약점이긴 하지만, 그것도 아무나 쓸 수 있는 것은 아니다. 최소 달인급은 되어야 효과를 볼 수 있는 것이다.

사방에서 피와 비명이 이어졌다.

"크억!"

"으아악!"

"이 저주받을 괴물들아!"

욕설과 함께 쓰러지는 백경기사단의 수가 점점 늘어간다. 그 통쾌한 광경에 릴스타인 왕국군 사령관 하이어 프라인은 잔인하게 웃었다.

"후후, 이 정도의 전공이라면 나도 중앙으로 돌아갈 수 있겠지."

하지만 아무래도 프라인이 중앙으로 복귀할 일은 없을 듯했다.

갑자기 허공에서 날아온 황금의 검이 그의 목을 뎅겅 잘라 버렸으니까.

"헉?!"

"사령관 각하?"

프라인을 절명시킨 광검이 호선을 그리며 전장으로 향한다. 그리고 크림슨 나이츠를 동시에 요격한다.

투기강과 광검이 충돌해 뇌성과 충격파를 뿌려댔다.

콰콰콰쾅!

백경기사단이 화색이 되어 외쳤다.

"저것은!"

"무신기, 팔방지검이다!"

저마다 다른 형태의 여덟 자루 광검이 한 지점으로 돌아갔다. 한 잘생긴 노인이 허공에 오른손을 휘저으며 차가운 눈빛을 발하고 있었다.

릴스타인 왕국군이 비명을 터뜨렸다.

"바락!"

"용병왕 바락이야!"

"저 괴물이 어째서 이 북쪽 끝에 나타난 거지?"

팔방지검을 휘두르며 바락이 크림슨 나이츠를 덮쳐갔다. 고작해야 넷이라는 숫자로 무신급 소드하이어를 당할 수 있을 리 없었다. 얼마 지나지도 않아 모조리 참살되어 피를 뿌렸다.

전투는 이내 끝났다. 큰 피해를 본 채 릴스타인 왕국군은 허겁지겁 도주했다.

안도의 한숨을 내쉬며 에란트가 감사를 건넸다.

"덕분에 살았습니다, 바락 영감님."

"아직 안전한 건 아니지, 어서 몸을 숨기라고."

감사 인사를 받는 둥 마는 둥 하며 바락이 품에서 쪽지를 꺼냈다.

"가만있자, 다음엔 어디로 가야 하더라?"

바빴다. 이래저래 갈 곳이 많았다.

릴스타인에 대항해 일어난 저항 세력은 이들뿐만이 아닌 것이다.

"아으, 시한 녀석, 늙은 사부를 이렇게 부려먹다니……."

툴툴대며 쪽지를 도로 품에 넣은 뒤 바락이 몸을 날렸다.

"제논 놈 얼굴 봐서 봐준다."

황금빛 궤적을 남기며 순식간에 노인의 모습이 황야 저편으로 사라져 갔다.

같은 시각, 이나시우스 교국의 왕도 리자테리움.

밤의 눈동자를 둘러싸고 대규모 난전이 벌어지고 있었다.

"여신을 배반한 더러운 배교자들을 척살하라!"

"크론 리자테여! 그대의 신실한 종을 보우하소서!"

수많은 신전기사가 서로 검을 마주한다. 모두가 한때는 신실하게 달의 여신을 섬기던 이들이었다. 하지만 이제는 양쪽으로 갈렸다. 릴스타인에게 굴복한 배교자들과 끝까지 카렌에 대한 충성을 버리지 않던 이들이었다.

배교자들의 숫자는 충성스러운 이들의 절반도 되지 못했다. 하지만 전력은 거꾸로 세 배에 달했다. 이들은 릴스타인 왕국 서부 주둔군과 함께 싸우고 있는 것이다.

그럼에도 패배는 배교자들의 몫이었다.

지금 교국군을 이끄는 수장은 바로 우아한 달빛 사슬을 휘두르는 흑발의 미녀였으니까.

"청월의 사슬!"

전격의 사슬이 배교자들을 휘감고 뇌전을 흩뿌렸다. 사슬에 휘감긴 신전기사들이 비명도 지르지 못한 채 숯이 되어 쓰러져 갔다.

배교자들이 그토록 믿었던 비장의 한 수, 5인의 크림슨 나이츠 역시 지금 이 순간엔 아무런 도움도 되지 못했다.

"크론 리자테시여, 당신의 시험으로 내 적을 축복하소서!"

질병의 안개가 적색 기사들을 뒤덮어간다. 카렌이 이내 안개 속으로 모습을 감췄다. 그리고 다시 안개가 걷혔을 땐, 그 자리엔 다섯 구의 시신만 남아 있었다.

"후퇴! 후퇴하라!"

릴스타인 왕국군의 도주를 바라보며 카렌이 명령을 내렸다.

"지금이야 일단 물러나지만 저들이 리자테리움을 포기할 리는 없겠지. 밤의 눈동자를 주축으로 방어 태세를 갖추고 신민들의 협조를 구하도록."

"물론입니다, 그런데 성하께서는?"

신전기사가 저런 질문을 던진 이유가 있었다.

어째 전투가 끝나자마자 카렌이 주섬주섬 짐을 챙기기 시작한 것이다. 누가 봐도 바로 자리를 뜨려는 태도였다.

온화한 미소와 함께 카렌이 대꾸했다.

"남부 신전으로 갈 것이다. 그곳에도 여신의 신민들이 있으니까."

*　　　*　　　*

이미 수차례나 전화를 입었던 불운의 도시, 카곤 시티.

한때 릴스타인에게 마음까지 꺾였던 이 남부 최대의 교역 도시도 다시 한 번 저항의 불길을 불태우고 있었다.

"꺼져라, 이놈들!"

"카곤 시티는 자유민들의 도시다!"

"압제자 따윈 필요 없다!"

용병들과 시민들, 기사들이 힘을 합쳐 릴스타인 왕국군과 싸우고 있었다. 이 도시를 지배하던 기존의 일곱 가주는 모두 도망간 지 오래지만, 진정한 주인들은 결코 카곤 시티를 버리지 않았다.

물론 릴스타인도 카곤 시티의 중요성을 모르지 않았다. 그래서 이곳엔 특별히 크림슨 나이츠를 10명이나 배치해 놓기도 했다.

그 적색 기사들을 한 백금발의 소녀가 상대하고 있었다.

"잠형기, 영격!"

어둠을 두르며 좌측으로 빠져나가 일격을 찌른다. 날카로운 투기검이 어깨를 노려온다.

"크아아!"

괴성을 터뜨리며 크림슨 나이츠는 바로 검격을 튕겨냈다. 그리고 바로 알리타의 정면으로 돌진해 갔다. 워낙 빠른 스피드라 알리타도 미처 피하지 못했다. 초인급과 기사급에는 현격한 격차가 있는 것이다.

하지만 지금의 그녀는 단순히 기사급 소드하이어인 것만이 아니다.

"컨티뉴얼 라이트!"

상아탑 4층에 종사하는 정식 마기언이면서…….

"와라, 느야스!"

…동시에 현존하는 테라노어 최강의 루스클란 이계소환술사다.

마법의 섬광으로 잠시 크림슨 나이츠의 움직임을 제지하며 알리타는 차원문을 열었다. 그녀의 손짓에 따라 직경 30㎝ 정도의 작은 균열이 허공을 갈랐다.

공허가 괴물을 토했다. 마치 뱀처럼 생긴, 전신에 전격의 칼날이 가득 돋아난 이계의 마물이었다.

"카오오오!"

괴성과 함께 이계 마물이 크림슨 나이츠의 좌측을 노렸다. 허겁지겁 투기강의 궤도를 돌려 적색 기사가 마물을 동강냈다.

그 틈에 알리타가 다시 이계소환술을 발동했다.

"와라, 루다란!"

이번엔 차원문에서 바위처럼 껍질이 단단한 이계 마물이 튀어나왔다.

마물이 쥐며느리처럼 똬리를 튼 채 그대로 상대에게 날아간다. 마물 자체를 일종의 포탄처럼 날린 것이다.

"큭!"

마물과 투기강이 격돌했다. 그리고 이번엔 마물이 두 동강 나지 않았다. 팽팽하게 맞서며 오히려 크림슨 나이츠를 뒤로 밀어낸다.

"와라, 테치아!"

마지막으로 그녀가 소환한 것은 말미잘처럼 생긴 길이 2미터의 이형 마물.

마물이 소환되자마자 촉수를 땅에 꽂았다. 동시에 크림슨 나이츠의 발밑에서 빛이 솟구쳤다.

알리타의 가공할 마력이 마물의 빛에 깃들어 있으니, 그 파괴력은 초인급 소드하이어의 방어 투기조차 뚫을 정도였다. 파괴의 광창이 크림슨 나이츠를 난도질했다.

"크아아악!"

그렇게 초인급 소드하이어 하나를 참살해 버린 뒤 알리타는 심호흡을 했다.

"후우, 그래도 훈련한 보람이 있네……."

정립되지 않은 허차원의, 정립되지 않은 부정의 마물들.

그 마물들에게 이름을 주고 존재를 확정시켜 특질을 극대화한 뒤 소환한다. 그리함으로써 정립되지 않는 이계 마물의 존재에 방향성을 부여한다.

이리하면 정확하게 원하는 이계의 마물만을 약식으로 소환할 수 있다.

이것이 실전형 이계소환술, 마력은 높은데 차원력이 낮아 강력한 소환수를 통째로 부르지 못했던 루스클란의 혈족들이 주로 사용했던 수법이었다.

물론 알리타의 차원력은 엄청나다. 100미터급이라면 제국 시절 기준으로도 충분히 초일류에 속한다.

하지만 마력이 상대적으로 더 높은 것이다. 천년 제국을 통틀어서 알리타보다 마력이 높았던 루스클란 황족은 아마 초대 황제 정도밖에 없었을 것이다.

'애초에 내 마력도 아니었으니까, 뭐.'

약자가 강해지기 위해 쓰던 수법을 강자가 쓰니 그 위력이 장난이 아니었다.

벌써 초인급 소드하이어 넷이 시체가 되어 알리타의 발치에 뒹굴고 있었다.

*　　　　*　　　　*

도시 반대편에서는 성시한이 남은 크림슨 나이츠 6인을 상대하는 중이었다.

뭐, 오래 걸리지도 않았다. 이들 상대론 무극천검도 필요 없다. 십이지검을 날려 순서대로 꼬치 신세로 만드는 걸로 족하다.

순식간에 상황을 정리한 뒤 그는 다시 알리타와 합류했다. 그리고 그녀가 처리한 4인의 크림슨 나이츠를 내려다보며 희미하게 웃었다.

'알리타도 이제 훌륭한 전력이군.'

덕분에 양동에 나선 크림슨 나이츠를 각자 다른 장소에서 상대할 수 있었다. 도시민들의 피해도 크지 않았다.

"아니, 피해가 크지 않은 것은 아니지."

문득 시한의 얼굴에 수심이 어렸다.

카렌의 편법, 크림슨 나이츠에게 적당한 부상을 입혀 좀비처럼 따라오게 하는 수법은 더 이상 통하지 않았다. 그래서 또다시 무고한 지구인의 목숨을 빼앗아야 했다.

"어쩔 수 없는 일이라곤 하지만······."

이계 마력로에 대한 우드로우의 질문이 떠오른다.

"그동안 우리가 죽인 크림슨 나이츠 역시 죄 없는 지구인들입니다. 그들과 이들이 뭐가 다른 겁니까?"

생각해 보면 웃기는 이야기가 아닌가? 수정관 안에 있을 땐 죽여선 안 되지만, 밖으로 나오면 죽여도 된다?

어쩔 수 없다는 이유로 크림슨 나이츠의 목숨을 앗았다면 이계 마력로의 지구인들 역시 똑같이 대해야 하는 것 아닐까?

하지만 이는 과거 루스클란의 무고한 황족을 죽인 것과도 같은 논리다.

"이게 대체 죄 없는 루스클란의 황족들, 그리고 붙잡힌 지구인들의 죽음을 방관하는 것과 무슨 차이가 있지? 나는 그저 똑같은 행위를 반복하고 있는 것이 아닐까?"

카렌은 말했었다.

"그렇다면 패배할 수밖에요. 그릇된 방법으로 승리한 이들이 어떻게 되었는지, 지금 세상이 보여주고 있잖아요?"

그렇다면 계속해 지배당한 지구인을 베고 있는 성시한은 그릇된 길을 걷고 있는 걸까? 이들을 구하지 못할 바에야 차라리 패배하는 게 옳은 걸까?

머리가 혼란스럽다. 답을 찾을 수가 없다.

알리타가 차분히 입을 열었다.

"달라요."

"응?"

"크림슨 나이츠를 베는 것과 무저항의 지구인을 베는 것은 분명 달라요."

"대체 뭐가?"

"시한이 처음부터 이들을 포기한 것은 아니잖아요?"

내내 지배당한 지구인을 구할 방법을 찾고 또 찾았다. 실제로 몇 번 효과를 보기도 했다. 그때마다 릴스타인이 새로운 수법으로 막아버렸을 뿐.

따지듯 성시한이 반문했다.

"그럼 뭘 해? 결과적으로 아무도 구하지 못한 건 마찬가지잖아?"

달래는 듯한 어조로 알리타가 대꾸했다.

"처음부터 불가능하다고 단정 짓느냐, 아니면 끝까지 다른 방법을 찾고 또 찾다가 어쩔 수 없이 포기하느냐의 차이라고 생각해요."

기본적인 마음가짐의 차이.

십 년 전의 혁명 6영웅은 처음부터 포기해 버렸다. 어차피 막을 수 없는 일이라 여기고 루스클란의 황족들이 사달을 일으키기도 전에 모조리 죽여 버렸다.

"만약, 루스클란 황족들을 살려둔 채 감시하다가 예상했던 일이 터졌다면 어떻게 되었을까요?"

많은 피가 흘렀을지도 모른다.

필요 없는 죽음이 이어졌을지도 모른다.

돌이킬 수 없는 타격을 입어 혁명이 실패했을지도 모른다.

"하지만 어쩔 수 없이 그들을 베고, 마저 혁명을 성공시켰을지도 모르죠."

후회도 회한도 여전히 남기는 할 것이다.

하지만 혁명 7영웅 사이에 갈등이 생기진 않았을 수는 있다. 현실과 타협함으로써 타락의 첫 단추를 끼우지 않고, 순수함을 유지한 채 새로운 시대를 열었을 수도 있다.

시한의 표정이 살짝 풀렸다.

"네 말이 옳아, 알리타."

처음부터 포기해선 안 된다.

처음부터 불가능하다고 단정 지어선 안 된다.

이는 끝까지 해법을 찾고 또 찾은 후에야 내려도 되는 결론이다.

성시한은 고개를 들어 주위를 돌아보았다. 아직도 카곤 시티 곳곳에선 자잘한 전투가 이어지고 있었다.

"가자, 알리타. 다른 곳까지 마저 정리해야지."

"그래요, 시한."

전투가 벌어지는 도심을 향해 두 사람이 몸을 날렸다.

*　　　　　*　　　　　*

구팔로스 왕국 쪽에서는 친시한파였던 하이어 네포스가 주축이 되어 군사를 모으고 있었다. 그리고 다른 지역과 달리 이들은 딱히 릴스타인 왕국군의 방해를 받지 않았다.

네포스를 처리해야 할 베르패스와 은형기사단이 미적거리는 태도를 보인 탓이었다. 저들의 태도가 명확하지 않으니 릴스타인 동부 왕국군 역시 함부로 움직일 수가 없었다.

성시한에게서 날아온 비밀 서신을 한 번 더 펼쳐보며 그는 미간을 찌푸렸다.

'사상 고정 광역 결계진이라……'

사랑하던 여인이자, 섬기던 여왕의 원수.

그럼에도 베르패스는 성시한에게 적의를 가질 수 없었다.

성시한과 레비나의 관계는 딱 잘라 결론 내릴 만큼 단순한 것이 아니었다. 제3자인 그가 끼어들 일은 더더욱 아니었다.

무엇보다 성시한은 생명의 은인이었다. 레비나가 있을 땐 그녀의 뜻에 따라 이계구원자를 적대할 수 있었지만, 스스로의 의지로 그럴 순 없었다.

'하지만 릴스타인 님 역시 내게는 생명의 은인이지······.'

그는 과거 혁명전쟁 시절 릴스타인에게 목숨을 구원받은 적도 있었던 것이다.

베르패스에게 있어 성시한과 릴스타인은 동일한 비중을 지닌 존재였다. 어느 한쪽을 편들 수 있는 처지가 아니었다.

그래서 사감을 버리고 오직 기사도에 따라서 움직이려 했다.

오로지 명분에 따라, 여왕의 기사로서 여왕의 남편에게 충성을 다해 그 적과 싸우려 했다.

하지만 이 서신이 진실이라면 상황이 전혀 달라진다.

'이대로라면 테라노어는 패배자들의 세상이 되어버리겠군.'

성시한을 막을 순 없다. 하지만 생명의 은인인 릴스타인에게 칼을 들이댈 수도 없다.

이러지도 저러지도 못하게 된 베르패스는 결국 비겁한 길을 선택했다.

"전군 출격!"

출격은 했다. 단지, 고의로 명령을 곡해한 뒤 엉뚱한 장소로 출격했을 뿐.

그와 은형기사단, 릴스타인 동부 왕국군이 황야를 헤매는 동안 네포스는 무난하게 군사를 모아 델스트로이로 진군할 수 있을 것이다.

'회군할 때쯤엔 이미 모든 상황이 끝나 있겠지.'

그야말로 회색분자, 이도 저도 아닌 박쥐의 태도였다. 베르패스 역시 그 사실을 잘 알고 있었다.

'하지만 어쩌겠는가? 이 길밖에 남지 않은 것을⋯⋯.'

한숨을 내쉬며 그는 현실에서 눈을 돌렸다.

베르패스뿐 아니라 진실을 알게 된 몇몇 고위 귀족 역시 중립을 지켰다.

만족스러운 결과였다. 지금 같은 상황에선 중립이 곧 릴스타인을 적대하는 것이나 마찬가지다.

그래서 시한은 켈테론에게 물었다.

"이왕 이렇게 된 거, 아예 사상 고정 광역 결계진을 온 세상에 공표하는 건 어때?"

켈테론은 극구 반대했다.

"아이고, 그러면 큰일 납니다요."

올바른 의견을 내세우면 그것은 올바른 의견이므로 모두가 따를 것이다?

세상 물정 모르는 순진한 소리일 뿐이다.

"일반 백성들에게 저 개념을 알려줘 봐야 무슨 큰 의미가 있겠습니까?"

고등교육을 받지 않은 이들은 아예 저 마법의 추악함을 이해하지도 못할 것이다.

"그리고 귀족들 중엔 오히려 혹하는 이들도 나올 것이고요."

나쁜 일이 생기면 자기 잘못으로 돌린다.

분명히 인간의 저항 의지를 빼앗고 스스로를 패배자로 만드는 무서운 정신 조작 마법이다.

그런데 이게 또 기득권층에겐 달리 해석되는 것이다.

'그러니까 아랫것들이 쓸데없이 저항하지 않는다는 소리인가?'

어차피 귀족쯤 되면 위로 섬길 이들은 별로 없다. 윗사람보다 아랫사람이 훨씬 많은 이에겐 저것이 매력적인 상황으로 받아들여질 수도 있다.

"인간은 스스로의 기준으로 진실을 왜곡해 받아들이는 법이니까요."

굳이 저 진실을 널리 알릴 필요는 없다. 몇몇 고위층, 저 마법의 무서움을 충분히 이해할 수 있는 이들에게만 알려도 족하다.

"솔직히 말하면 그럴 시간도 없고요. 오히려 헷갈리기만 할 겁니다."

지금 이대로도 충분하다는 것이 켈테론의 결론이었다.

"걱정 마십시오, 시한 님. 이미 불길은 거세게 타오르고 있습니다."

사파란, 테오란트, 라텐베르크, 이나시우스, 팔로스.

릴스타인 왕국 본토를 제외한 모든 지역에서 일제히 저항 세력이 일어났다. 태양의 신전과 달의 교단 역시 공식적으로 릴스타인을 교적으로 삼았다. 잠잠한 것은 릴스타인 왕국과 이미 유착 관계가 깊었던 별의 성지뿐이었다.

테라노어의 많은 지방 호족들 역시 몇몇의 중립을 표방한 이들을 제외하곤 둘로 갈라졌다.

빨리 이 혼란이 가라앉았으면 좋겠다는 친릴스타인파.

그리고 성시한 편을 들면 일발역전을 노릴 수 있다는 반릴스타인파.

현재의 지위를 지키려는 자와 그 자리를 빼앗으려는 자들 역시 서로 싸우고 있었다.

테라노어 전체가 혼돈의 도가니였다.

*   *   *

릴스타인 왕실은 발칵 뒤집혔다.

고작 열흘도 안 되어 이 사달이 났다. 이게 우연일 리는 절대 없었다. 이계구원자의 수작이란 건 모두가 알고 있었다.

"문제는 시한이 무슨 수를 썼냐는 것이지."

영상을 통해 릴스타인은 불쾌한 기색을 드러냈다.

저항 세력들은 하나같이 통치 체제의 허점을 노려, 군대의 움직임이나 일정을 파악하고 안전한 때를 노려 일어났다. 바보가 아닌 이상 이런 이유를 모를 리 없다.

하이어 엔다윈이 진중한 목소리로 대답했다.

"틀림없이 배신자가 있습니다."

켈테론이 분노하며 소리쳤다.

"신 켈테론, 기필코 그 어리석은 자를 찾아내 폐하 앞에 꿇리겠나이다!"

그 목소리엔 군건한 각오가 서려 있었다. 눈동자 또한 조금도 흔들리지 않았다.

그래서 홀 안의 신하들은 헷갈려 했다.

'정말 아닌가?'

'확실히 저 양반이 목숨 걸어가며 충성을 다할 인간은 아니긴 한데……'

배신자라 하면 아무래도 켈테론이 제일 의심스럽다. 한때 이계구원자의 최고 심복이었으니까.

그런데 태도를 보나, 해먹는 걸 보나 영 아닌 것 같다.

'솔직히 내가 이계구원자라 해도 저런 인간을 믿을 것 같지는 않단 말이지.'

또 다른 이유도 있었다.

이 홀 안의 신하들 중 절반 이상이 그간 켈테론에게 음으로 양으로 꽤나 받아먹은 것이다.

자고로 많은 돈은 많은 갈등을 지워주는 법이다. 일단 팔이 안으로 굽으니, 설마 그럴 리 없을 거란 생각이 먼저 든다.

영상 속의 릴스타인이 불현듯 탄식을 흘렸다.

"하하, 세상이 짐으로 하여금 불필요한 피를 흘리게 만드는구나."

그 음성 속엔 단호함과 잔혹함이 깃들어 있었다. 신하들의 입이 닫혔다.

"하나 어쩔 수 없는 일이겠지."

조용해진 홀 내로 절대자의 목소리가 이어졌다.

"공포로써, 본보기를 세우겠다."

*　　　　*　　　　*

사파란 왕국 서부의 한 숲속.

수십의 기사와 병사들이 릴스타인 왕국군의 포위 공격에 처참하게 죽어가고 있었다.

"으아악!"

"아악!"

학살을 주도하는 것은 투기강을 휘두르는 적색의 기사, 크림슨 나이츠.

고작 한 명이었다. 하지만 그것만으로도 충분했다.

초인급 소드하이어는 단신으로도 일국의 정세를 좌지우지할 수 있는 존재.

시한 일행이나 왕실 기사단급의 전력이 상대가 아니라면 초인급 소드하이어는 절대적인 위력을 발휘한다.

순식간에 시체가 숲 사방에 뒹굴었다. 릴스타인의 압제에 맞서 용맹하게 일어선 에드란 남작군의 최후였다.

대륙 곳곳에서 비슷한 일이 벌어졌다.

단신, 혹은 두어 명의 크림슨 나이츠를 내세운 소규모 릴스타인 왕국군이 저항 세력을 각개격파했다. 대륙 곳곳에서 피가 강이 되어 흘렀다.

릴스타인은 예전처럼 성시한의 주축이 되는 세력을 노리지 않았다. 저들은 그냥 세력을 규합하게 내버려 두고, 대신 저들의 군대가 될 자잘한 저항 세력들의 기를 꺾어놓는 것이다.

아무리 성시한이나 바락, 카렌이 강하다 해도 몸은 결국 하나뿐이다. 대륙 사방에 동시에 존재할 수는 없다.

물론 성시한도 최대한 저들을 구하려 할 것이다. 하지만 그럴 인원이 남아돌 리 없지.

과거 백색 상아탑에서 성시한과 그의 군세는 100여 명의 초인급 소드하이어조차 상대하는 위용을 보였다. 현존하는 테라노어의 모든 강자들의 집결체였으니까.

거꾸로 말하면 현존하는 테라노어의 강자들은 저들이 전부다. 그 이상의 전력은 존재하지 않는다.

이계구원자의의 비호를 받지 못한 저항 세력은 결국 피를 흘릴 수밖에 없는 것이다.

학살의 장을 펼침으로써 릴스타인은 이렇게 선언한 셈이었다.

"이계구원자는 결코 그대들을 보호하지 못한다. 그러니 어리석은 백성들이여, 현실을 받아들여 소중한 목숨을 보존토록 하라!"

릴스타인의 예측은 틀렸다.

저항의 불길은 꺼지지 않았다. 오히려 더더욱 거세게 타오를 뿐이었다.

"이해할 수 없군."

자신의 집무실에 앉아 그는 고개를 갸웃거렸다.

"도대체 왜 저렇게 성시한에게 호응하는 거지?"

육왕국 시절이라면 이해할 수 있었다.

"무릇 백성이란 변화를 두려워하는 법."

육왕국이라는 틀을 부수고 하나의 제국을 세우려는 릴스타인에게 반감을 느끼는 것은 자연스럽다. 하지만 이미 그는 테라노어를 통일했고, 새로운 제국을 세웠다.

이제 남은 것은 평화로운 세상을 만드는 것뿐인데…….

"여기서 대체 왜 일개 백성들이 저 난리인가? 어차피 누가 지배자가 되든 그게 그것일 텐데."

딱히 자신이 광제처럼 폭정을 한 것도 아니었다. 솔직히 말하면 폭정을 할 시간도 없었다.

그가 한 것이라곤 대륙을 통일한 새로운 지배자가 된 것뿐이다. 천년 전의 루스클란 대제처럼.

제국의 역사를 보면 초대 황제의 통치 앞에 백성들은 대부분 수긍하고 새로운 시대를 맞이했다. 이렇게까지 반항하지 않았다.

"이미 세상이 바뀌었다면 오히려 평화와 안정을 바라는 것이 옳지 않은가?"

물론 먹고사는 문제만 보면 평화롭던 시절보다 못한 것은 사실이다. 워낙 그동안 전쟁이 잦았으니까.

하지만 릴스타인은 전후 처리를 통해 충분히 백성들의 생활을 끌어 올리려 하고 있었다. 육왕국도 말기엔 나라꼴이 말이 아니었으니, 백성들 입장에선 그리 살기 힘들어졌다고 느끼지 않을 것이다.

그는 분명 패왕의 길을 걷고 있었지만, 폭군의 통치는 하지 않았다.

"사상 고정 광역 결계진이 세상에 알려졌다면 이해가 가겠는데 그것도 아니고……."

정녕 모르겠다는 얼굴로 릴스타인은 뇌까렸다.

"…뭐가 불만이라서 저리들 난리인 거야?"

릴스타인의 의문은 사실 성시한도 똑같이 느끼고 있었다.

"일이 잘 풀리니 좋긴 하지만, 도대체 왜 이리 잘 풀리는지 모르겠네."

성시한이 승리하고 릴스타인이 죽는다 해서 하루아침에 풍요로운 세상이 올 리가 없다. 똑같이 전쟁의 부작용에 시달려야 하고, 똑같이 기득권층의 폭거에 시달려야 한다.

물론 사상 고정 광역 결계진이 발동하면 만사 끝장이니 릴스타인의 지배는 절대 용납해선 안 된다. 하지만 저 사실을 아는 이는 극히 소수다.

백성들 입장에선 딱히 릴스타인을 지지하진 않더라도, 능동적으로 대항할 이유도 없는 것이다.

그런데 성시한을 지지한다.

왜?

그에 대해 켈테론은 명확한 해답을 주었다.

"민중이란 건 그렇게 합리적인 존재들이 아니지요."

켈테론은 일찌감치 대륙 각지에 유언비어를 퍼뜨려 은연중 민심을 선동해 왔다. 성시한을 탐색하는 과정에서 겸사겸사 처리한 일이었다.

선동 작업의 결과, 현재 테라노어의 민심은 이런 식으로 흘러가고 있었다.

명분? 대의? 알 게 뭐야?

당장 먹고살기 힘들다고. 그런데 전설의 영웅이 돌아왔다고.

왠지 릴스타인은 광제 떠오르게 한다고.

그러니까 릴스타인이 나빠.

"뭐, 대충 이런 식이랄까요……."

그리고 저 선동 작업이 유독 잘 먹히는 이유도 있었다.

"사실 백성들이 어리석긴 한데, 또 그렇게까지 어리석지는 않거든요."

"그게 무슨 소리야?"

"아, 제가 좀 애매하게 말씀을 드렸군요."

머리를 긁적이더니, 켈테론이 진지한 표정을 지었다.

"분명히 백성들은 어리석습니다. 하지만 둔하진 않아요."

세상이 뭔가 잘못되어 간다는 것은 느낀다.

단지, 왜 잘못되어 가는지를 모를 뿐이다.

"그래서 오히려 나쁜 선택을 내리고 세상을 더욱 망치는 경우도 비일비재하긴 합니다만, 어쨌든 본능적으로 릴스타인의 지배에 뭔가 문제가 있다는 건 느끼는 겁니다."

그리고 저 민심은 그대로 귀족들에게 반영된다. 지배층의 의사에 힘없이 따르는 것이 피지배층의 숙명이라지만, 인간관계란 어느 한쪽만의 일방통행이 아니다.

"그렇다 해도 크림슨 나이츠에 의한 피해가 너무 크긴 하군요. 이것도 슬슬 손을 쓸 필요가 있겠습니다."

염소수염을 매만지며 켈테론이 생각에 잠겼다. 시한이 의아해하며 물었다.

"어떻게 하려고?"

"외부로 전력을 빼내지 못하도록, 필라 오브 임페라토르를 수

시로 두들겨 줘야죠."

"누가 그걸 해?"

시한도 카렌도 바락도, 심지어 알리타조차도 대륙 각지를 쏘다니며 저항 세력 보조하느라 바쁘다.

"다들 마냥 델스트로이에 머물 수 있는 처지가 아닌데?"

켈테론이 히죽 웃었다.

"마냥 델스트로이에 머무는 친구가 한 명 있잖습니까?"

*　　　　*　　　　*

야심한 필라 오브 임페라토르 남쪽 구역에 갑자기 대규모 폭발이 일어났다.

콰아아앙!

대응은 빨랐다. 홍룡기사단과 경비병들이 바로 남쪽 구역을 포위했으며, 잠들어 있던 릴스타인도 이내 사고 장소로 향했다.

폭발이 일어난 것은 탑 남쪽의 외벽이었다. 북쪽 구역이 붕괴되었을 때처럼 크게 부서지진 않은 것이, 침투하려다 실패하고 이내 도주한 듯싶었다.

"이건 패왕기의 흔적이군."

범인은 성시한이거나 용병왕 바락이다. 그렇게 결론짓고 릴스타인은 고개를 돌렸다. 그리고 곁에 선 50대 초반의 중년 기사에게 물었다.

"침입자는 어디로 도주했지?"

필라 오브 임페라토르의 경비 총 책임자이자 홍룡기사단의 부단장, 하이어 로그랄이 우물쭈물하며 답했다.

"그, 그것이… 흔적을 찾을 수가 없습니다."

"흔적을 찾을 수 없다니?"

"아뢰옵기 황송하오나, 누군가가 침투하거나 달아난 흔적이 전혀 없습니다."

"그럼 시한 녀석이군."

바락은 그 정도로 은신술이 뛰어나지 않다. 하지만 성시한이라면 이미 한번 쥐도 새도 모르게 필라 오브 임페라토르를 뒤집어놓았다. 충분히 흔적 없이 이런 일을 저지를 능력이 있다.

'아무래도 시한이 다시 텔스트로이로 숨어든 모양인데……'

대륙 각지의 저항 세력을 처리하느라 상당수의 크림슨 나이츠가 왕도를 비운 상태다. 시한에겐 꽤나 절호의 기회로 보일 것이다.

릴스타인은 잠시 고민했다.

'경계를 강화해야 하려나?'

사상 고정 광역 결계진의 완성이 며칠 남지 않았다. 그렇다면 차라리 빈틈을 찔리는 걸 막는 쪽이 상황적으로 더욱 유리하다.

'크림슨 나이츠를 도로 왕도로 불러들여야겠군.'

결론을 내린 뒤 릴스타인이 명했다.

"경비 태세를 최고 등급으로 올리도록. 기한은 12일 후까지다."

"예, 폐하!"

지시를 내린 뒤 릴스타인은 자신의 침실로 돌아갔다. 하이어 로그랄과 홍룡기사단 역시 원래 위치로 향했다.

그 속에는 남몰래 회심의 미소를 짓고 있는 거구의 기사도 있었다.

'당연히 흔적 못 찾겠지. 애당초 들어온 적도 나간 적도 없는데?'

필라 오브 임페라토르 남쪽 경비대장이자 홍룡기사단의 일원, 제논 스트라이드였다.

*   *   *

릴스타인은 대륙 각지로 투입한 크림슨 나이츠를 모조리 귀환시켰다. 그리함으로써 왕도의 방비를 더욱 굳혔다.

결과적으로, 저항 세력을 제압하던 릴스타인 왕국군의 전력은 더욱 약해졌다. 수적으로 우위에 있으니 자잘한 세력들은 진압할 수 있지만 시한 일행이나 창천기사단, 혹은 과거의 왕실기사단이 참전한 곳에선 줄줄이 패배할 뿐이었다.

회의가 열렸다.

마법 영상에 비친 릴스타인에게 신하 한 명이 간언을 올렸다.

"대륙 각지에 주둔 중인 군대의 피해가 점점 커져가고 있습니다, 폐하. 대책을 마련해야 합니다."

회의에 참가한 엔다윈이 물었다.

"그럼 어떤 대책을 세울 셈인가? 주둔 중인 군대를 모조리 물리고 차지한 영토를 전부 포기하자는 건가?"

"당장 여력이 없다면 그 역시 고려해 보아야 하지 않겠습니까?"

신하들의 토론을 바라보며 릴스타인은 표정을 굳혔다.

예상했던 것보다 주둔군의 승률이 너무 낮았다. 충분히 승리할 것이라 판단한 전투에서도 패하고 물러나는 일이 비일비재했다.

'어째서?'

군의 훈련도나 전력을 생각하면 이해하기 힘든 일이었다.

릴스타인 왕국군은 많은 전투를 치러온 베테랑들이고, 지휘관들 역시 혁명전쟁을 통해 잔뼈가 굵은 이들이다.

제국을 쓰러뜨리거나 대륙을 정복하기 위해 몰아칠 땐 그토록 유능하던 이들이, 왜 지금은 제대로 힘을 못 쓰는 걸까?

릴스타인은 이내 이유를 알아챘다.

'그렇군, 우리는 반란을 진압해 본 적이 없어.'

십 년 전의 릴스타인은 혁명가의 위치였다. 통치자의 위치가 아니었다.

그를 따르던 수하들 역시 마찬가지였다.

혁명전쟁 시절의 전투 경험은 분명히 많다. 하지만 죄다 압제자를 상대하는 경험뿐이다.

'게릴라전을 펼치는 적을 상대해 본 적도 없고.'

다들 게릴라전으로 기득권층을 쓰러뜨리는 것엔 익숙하지만, 반대로 기득권층이 되어 게릴라들을 상대하는 수법은 모른다.

그렇다면 과거 제국이 쓰던 수법을 보고 배우면 되지 않겠냐고?

애당초 루스클란 제국은 혁명군의 게릴라전법에 제대로 대처를 못 했기에 결국 무너져 버렸다. 실패한 상대를 따라 해봐야 도움이 될 리가 없지 않은가?

육왕국 시절에도 국가 대 국가, 군대 대 군대의 전투만을 겪어왔다. 자국 내에서 반란을 진압한 경험은 없다.

릴스타인 왕국군의 지휘관들에게 생전 처음 겪는 생소한 상황인 것이다. 때문에 그간 갈고닦은 경험과 지혜도 그리 큰 힘을 발휘하지 못하고 있었다.

고민하는 릴스타인의 귀에 한 사내의 목소리가 들렸다.

"일단 세력을 규합하게 놔두고 한꺼번에 처리하는 것이 낫지 않겠습니까?"

켈테론이었다. 어차피 제압할 수 없을 것이라면 그냥 델스트로이까지 진군하게 내버려 둔 뒤 한꺼번에 쓰러뜨리자는 의견이었다.

다른 신하 하나가 반론을 펼쳤다.

"그러다간 폐하의 위엄이 깎이게 되지 않소?"

"아니지요. 오히려 단번에 큰 승리를 거둠으로써 진정한 제왕의 권위를 세상에 드리울 수 있지 않겠습니까?"

엔다윈도 동의를 표했다.

"현재 아군의 전력 대부분은 델스트로이에 집결되어 있소. 크림슨 나이츠도, 무신급 소드하이어들도 전부 필라 오브 임페라토르를 떠나지 않고 있지."

왜 릴스타인이 저렇게 탑만 죽어라 지키는지는 모르겠지만, 현실적으로 저들이 왕도를 벗어나지 않는다면 그 전력을 활용할 방법을 찾아야 한다.

무엇보다 델스트로이에는 테라노어 역사상 최강의 마기언, 릴스타인 본인이 버티고 있다. 가장 강력한 전력인 셈이다.

엔다윈이 허리를 숙이며 말했다.

"좋은 계책이라 생각합니다, 폐하. 전 켈테론 후작의 의견을 지지하겠습니다."

릴스타인도 잠시 의견을 숙고해 보았다.

"음……."

일일이 처리하기 귀찮으니까 적이 한자리에 모였을 때 한꺼번에 처리한다?

얼핏 굉장히 허점을 드러내는 전술 같지만 의외로 역사적으로 성공한 적이 많은 수법이다. 특히나 휘하에 강력한 무력을 지닌 군주라면 더더욱.

'그렇지만 동시에 적의 힘을 키울 여유를 주다가 역습당한 적도 많았지.'

과연 어느 쪽이 더 유리할까?

고민은 길지 않았다.

사상 고정 광역 결계진의 완성까지 12일 정도 남았다. 성시한 입장에선 세력이 제대로 모이든 안 모이든, 슬슬 필라 오브 임페라토르를 공략해야 할 시점이었다.

만약 이대로 계속 성시한의 세력 규합을 방해한다면?

시한은 휘하 군세의 부족함을 감수하고서라도 정예만을 꾸려 델스트로이를 노릴 것이다. 게릴라전을 시도할 것이란 소리다.

문제는 그럴 경우 릴스타인도 휘하 군세가 부족할 것이라는 점.

'양쪽 모두 전력이 부족하긴 마찬가지인데, 한쪽은 익숙한 게

릴라전을 펼치고 한쪽은 생소한 방어전을 맞이하는 셈이군?'

하지만 그냥 내버려 두고 서로 모든 세력을 규합해 충돌한다면?

그땐 군대 대 군대의 전투가 된다. 릴스타인 왕국군 입장에서도 익숙한 상황이다.

'물론 저쪽도 익숙하긴 마찬가지일 테니 순수하게 서로의 전력을 비교하는 전투가 되겠지.'

결론이 났다.

'어차피 그날이 오면 시한은 나타난다.'

그걸 어떤 식으로 맞이할 것인지가 달라질 뿐.

릴스타인이 명령을 내렸다.

"사방의 주둔군을 귀환시켜라."

저항 세력이 시한 일행에게 합류할 때까지 그냥 방관하겠다. 그리고 하나의 거대한 세력이 되어 델스트로이로 몰려오면 그때 확실하게 처리하겠다.

그때쯤이면 대륙 각지에서 귀환한 릴스타인의 군세는 시한 측의 군세보다 몇 배나 위일 테니까.

"왕도에서, 확실하게 모든 것을 끝내겠다."

대륙 각지의 릴스타인 주둔군이 일제히 후퇴했다. 더 이상 방해받지 않게 된 저항 세력들이 빠르게 힘을 합쳐 거대한 군세로 화했다.

테오란트 왕국에서 백경기사단이 발호했다. 에란트 1세를 주축으로 용맹한 북부 전사 2,000이 남하하기 시작했다.

라텐베르크 왕국에서 하이어 바로스와 흑사자 기사단이 1,000의 병사를 대동해 움직였다.

이나시우스 교국, 달의 교단에서 카렌 이나시우스와 청월기사단, 3,000의 교국군이 진군을 시작했다.

팔로스 왕국에서 하이어 네포스와 20의 소드하이어, 1,800의 병력이 이계구원자에게 힘을 보태겠다고 선언했다.

상아탑의 마기언들도 가만있지 않았다. 모투스와 테이엔 등이 주축이 되어 릴스타인에게 반감을 지닌 마기언들을 규합했다.

그리고 마침내 침묵하던 창천기사단도 몸을 일으켰다.

이계구원자 성시한과 대륙 최강의 기사단이 2,000의 병력을 이끌고 델스트로이로 향했다.

자그마치 1만에 달하는 대군이 테라노어를 위풍당당하게 가로질렀다.

사상 고정 광역 결계진 완성까지 7일 남은 시점의 일이었다.

*　　　　*　　　　*

정보부의 수장, 레트릴은 치를 떨고 있었다.

"이 빌어먹을 작자 같으니!"

이를 갈며 그는 허겁지겁 필라 오브 임페라토르로 향했다. 워낙 시급한 사항이라 바로 릴스타인에게 보고를 올려야 했다.

집무실로 들어선 중년 사내를 보며 릴스타인이 의아해했다.

"급한 용무라 들었다. 무슨 일이지, 레트릴?"

움켜쥔 서류를 내밀며 레트릴이 외쳤다.

"배신자를 찾았습니다, 폐하!"

"호오? 누구였지?"

"켈테론 후작입니다!"

이름을 외치면서도 레트릴은 배신감에 떨고 있었다.

사실 그는 켈테론과 꽤나 친분을 쌓았다고 생각하고 있었다. 여러모로 신세 진 것도 많았고, 또 켈테론은 레트릴의 개인적인 경조사도 꼬박꼬박 챙겨주었다.

그 역시 신세를 갚기 위해 이런저런 정보를 제법 퍼주곤 했다.

그 결과가 이거였다.

"확실하게 증거를 잡았습니다! 그 작자가 이제까지 모든 정보를 빼돌리고 있었습니다! 군사기밀도 자금 운용도 죄다 그 인간에 의해 유출된 것입니다!"

릴스타인의 안색도 변했다. 재빨리 보고서를 받아 읽어보더니 그가 서둘러 말했다.

"당장 그를 체포하도록! 어디까지 정보가 유출된 것인지 심문해야겠다."

레트릴이 허리를 숙였다.

"이미 병사를 보냈습니다, 폐하."

릴스타인 왕국군이 켈테론 후작의 저택으로 우르르 몰려갔다. 하지만 이미 그곳에는 아무도 없었다.

저택의 주인은 진작 짐 싸서 도망간 지 오래였다.

같은 시각.

카곤 시티로 향하는 한 관도 위로 한 무리의 일행이 길을 걷고 있었다. 백여 명의 병사와 십여 명의 소드하이어, 그리고 한 명의 중년 귀족으로 이루어진 일행이었다.

말을 몰다 말고 중년 귀족, 켈테론은 피식 웃었다.

'슬슬 들통났겠지?'

안 그래도 한계였다. 최대한 정보를 조작하고 또 조작했지만 더 이상은 감출 방법이 없었다.

그래서 이틀 전에 그대로 내뺐다. 저택도 버리고, 저택을 장식한 각종 보물들도 그냥 포기했다.

별로 아까울 것은 없었다.

'어차피 다른 재산은 전부 빼돌려 놨는데, 뭐.'

현재 그의 신분은 릴스타인 왕실의 행정관, 켈테론 후작이 아니었다. 이나시우스 교국 남부의 대지주이자 전통 깊은 호족, 헤랄드 남작이었다.

애당초 젝센가드 밑에서 일하던 시절부터 마련해 온 위장 신분이었다. 워낙 어디로 튈지 모르는 젝센가드의 성품을 고려해보면 아무리 기분을 잘 맞춰줘도 언제 무슨 변을 당할지 알 수 없는 것이다.

그래서 꾸준히 재산을 숨기며 가짜 신분을 만들어놓았다. 존재하지도 않는 이 헤랄드 남작을 실존 인물로 만들기 위해 자그마치 7년이 걸렸다.

'7년이라면 없던 사람 하나 만들기엔 충분한 시간이지.'

켈테론은 히죽 웃었다.

어느 누구도 교국 남부의 전통 깊은 귀족, 헤랄드 남작이 그라고는 생각지도 못할 것이다. 이미 그 지역 사교계에선 몇 년째 꾸준히 모습을 보이던 이였는데?

그에 맞춰 인상착의도 살짝 바꿨다.

트레이드 마크였던 염소수염도 깨끗이 면도하고 머리도 금발로 염색하고 눈썹도 다듬었다. 성시한의 천변기처럼 완전히 다른 사람이 될 수야 없지만, 이 정도면 인상착의를 속이는 데는 충분했다.

물론 가짜 헤랄드 남작과 친분이 있던 이들이라면 바로 알아채겠지만……

'당분간 두문불출하면 될 일이고.'

괜히 켈테론이 소신 있게 성시한을 지지했던 것이 아니다. 설령 시한이 실패한다 해도, 릴스타인이 세상의 주인이 된다 해도 제 한 몸 숨길 자신은 있었던 것이다.

물론 진심으로 릴스타인을 섬겼다면 꽤나 권력의 중추에 오를 수 있었을지도 모른다. 하지만 켈테론은 처음부터 릴스타인 밑에서는 오래 일할 생각이 없었다.

딱히 사상 고정 광역 결계진 때문만은 아니었다.

'릴스타인은 아무리 아끼던 이라도 필요가 없어지면 바로 내치는 타입이지.'

당장 자신이 그런 인간인지라 바로 알아볼 수 있었다.

건국 초기에야 켈테론이 쓸모가 있으니 중히 쓰겠지만, 제국이 자리를 잡고 나면 숙청될 것이 뻔했다.

어찌 되었든 종국엔 도망갈 속셈이었던 것이다. 최대한 한 재산 두둑이 챙겨서.

문득 켈테론이 속이 쓰리다는 표정을 지었다.

'크, 저택도 값이 꽤 나가는데 그냥 포기한 건 아쉽구만.'

왕도 텔스트로이의 중심에 세워진 대저택이니, 다른 귀족에게 팔면 거액을 쥘 수 있었을 것이다.

하지만 그랬다간 도주하기도 전에 걸릴 가능성이 너무 컸다. 멀쩡히 나랏일 하던 양반이 갑자기 자기 집 팔면 의심을 안 할 수가 없다.

'그래, 포기할 건 포기해야지. 목숨이 제일 소중한 건데.'

포기는 해도 미련은 남는다.

'아우, 아까운 내 저택.'

툴툴거리며 켈테론은 계속 말을 몰았다. 그렇게 목적지, 교국 남부의 헤랄드 남작 저택으로 향하던 중이었다.

문득 하늘을 올려다보며 그가 중얼거렸다.

"나 같은 소시민이 할 수 있는 건 여기까지 판을 깔아놓는 것뿐이지."

나머지는 성시한과 카렌 등, 진짜 세상을 바꾸는 영웅들의 몫이다.

"이걸로 내가 할 일은 다 했구만."

이제 결과를 기다리는 일만 남았다. 이대로 교국 남부까지 이동해, 미리 마련한 남국의 근사한 저택에서 그간 쌓아둔 재물을 느긋하게 즐기면서 말이지.

켈테론은 눈을 감았다. 그리고 경건한 표정으로 기도를 올렸다.

"일월성신이시여……."

성시한이 패한다 해도 부귀(富貴)는 누릴 수 있다.

하지만 성시한이 이기면 영화(榮華)도 누릴 수 있지.

행복한 노후, 안정적인 부귀영화(富貴榮華)를 위해 그는 진심으로 빌고 또 빌었다.

"제발 시한 님이 승리하게 해주소서……."

＊　　　　＊　　　　＊

대륙 각지에서 이동한 저항 세력들이 릴스타인 왕국의 국경을 넘었다. 제대로 쉬지도 못하고 달리고 또 달린 강행군이었다.

사상 고정 광역 결계진 완성까지 3일.

간신히 시간을 맞췄다.

성시한 휘하의 모든 세력이 한 번 더 재집결했다. 그리고 일제히 왕도 델스트로이로 진군하기 시작했다.

1만에 달하는 대군이 왕도 델스트로이를 포위하고 있었다. 수많은 병사가 질서정연하게 대열을 갖춰 서 있는 그 모습을 실로 장관이었다.

더구나 수뇌부의 면면은 더더욱 화려하다.

전설의 영웅, 이계구원자와 달의 여교황 카렌 이나시우스.

용병왕 바락과 대륙 최강의 창천기사단에 일국의 국왕인 브렌탈과 에란트 1세.

한때 상아탑주의 자리에까지 올랐던 강력한 8층의 마기언, 모투스와 테이엔과 체르보스와 이데알룬.

그리고 육왕국 시절 각국을 풍미했던 왕실기사단이 저들을 이끌고 있는 것이다.

하지만 릴스타인 왕국군은 저 1만 대군을 두려워하지 않았다. 전투 자체는 물론 두려워했지만, 자신들이 패한다는 생각은 결코 하지 않았다.

현재 델스트로이를 방어하는 릴스타인 왕국군의 숫자는 자그마치 5만이었다. 대륙 각지에서 귀환한 이들이었다.

심지어 제시간에 돌아온 이들이 5만이고, 아직 귀환 중인 이들이 또 5만이다.

그리고 이들 뒤에는 수많은 초인급 소드하이어와 무신급 소드하이어, 그리고 무엇보다 사상 최강의 마기언, 적색의 릴스타인이 존재한다.

패배는 있을 수 없다.

남은 것은 확실한 승리, 그리고 위대한 통일 제국과 유일한 황제의 치세뿐!

팽팽한 긴장감 속에서 한 청년이 언덕을 올랐다.

검은 머리에 검은 눈동자, 곱상한 인상의 청년이었다. 그 뒤를 두 명의 여인이 따르고 있었다.

청년, 성시한이 델스트로이를 내려다보며 나직이 중얼거렸다.

"어떻게든 여기까진 왔네."

흑발의 미녀, 카렌 이나시우스가 고개를 끄덕였다.

"그러게요, 마지막이네요."

백금발의 미소녀, 알리타도 조용히 말을 받았다.

"누가 이기고 누가 지든 말이죠."
사상 고정 광역 결계진 완성까지 앞으로 하루.
더 이상 시간이 남지 않았다.

Chapter 4

델스트로이 공방전

필라 오브 임페라토르 최하층.

수십 미터 규모의 거대한 석실에 각종 마법 설비들이 가득 차 있었다. 모든 벽과 바닥, 천장에 가득 그려진 입체 마법진이 빛을 뿜고 서로 연동되어 마력을 주고받는다.

완성을 코앞에 둔 사상 고정 광역 결계진이었다.

릴스타인은 그 석실 중앙에 위치한 작은 수정탑 앞에 앉아 마법 영상을 띄워놓고 있었다.

영상이 델스트로이를 포위한 성시한의 군세를 비췄다. 원견의 마법을 이용한 영상이라 근거리까지 확인할 수 없었지만 대략적인 파악은 가능했다.

"역시 시한은 모습을 드러내지 않나?"

적군의 포진을 이리저리 살피며 릴스타인이 옅은 미소를 지었다.

"그렇다면 나도 움직일 필요가 없지."

＊　　　＊　　　＊

왕도 델스트로이를 굽어보며 성시한이 중얼거렸다.

"내가 모습을 드러낸다면 릴스타인도 바로 움직이겠지?"

한숨을 쉬며 그는 고개를 저었다.

"릴스타인과의 싸움은 항상 이런 식이군."

현재 시한에게 있어 제일 유리한 전개는 이것이다.

릴스타인이 탑에 처박혀 있는 사이에, 자신이 직접 나서서 전투를 승리로 이끈 다음 동료들과 함께 필라 오브 임페라토르로 쳐들어가 고립된 릴스타인을 처치하는 것.

하지만 이는 실현 가능성이 거의 없는 작전이었다.

카렌이 그 이유를 말했다.

"릴스타인이 그걸 그냥 보고만 있을 리가 없을 테니까요."

성시한의 위치가 파악됐다는 것은 곧 그가 몰래 잠입할 가능성이 사라졌다는 의미도 된다.

그동안 릴스타인이 대륙 곳곳에서 출몰하는 시한을 그냥 내버려 둔 것은 거리가 멀었기 때문이다. 직접 잡으러 가는 사이 시간 차를 이용해 오히려 탑을 공략당할 가능성이 너무 컸다.

하지만 지금처럼 코앞에서 나타난다면 뒤통수 맞을 일은 없는 것이다.

그러니 굳이 탑을 계속 지킬 필요도 없다. 직접 나서서 그 강대한 권능으로 성시한을 무릎 꿇리면 그만이다.

물론 그걸 역으로 이용하는 방법도 떠올려 보았다.

성시한을 미끼로 삼아 릴스타인을 끌어낸 뒤, 바락이나 카렌 같은 다른 강자들이 이계 마력로써 결계진을 대신 부숴 버리는 것이다. 이렇게 해도 어차피 결과는 마찬가지다.

그러나 이 역시 가능성은 없었다.

분명 릴스타인은 탑이 공략당하는 걸 경계해 내내 자리를 지키고 있었다.

하지만 그의 경계 대상은 어디까지나 성시한이었다. 바락이나 카렌은 아니었다.

릴스타인에겐 알파와 베타가 있다.

설령 그가 자리를 비운다 해도 알파와 베타는 여전히 탑을 지킨다. 그리고 알파를 이길 수 있는 건 성시한뿐이다. 바락이나 카렌만으로는 알파를 이길 수 없다.

성시한과 달리, 바락은 카렌의 플레이그 블레스와 궁합이 별로 좋지 않았다.

알파의 강점은 젊고 강인한 육체와 막대한 투기량, 반면 바락은 육체적으로 전성기가 지난 지 한참이다. 똑같이 두 사람이 플레이그 블레스에 감염되면 오히려 바락의 기량이 상대적으로 더 깎여 버린다.

탑 공략은 무조건 성시한 본인이 나서야 하는 것이다. 다른 사람에게 대신 맡길 수 없는 부분이었다.

그러니 지금 시점에서 시한이 모습을 드러내서는 안 된다.

그가 움직이면 릴스타인도 탑을 나올 수 있게 된다.

카렌이 현재 취할 수 있는 유일한 선택지를 입에 담았다.

"역시 시한을 뺀 채, 우리 힘만으로 릴스타인 왕국군을 압도하는 수밖에 없겠네요."

현 아군의 전력만으로 5만에 달하는 릴스타인 왕국군과 홍룡기사단을 위시한 수백의 소드하이어, 100여 명의 초인급 소드하이어를 압도해야 한다는 소리다.

"아군의 전력이 지금의 두 배였던 백색 상아탑 전투 때도 이미 한번 패했는데 말이지?"

성시한이 피식 웃었다.

"누가 봐도 가능성 없는 이야기네."

"분명 릴스타인도 그렇게 판단하겠죠."

차가운 미소를 입가에 머금은 채 카렌이 신호를 보냈다.

전투 개시를 알리는 깃발이 올라갔다. 뿔피리 소리가 길게 허공을 갈랐다.

부우우웅!

*   *   *

한 무리의 군세가 델스트로이 북쪽 성벽을 공격해 갔다. 용병왕 바락과 백경기사단이 1,500의 병력을 이끌고 돌격을 감행했다.

릴스타인 왕국군 역시 바로 응전했다. 홍룡기사단이 1만의 병력과 함께 성 밖으로 쏟아져 나왔다.

이내 군대와 군대가 맞붙으며 아수라장이 펼쳐졌다.

"으아아아!"

"릴스타인 폐하 만세!"

"그 악마가 무슨 폐하란 말이냐!"

병사들이 저마다 악을 내지르며 창칼을 휘둘러 댔다. 기사들 역시 투기검을 휘두르며 전장을 질주했다.

그 속엔 거대한 양수검을 양손에 쥔 채 호쾌하게 휘두르는 거구의 기사도 있었다.

"타아아앗!"

수십 개의 검광이 전장을 번뜩이며 피를 뿌렸다. 상대하던 홍룡기사단의 안색이 창백해졌다. 저 거구의 기사는 그들이 너무도 잘 아는 이였다.

"맙소사!"

"제논 스트라이드?"

분명 엊그제까지 필라 오브 임페라토르 남문을 함께 지키던 동료가 오늘 갑자기 적이 되어 나타난 것이다!

"이게 대체 어떻게 된 일인가?!"

"배신한 것이냐, 하이어 제논!"

굳은 목소리로 제논이 대답했다.

"그동안 속여서 미안하오."

이번 전투에 임하며 그는 예전처럼 천변기로 얼굴을 바꾸지 않았다. 처음부터 이럴 작정이었다.

'더 이상 얼굴을 감추고 싶지 않습니다. 떳떳하게 제 모습으로 싸우겠습니다. 그로 인해 어떤 오명을 얻든 전부 감수할 생각입니다.'

본연의 모습 그대로, 제논은 투기검을 휘둘렀다.

아지랑이 같은 투기검이 사방으로 뻗어갔다. 투기강은 아니었지만 충분히 익숙한 투기술이었다.

"저건?"

"패왕기!"

그것도 최소 달인급의 경지였다. 저런 위력은 결코 기사급 소드하이어는 낼 수 없는 것이다.

"경지도 숨기고 있었다니……."

이걸로 확실해졌다. 홍룡기사단원으로 알려졌던 제논 스트라이드의 진정한 신분이.

"하이어 제논이 용병왕의 두 번째 제자였다고?"

"그렇다면 처음부터 홍룡기사단도 아니었단 소리잖아?"

설마 요 1년 사이에 패왕기를 저렇게 숙달했을 리는 없으니, 애초에 용병왕의 제자란 신분을 감춘 채 홍룡기사단에 들어온 것이 틀림없다!

이런 저들의 착각에 제논은 굳이 토를 달지 않았다.

'변명해 봐야 구차할 뿐이다.'

그가 지나칠 때마다 폭풍이 일고 뇌성이 울리며 창칼이 부러지고 갑옷이 일그러졌다. 기사급이 대부분인 홍룡기사단은 그의 일격을 막아내지 못했다. 그저 쓰러진 채 신음하며 이를 갈 뿐.

"크으윽……."

"저 배신자 놈이……."

제논은 그들을 그대로 지나쳤다. 굳이 마지막 일격을 가해 목숨을 빼앗지는 않았다. 그래도 한때는 함께하던 동료였는데 차마 죽일 순 없었다.

반대쪽 전장에선 바락이 활약하고 있었다.

"죽고 싶지 않다면 물러나거라!"

무신기는 쓰지 않는다. 투기도 필요 없다.

그저 필요할 때, 필요한 만큼 검을 휘두르는 것으로 족하다. 그것만으로 주위의 모든 이가 피를 뿌리며 쓰러져 간다.

문득 바락은 델스트로이를 바라보며 인상을 썼다.

여기까지 전투가 이어졌는데도 나와야 할 놈들이 나오지 않았다.

'크림슨 나이츠는 움직이지 않는 건가?'

그렇다면 저들 외에도 무신급 소드하이어를 막을 다른 전력이 있다는 소리다.

아니나 다를까, 전장 한구석에서 황금빛 섬광이 솟구쳤다.

"무신기, 십이지검!"

"무신기, 검의 제전!"

무신기의 빛이 하늘을 가득 뒤덮으며 바락의 머리 위로 쏟아졌다. 바락 역시 바로 힘을 끌어 올렸다.

"팔방지검!"

대기가 일렁이며 금빛 파문이 쉴 새 없이 터졌다. 굉음이 세상을 뒤흔들었다.

한차례 격돌이 끝났다.

세 명의 무신이 뒤로 물러나며 재차 자세를 다잡았다.

진한 피부색에 부리부리한 눈을 지닌 50대의 중년 사내와 진한 구릿빛 피부의 젊은 여인이 바락을 향해 검을 겨눴다.

"릴스타인의 기사, 제타!"

"릴스타인의 기사, 에타!"

겨눈 검의 움직임에 따라 12개의 광검과 수백에 달하는 빛의 파편이 화려한 춤을 춘다.

"위대한 제왕의 명에 따라 반역자들을 벌하겠다!"

팔방지검으로 전신을 보호하며 바락은 내심 고개를 끄덕였다.

"과연……."

그리고 그럴 줄 알았다는 듯 비릿하게 웃었다.

"그새 몇 명 더 뽑아놓긴 했나 보구먼?"

*　　　　*　　　　*

델스트로이 공략은 동시다발적으로 이루어졌다.

바락이 북쪽을 흔들자 바로 델스트로이 동쪽을 향해 한 무리의 부대가 출발했다. 하이어 브렌탈이 이끄는 백호기사단과 하이어 바로스의 흑사자 기사단이었다.

두 초인급 소드하이어의 무위에 힘입어 2,000의 병력이 물밀듯이 밀려들어 갔다. 그리고 바락 쪽과 마찬가지로 이내 발이 묶였다.

하이어 엔다윈, 그리고 3인의 크림슨 나이츠가 브렌탈과 바로스를 가로막은 것이다.

"크아아아!"

브렌탈이 엔다윈을, 바로스가 크림슨 나이츠를 맡아 사투를 벌였다.

팽팽한 승부가 이어졌다. 서로의 전력이 비등한 탓이었다. 릴스타인이 일부러 전력을 딱 맞춰서 투입한 것이다.

크림슨 나이츠 한두 명만 더 추가했어도 바로스를 쉽게 처리할 수 있을 텐데 굳이 저럴 필요가 있나 싶겠지만…….

'역시 릴스타인은 무리할 생각이 전혀 없군.'

검을 휘두르며 바로스는 속으로 생각했다.

'철저히 방어 위주로만 나올 셈이야.'

불필요하게 과한 전력은 투입하지 않는다. 필요한 장소에 필요한 만큼만 투입하며, 방어의 빈틈을 없애는 데 더욱 신경 쓴다.

'정말 대단하군. 나였다면 좀 더 화끈하게 군대를 운용했을 텐데.'

무릇 인간이란 힘을 손에 넣으면 휘둘러 보고 싶어 하는 법이다.

그런데 저 정도의 힘과 무력을 손에 넣고도 이렇게 자제할 수 있다니? 적이지만 솔직히 감탄스럽다.

한편 브렌탈은 엔다윈과 쉴 새 없이 공방을 주고받는 중이었었다.

투기강을 내려치며 브렌탈이 호통을 터뜨렸다.

"아직도 눈을 뜨지 못했소, 하이어 엔다윈? 그대라면 저 마법의 위험성을 결코 모를 리가 없거늘!"

켈테론은 하이어 엔다윈에게도 사상 고정 광역 결계진에 대해 몰래 흘려놓았다. 혹여 엔다윈이 마음을 고쳐먹지 않을까 기대해서였다.

아쉽게도 아무리 켈테론이라도 모든 계책이 전부 성공하는 것은 아니었다.

"물론 알고 있다."

엔다윈이 고개를 끄덕였다.

"전투가 끝나면 내 목을 걸고서 폐하께 간언을 올릴 것이다. 하지만!"

반격에 나서며 엔다윈은 투기강을 크게 휘둘렀다. 빛과 빛이 교차해 작렬했다.

"기사의 명예를 걸고! 나의 왕을 배신할 수는 없다!"

굳은 각오가 담긴 목소리였다. 브렌탈이 한탄을 터뜨렸다.

"그것이 당신의 선택인가?"

아쉬워하며 브렌탈은 미련을 지웠다. 그리고 살기를 끌어 올렸다.

"그렇다면 이 검으로 그대를 베는 수밖에!"

*　　　　　*　　　　　*

델스트로이 서쪽에선 카렌과 청월기사단, 그리고 2,000의 군세가 치열한 전투를 벌이고 있었다.

이들 역시 상황이 비슷했다. 처음에는 꽤나 유리한 고지를 선점해 갔지만, 직후 투입된 무신급 소드하이어, 세타로 인해 더 이상의 승기를 잡지 못하고 있었다.

30대의 백인 남자가 롱소드를 내리 그었다. 검푸른 투기강이 채찍처럼 길게 늘어나 카렌을 노렸다. 서둘러 그녀가 양팔을 머리 위로 교차하며 신성력을 발했다.

"흑월의 사슬!"

카렌의 양팔에 휘감은 검은 사슬이 투기강과 충돌해 불꽃을 튀었다.

파지직!

만약 이 공격이 무신기였다면 아무리 카렌이더라도 정면으로 막진 못했을 것이다. 하지만 현재 그녀는 플레이그 블레스를 발동 중인 것이다.

세타의 기량이 초인급 언저리로 떨어진 지금이라면 충분히 막을 수 있다!

"타아아앗!"

상대의 공세를 막고 때로는 흘려가며 카렌은 계속 근접전을 노렸다. 사슬이 춤을 추고 그 사이로 끝없이 펀치와 킥이 이어진다. 세타 역시 신중하게 맞상대했다.

그 치열한 전투 주위로 온갖 환자들이 속출하고 있었다.

"아윽, 두통이……."

"머, 머리가 아파……."

카렌의 플레이그 블레스는 그 범위가 족히 수십 미터에 달한다. 고열과 질병으로 골골대며 릴스타인 왕국군은 힘겹게 전투를 이어가고 있었다.

뭐, 힘겹긴 청월기사단과 시한 측 군세 역시 마찬가지였지만.

"아, 이건 정말 아무리 당해도 적응이 안 돼."

"창천기사단은 적응했다던데?"

"그 인간들은 따로 훈련을 했대잖소?"

아쉽게도 청월기사단은 창천기사단처럼 '질병 적응 훈련'을 할

시간이 없었다. 원래는 계획에 있었지만, 한 달이라는 시간제한
이 생긴 탓에 그냥 전장으로 투입되어 버렸다.

"아으, 죽겠네……."

신음하는 적과 아군 속에서 카렌과 세타는 계속 공방을 이어
갔다.

로우에서 미들로 이어지는 카렌의 킥을 연달아 피하며 세타가
고함을 터뜨렸다.

"불사의 마녀여, 그대를 꺾고 그 영광을 나의 왕에게 바치겠다!"

동시에 세타의 투기강이 호선을 그리며 어깨로 날아든다. 뒷
발을 빼 몸을 크게 틀어 회피하며 카렌이 혀를 찼다.

"하는 말이 항상 거기서 거기네. 어쩜 저리 개성이 없담?"

그러는 도중에 기회가 왔다. 카렌이 세타의 빈틈을 노려 근접
전을 시도했다.

단숨에 파고들며 내려치기에 카운터펀치를 날린다!

"앗!"

세타가 당황할 때였다. 하필 그때, 일렁이는 투기검 세 줄기가
카렌의 등을 노렸다.

'안 되겠네.'

냉정히 판단하며 카렌은 바로 뒤로 물러났다. 그리고 훼방 놓
은 상대를 노려보았다.

크림슨 나이츠가 포효를 터뜨렸다.

"크아아아!"

현재 세타는 크림슨 나이츠 4인의 보조를 받으며 그녀를 상대
하고 있는 것이다. 그렇다 보니 카렌이 간혹 기회를 잡아도 치명

타를 넣지 못하고 있었다.

하지만 나쁘게만 볼 상황도 아니었다.

세타가 크림슨 나이츠의 보조를 받고 있다는 의미는……

'릴스타인이 추가로 제조한 무신급 소드하이어는 3명이 전부군.'

무신급 소드하이어가 더 있었다면 굳이 크림슨 나이츠를 붙일 게 아니라 한 명 더 투입해 카렌부터 확실히 끝내려 했을 것이다. 현 상황에서 릴스타인이 저런 식의 함정을 파서 얻을 이득은 없다.

'3명이라, 아슬아슬한 숫자네.'

날아드는 투기검을 피해 연신 지그재그로 움직이며 카렌이 눈을 빛냈다.

'그래도 아직은 승산이 있어!'

∗   ∗   ∗

델스트로이 남쪽의 평원에 300여 명 정도의 부대가 대기하고 있었다. 형형색색의 로브를 걸친 마기언들, 백, 청, 흑의 상아탑에서 이탈한 마법병단들이었다.

수백의 마기언이 일제히 마법을 외웠다.

"매스 파이어 볼!"

"라이트닝 스트라이크!"

"아이스 스피어!"

수백에 달하는 무수한 화염구와 전격의 화살, 얼음창이 하늘을 뒤덮었다. 무자비한 포화가 델스트로이의 남쪽 성벽을 노리고 비처럼 쏟아졌다.

그리고 성벽에 닿기도 전에 모조리 폭발했다.

수백 개의 마력 실드가 허공에 생성되어 공격을 모조리 막아낸 것이다.

콰콰콰쾅!

폭음이 연달아 울렸다. 그 틈에 네 명의 마기언이 일제히 마법을 준비했다.

백의 상아탑주였던 모투스, 청의 상아탑주였던 체르보스, 흑의 상아탑주였던 이데알룬, 그리고 라텐베르크 왕국의 궁정 마기언이었던 테이엔이었다.

"렐 세르트 파르 데시아⋯⋯."

"초월의 권세가 이 손에 임해⋯⋯."

"만물을 파(破)할 천신의 일격이 되리라."

"파이널 디스트로이 템페스트!"

8층의 고위 마기언 네 명의 마법을 연동되어 거대한 권능으로 화했다. 하늘이 갈라지며 빛의 기둥이 대지를 향해 쏘아졌다.

그저 발동되는 것만으로 주위 대기가 후끈 달아오른다. 바위조차 곤죽으로 만들 초고열의 일격이 델스트로이 남부 성벽을 내리찍는다.

조금 전과는 비교도 안 되는 거대한 폭발이 일어났다.

콰아아아앙!

지축이 흔들리며 갈색 구름 기둥이 솟구쳤다. 잠시 후, 흩어진 흙먼지 사이로 다시 델스트로이의 성벽이 모습을 드러냈다.

성벽은 멀쩡했다.

모투스가 이를 악물었다.

"제길, 이렇게까지 해도 흠집 하나 낼 수 없단 말인가?"

*　　　　　*　　　　　*

"내가 이 자리를 뜰 수는 없지만……."

영상을 바라보며 릴스타인은 무심히 중얼거렸다.

"탑에서 전투를 보조할 순 있거든."

델스트로이의 성벽에도 물론 방어 마법은 깃들어 있지만 저 정도는 아니다. 필라 오브 임페라토르의 마법진을 통해 릴스타인이 직접 막아낸 것이다.

"자, 한 방 맞았으니 돌려줘야겠지?"

필라 오브 임페라토르 최상부가 빛을 발하며 수천에 달하는 파괴의 화살이 마법병단을 노리고 쏘아졌다.

모투스가 고함을 터뜨렸다.

"전원 방어 태세로!"

마법병단이 일제히 마력장을 펼치며 사방으로 흩어졌다. 테이엔이며 이데알룬 역시 모든 마력을 방어에만 열중했다.

폭발이 연달아 터졌다. 최대한 회피와 방어에 신경을 썼음에도 불구하고 부상자가 속출했다.

"으아악!"

"아으으……."

부상자를 수습한 마법병단이 사정거리 밖으로 물러났다. 그 광경을 지켜보며 릴스타인은 눈살을 찌푸렸다.

여전히 성시한은 나타나지 않았다.

'어떻게든 전장을 장악한 뒤, 동료들과 함께 내 앞에 서겠다는 것이겠지.'

터무니없는 소리였다.

양측의 전력 차는 확연하다. 성시한의 군세만으로 릴스타인 왕국군을 이길 가능성은 전혀 없다.

하지만 릴스타인은 방심하지 않았다.

그는 알리타라는 소녀의 존재를 잊지 않고 있었다.

*   *   *

델스트로이가 내려다보이는 언덕 위로 한 백금발의 소녀가 모습을 드러냈다.

소녀가 양손을 머리 위로 올리며 낭랑한 목소리로 주문을 영창했다.

"열려라, 이계의 문이여! 오라, 이계의 존재여! 지옥의 뚜껑을 열고 유황의 숨결을 세상에 흩날려라!"

이내 직경 100미터의 거대한 어둠이 허공에서 모습을 드러냈다. 차원문이 열리고 공허 너머로 꿈틀거리는 이계 마물이 지상으로 내려앉았다.

수십 미터 길이의 부정형 마물이 수백 개의 촉수를 휘두르며 포효를 터뜨렸다.

"크아아아!"

릴스타인 왕국군이 동요하며 고함을 질렀다.

"이, 이계의 마물!"

"맙소사! 소문이 진짜였어!"

"루스클란이다! 루스클란의 이계 소환술이야!"

소환된 마물이 델스트로이의 성벽을 향해 미끄러지기 시작했다. 순식간에 수백 미터의 거리를 좁히며 성벽 인근까지 접근할 때였다.

콰콰콰콰!

굉음과 함께 필라 오브 임페라토르에서 초고열의 섬광이 마물을 향해 날아들었다. 사정거리 내로 들어오자마자 릴스타인이 바로 응전한 것이었다.

콰아아앙!

폭음과 함께 마물이 일격에 박살이 났다. 수십수백의 파편이 사방으로 튀었다.

그리고 그 파편들이 하나같이 꿈틀대며 재생을 시작했다. 이계 마력로의 무자비한 마력, 그 힘에 기대어 다시금 움직이려는 것이다. 백색 상아탑 전투와 같은 상황이었다.

그런데 잠시 후, 이계 마물들에게 변화가 생겼다.

"크, 크으으……."

"크르르……."

재생되던 수많은 마물이 신음을 흘리며 도로 주저앉는다. 재생이 멈추고 상처가 벌어지며 다시 죽어간다.

알리타는 당황했다. 혈통에 깃든 권능이 그녀에게 이유를 알려주고 있었다.

'마력 공급이 도로 끊겼어?!'

＊　　　　＊　　　　＊

"몰랐을 때야 상당히 허둥댔지만……."

릴스타인은 코웃음을 쳤다.

"이유를 알면 대책도 찾을 수 있는 법이지."

분명 술식 자체는 손댈 방법이 없었다. 알리타가 이계 마력로의 마력을 훔쳐 가는 걸 근본적으로 막는 방법은 아무리 그라 해도 찾지 못했다.

"하지만 눈앞에서 무슨 루트로 마력이 흘러가는지 뻔히 보이면 그 루트만 차단하는 건 불가능한 일이 아니거든?"

비유하자면 해킹을 막을 방법을 찾지 못한 은행이 해커가 인출을 시도할 때마다 일일이 수작업으로 해당 통장을 동결시켜 버리는 식이었다.

단지, 모든 통장을 막아버리면 은행도 예금을 사용하지 못하게 되니 좀 더 복잡한 과정이 필요했다.

꼬여 버린 이계 마력로 술식이 계속 우회 루트를 찾아 이계 마물에게 마력 공급을 시도한다. 그때마다 릴스타인의 추가 술식이 그 행위를 차단한다.

마력 공급을 시도하는 루트를 차단하고, 마력로가 루트를 바꾸면 기존 루트는 도로 차단을 해제하고, 새 루트를 다시 막는다.

꼬여 버린 술식을 푸는 대신 더 꼬아버린 셈이었다.

"어디까지나 임기응변이라 오래는 못 가겠지만 뭐, 상관없지."

지금 이 순간만 막으면 충분하다. 이후에 알리타를 마저 처리해 버리면 아무 문제도 없다.

"이걸로 저 소녀도 해결됐군."

이제 알리타는 평범한 이계소환술사가 되었다. 더 이상 릴스타인의 마력을 훔쳐 가지 못한다.

물론 100미터급의 차원력과 최상위 마기언과 맞먹는 마력을 지니고 있으니, 현 상태로도 크림슨 나이츠 십여 명에 필적하는 놀라운 힘의 소유자이긴 하다. 그러나 대세에 영향을 줄 정도는 아닌 것이다

"설마 저 아이를 믿었던 거라면 크게 실수한 거야, 시한."

＊　　　＊　　　＊

알리타는 분통을 터뜨렸다.

"뭐야?! 대책 못 찾았다면서?"

비장의 한 수가 될 것이라 믿었다. 그런데 정작 뚜껑을 열어보니 뭐 해보기도 전에 차단당했다.

'와, 사기당한 기분이야……'

릴스타인이 사기 치려고 일부러 정보를 노출한 것도 아닐 텐데 말이지.

우드로우와 비렛타가 그녀에게 다가가며 혀를 찼다.

"역시 릴스타인이군."

"쉬운 길을 가게 해주지 않네요."

에세드와 콘라드, 실피스도 본진 앞으로 걸어 나왔다. 알리타를 향해 미소를 보내며 한 마디씩 건넨다.

"너무 분해할 것 없소, 알리타 양."

"아직 우리에겐 숨겨둔 수가 남아 있잖습니까?"

"알리타, 너는 여전히 우리의 비장의 한 수야."

다들 중무장을 갖추고 있었다. 이들뿐 아니라, 모든 창천기사단이 무구와 갑옷을 챙겨 입은 상태였다.

"…네."

진정하며 알리타는 고개를 끄덕였다.

맞는 말이었다. 아직 모든 계획이 어그러진 것은 아니었다.

"아무리 릴스타인이라도 이것까지는 예상하지 못하겠죠?"

알리타의 희망 섞인 질문에 실피스가 배시시 웃었다.

"에이, 이런 걸 예상하면 통찰력이 뛰어난 게 아니라 그냥 점쟁이겠지?"

창천기사단 전원이 말을 몰며 앞으로 나왔다. 오와 열을 맞춰 돌격 대형을 갖춘다. 선두에 선 에세드가 검을 뽑아 들었다.

"창천기사단! 세상에 우리의 진정한 힘을 보여줄 때가 왔다!"

푸른 투기강이 찬란히 빛났다.

"전원 돌격!"

우렁찬 함성이 뒤를 따랐다. 창천기사단이 일제히 전장으로 돌진하기 시작했다.

"와아아아!"

"이제야 기어 나왔나?"

창천기사단을 바라보며 릴스타인은 흐뭇해했다.

이걸로 성시한의 모든 패가 다 까발려졌다. 더 이상 신경 쓸 것이 없다.

아껴놓았던 최강의 전력을 꺼낼 때였다.

[크림슨 나이츠, 전원 출격하라!]

*　　　　*　　　　*

초인급 소드하이어 에세드.

달인급 소드하이어인 우드로우와 콘라드, 실피스.

이들을 필두로 80여 명의 창천기사단이 용맹하게 전장으로 돌격한다. 그 무위는 분명 대륙 최강이라 불리기에 부족함이 없는 것이었다.

하지만 90인의 크림슨 나이츠를 상대하기엔 여전히 터무니없이 약한 전력이다. 현 전력의 반의 반만 투입해도 창천기사단을 간단히 쓸어버릴 수 있다.

'저게 전부는 아니겠지.'

분명히 숨겨둔 작전이 있을 거라 여기며 릴스타인은 눈을 빛냈다.

과연 예상대로였다.

달리는 창천기사단의 후미에서 백금발의 소녀가 대열을 이탈한다. 그리고 오른손을 들더니 낭랑한 외침을 터뜨린다.

"와라, 크로스 크라즈!"

약식 이계소환술을 펼치며 차원문을 연다. 직경 수십 미터에 달하는 검은 공허가 입을 열고 백여 마리의 이계 마물이 쏟아져 나온다.

조금 전 소환된 부정형의 마물이 아니라, 어느 정도 형태를 갖춘 정립된 마물들이었다.

말과 개와 소를 섞은 듯한 네발 달린 마물들이 머리와 꼬리의 촉수를 휘두르며 대지를 질주하기 시작했다. 요란한 포효가 전장을 떨쳐 울렸다.

"크아아아!"

"크오오!"

"아우우!"

전황을 지켜보며 릴스타인은 고개를 끄덕였다. 십 년 전에 자주 봤던 수법이었다.

"실전형 이계 소환술? 나쁘지 않은 선택이군."

지금 소환된 마물들은 순수하게 알리타의 마력으로만 움직이고 있었다. 그러니 마력 루트를 차단하는 방식은 통하지 않는다. 또한 거대한 하나의 개체가 아니라 100에 달하는 다수이므로 한 방에 날려 버릴 수도 없다.

실제로 필라 오브 임페라토르에서 폭격 마법이 몇 방 날아왔지만 마물들은 죄다 공격을 피해 버렸다. 워낙 목표물이 작고 빠른 것이다.

하지만 릴스타인은 긴장하지 않았다.

순수하게 알리타의 마력만으로 움직인다는 건, 더 이상 무식한 재생과 분열의 힘을 보일 수 없다는 의미다.

"크림슨 나이츠 20이면 충분히 감당할 수준이다."

창천기사단과 알리타의 이계 마물 군세가 전장을 질주하며 서로 접근해 갔다. 힘을 합쳐 중앙 돌파를 노릴 셈인 듯했다.

뭐, 여전히 별문제 없었다.

설령 두 부대가 힘을 합친다 해도 크림슨 나이츠 50명이면 충분히 압도할 수 있다. 그런데 지금 크림슨 나이츠의 수는 무려 90명에 달한다.

[가라, 나의 종들아.]

비웃으며 릴스타인은 사념파를 발했다.

[모조리 짓밟아 버려라!]

수십 줄기의 투기강이 일제히 빛을 발했다. 수십 명의 초인이 맹렬히 질주하며 막을 수 없는 파괴의 검을 창천기사단과 이계 마물의 군세에게 겨눴다.

그때였다.

두 군세가 합쳐졌다. 군사적 의미가 아니라, 실질적인 의미로.

"창천기사단 전원~!"

타고 있던 말에서 몸을 날리며 에세드가 고함을 터뜨렸다.

"착마(着魔)!"

착마(着馬)가 아니었다. 착마(着魔)였다.

말을 버리고, 소환된 이계 마물 위로 덥석 올라탄다!

보고 있던 릴스타인의 입이 절로 벌어졌다.

"…저게 뭐 하는 짓이야?"

에세드뿐만이 아니었다. 다른 창천기사단 역시 똑같이 말을 버리고 근접한 이계 마물의 등으로 뛰어올랐다.

질주 중 말을 옮겨 타는 것은 설령 소드하이어라 할지라도 결코 쉬운 일이 아니다. 따로 훈련을 한다 할지라도 어지간해선 실전에서 구사하기 힘들다.

그러나 창천기사단은 이미 십 년 전부터 '말 바꾸기'에 무수한 경험이 있는 것이다. 허구한 날 말을 희생해 초인급과 싸우곤 했으니까.

실수 따윈 없었다. 창천기사단 전원이 문제없이 이계 마물 위로 올라탔다.

머리에 돋아난 촉수를 고삐 삼아 움켜쥐며 투지 어린 검광을 번뜩인다.

"전원 돌격!"

크림슨 나이츠와 창천기사단이 서로 격돌했다. 수십 줄기의 투기강이 창천기사들을 노렸다. 그리고 도중에 가로막혔다. 이계 마물의 뿔이며 촉수가 대신 막아준 것이다.

그 틈에 창천기사단이 공세에 돌입한다. 화려한 투기술을 뽐내며 크림슨 나이츠의 급소를 노려 찔러간다.

"타아아앗!"

전장 곳곳에서 치열한 전투가 벌어졌다. 그리고 릴스타인의 예측과 달리 창천기사단은 조금도 밀리지 않았다.

창천기사단만으로는 크림슨 나이츠를 상대할 수 없다.

노련한 기술과 다양한 경험은 있으되 피지컬에서 밀린다. 초인급의 파워와 스피드를 당해내지 못한다.

알리타의 이계 마물만으로도 크림슨 나이츠를 상대할 수 없기는 마찬가지다.

초인급의 파워와 스피드는 감당할 수 있겠지만, 결국은 이성 없는 짐승일 뿐이라 그간 쌓아온 전투 데이터에 기반한 크림슨 나이츠의 기술과 경험에 밀려 버린다.

그러나 이 둘이 합쳐지니 완전히 상황이 달라졌다.

1+1이 2가 아니라 몇 배에 달하는 시너지 효과를 낸다!

정신없이 투기검을 휘두르며 창천기사단이 쾌재를 올렸다.

"와우!"

"이거 진짜 할 만하잖아?"

누군가가 광소를 터뜨렸다.

"으하하! 보았느냐! 이것이 창천기사단의 새로운 전법!"

이 전법의 창안자, 하이어 라폴이었다.

"이계 마물 라이더즈다!"

에세드의 장검이 빛을 뿜었다.

"천강기, 삼연!"

세 줄기 검광이 세 명의 크림슨 나이츠를 동시에 노린다. 같은 초인급 소드하이어임에도 적색 기사들이 주춤하며 뒤로 물러났다. 지금 에세드의 투기강에는 예의 '투기 흩뜨리기'의 묘리가 담겨 있는 것이다.

그 틈에 에세드의 배후에서 네 명의 크림슨 나이츠가 역습을 가했다.

"크아아아!"

에세드는 간단히 피해냈다. 타고 있는 이계 마물이 공격을 느끼고 알아서 회피한 덕분이었다.

전마라면 아무리 뛰어나더라도 기껏해야 2, 3미터 이동하는 것이 전부겠지만, 이계 마물의 신체 능력은 일개 전마와 비교할 것이 아니다. 순식간에 십여 미터 가까이 거리를 벌린 뒤 반격에 나선다.

재차 에세드가 투기강을 내뻗었다.

"천강기, 천룡!"

동시에 마물도 입을 벌려 불을 뿜었다.

콰아아아!

투기강과 마물의 브레스가 동시에 크림슨 나이츠를 덮쳤다. 도저히 막아낼 위력이 아닌지라 피하는 것 외엔 답이 없었다.

푸른 섬광과 붉은 불길이 회피를 시도한 적색 기사를 스쳐 지나갔다. 장대한 폭발과 신음이 연달아 일어났다.

콰아아아앙!

"크윽!"

"으아악!"

그렇게 에세드는 무려 8명이나 되는 초인급 소드하이어를 홀로 감당하며 전투를 이어갔다. 초인급의 경지에 투기 흩뜨리기 수법, 이계 마물 라이딩(?)이 조합되어 이루어낸 쾌거였다.

우드로우며 콘라드, 실피스 등 달인급 소드하이어 역시 마찬가지였다.

에세드만큼은 못해도 저마다 서너 명의 크림슨 나이츠를 상대해 오히려 압도하는 무용을 보였다. 일반 창천기사단원도 저마다 적색 기사 한 명씩은 무리 없이 감당해 냈다.

80여 명의 창천기사단이 오히려 90명의 초인급 소드하이어를 점점 밀어붙이기 시작했다.

전황을 지켜보며 릴스타인은 기막혀했다.

"어떤 미친놈이 저런 발상을 떠올린 거야?"

무릇 전마란 기사의 분신이나 다름없다. 기사라면 애마를 자신의 목숨처럼 귀히 여기며, 뛰어난 명마는 천금을 주고서라도 구입하려 하는 법이다.

그런데 그 귀한 말들을 저리 쉽게…….

"…버리는 놈들이었지, 참."

그래도 그렇지, 어떻게 이계 마물에 올라타고 싸우겠다는 생각을 할 수 있는지 모르겠다. 무릇 테라노어인이라면 루스클란의 마물에게 본능적인 거부감과 공포심을 지닐 수밖에 없다.

결코 상식적으로 떠올릴 수 있는 발상이 아니지만…….

"…원래 상식 없는 놈들이었지, 참."

탈것을 소모품으로만 여기는 창천기사단이기에 가능한 짓이었다. 기사의 영혼이나 다름없는 소중한 전마를, 그날 저녁 반찬으로만 여기는 미친놈들인 것이다. 워낙 이계 마물과의 전투가 잦았다 보니 딱히 신비감이나 공포심도 없다.

기가 차 릴스타인은 헛웃음만 계속 흘렸다.

"하, 하하하…….."

그래도 명색이 초인급 소드하이어인지라 크림슨 나이츠는 쉽게 쓰러지지 않았다. 밀리는 와중에도 특유의 광기를 발휘해 맹렬히 맞붙는다. 덕분에 전투는 팽팽한 상태를 유지하고 있었다.

그때 승부의 천칭에 추 하나가 더 얹어졌다.

어느새 카렌이 단신으로 서쪽 전장을 이탈해 창천기사단과 합류한 것이었다. 절묘하게 타이밍을 맞추는 것이, 처음부터 이럴 작정인 듯했다.

전장 한복판에 모습을 드러내며 카렌이 고함을 터뜨렸다.

"창천기사단! 전원 충격에 대비하라!"

무슨 함대전에서나 나올 법한 명령이 엉뚱하게 땅 위에서 울려 퍼졌다. 하지만 창천기사단은 바로 알아들었다.

다들 투기를 전신에 운용하며 이어질 운명에 대비한다.

"윽! 결국 오는구만!"

"준비됐습니다, 카렌 님!"

양팔을 좌우로 펼치며 카렌이 은빛의 안개를 사방에 퍼뜨리기 시작했다.

"크론 리자테여! 당신의 시험으로 나의 적을 축복하소서!"

질병의 안개가 삽시간에 전장을 뒤덮었다. 크림슨 나이츠의 움직임이 둔해지며 투기강이 사라지고 아지랑이 형태의 투기검으로 바뀌었다.

"크윽!"

"으으으……."

곳곳에서 신음이 터졌다. 초인급이던 경지가 질병으로 인해 달인급으로 대폭 깎인 것이다.

알리타가 소환한 이계 마물도 마찬가지였다. 이계 마물들이 비틀대며 당황해 포효를 터뜨렸다.

"크르르!"

"크아!"

반면 창천기사단은 당황하지 않았다. 이미 익숙할 대로 익숙한 질병이었다.

에세드가 정신을 집중하며 투기를 끌어 올렸다.

"타아앗!"

푸른 투기강이 장검을 감쌌다. 아까보다 기세가 약하긴 하지만, 여전히 투기강이었다. 다른 크림슨 나이츠처럼 달인급까지 경지가 떨어지지는 않은 것이다.

다른 창천기사단도 비슷한 상황이었다. 식은땀을 흘리면서도 크게 기량이 깎이지는 않은 채 제 실력을 발휘해 간다.

"공격! 공격!"

"모조리 쓸어버려라!"

전황이 뒤집어졌다. 크림슨 나이츠의 전열이 여기저기 붕괴하며 빈틈을 허용한다. 점점 피를 뿌리며 쓰러지는 적색 기사들의 숫자가 늘어갔다.

더 이상 팽팽한 전투가 아니었다.

확실하게 승패가 기울어지기 시작했다.

*   *   *

"젠장!"

릴스타인은 욕설을 내뱉었다. 이대로는 크림슨 나이츠를 모조리 잃을 판이었다. 어떻게든 카렌을 처리해야 했다.

하지만 어떻게?

그새 세타가 전장으로 달려와 카렌을 막고 있긴 했다. 하지만 역부족이었다.

세타를 보조하던 크림슨 나이츠 4인은 현재 다른 창천기사단에게 발목이 잡힌 상태인 것이다. 일대일 대결이라면 세타는 질병의 안개를 펼친 카렌의 상대가 되지 못한다. 적어도 무신급 소드하이어가 한 명은 더 필요하다.

현재 대기 중인 무신급 소드하이어는 알파와 베타.

'알파는 안 돼.'

알파는 지금 사용할 전력이 아니었다.

'할 수 없군. 베타라도 보내는 수밖에.'

그동안에도 크림슨 나이츠는 추풍낙엽처럼 쓰러져 가고 있었다. 어느새 창천기사단이 델스트로이 남쪽 성문 바로 밑까지 도달했다.

"백월의 사슬!"

카렌이 냉기의 사슬이 세타의 두 발을 노리고 날아들었다. 세타도 투기검을 휘둘러 사슬을 쳐냈지만 냉기로 인해 잠시 몸이 굳었다. 그 틈에 카렌이 몸을 빼냈다.

크림슨 나이츠며 이계 마물의 등을 밟고 수십 미터의 거리를 뛰어넘으며, 그녀가 순식간에 남쪽 성문 앞에 섰다.

거대한 성문을 노려보며 주먹을 말아 쥔다. 신성력이 일어나 얇은 법복이 나풀거린다.

"하아아아……"

호흡을 고르며 그녀는 모든 힘을 한 점에 집중했다. 그리고 그대로 주먹을 내뻗었다.

"타앗!"

가장 단순하고, 가장 기초적인 체술의 기본.

정권 지르기였다.

갓 무술에 입문한 어린애도 할 수 있는 일격이 대기를 찢고 파공음을 터뜨렸다. 뇌성이 터지며 섬광이 성문의 중심에 작렬했다.

콰아아앙!

한 방에 성문 전체가 거북의 등처럼 금이 간다. 쩍쩍 갈라지며 이내 수십 개의 조각이 되어 무너져 내린다.

우르르릉!

박살 난 성문 위로 흙먼지가 피어올랐다. 누군가가 쾌소를 터뜨렸다.

"성문이 뚫렸다!"

"돌격! 전원 돌격하라!"

*　　　　　*　　　　　*

창천기사단이 성문 안쪽으로 뛰어들었다. 동시에 성시한 군의 본진도 움직였다. 5,000에 달하는 병력이 해일처럼 밀려들었다.

크림슨 나이츠와 릴스타인 왕국군은 연신 후퇴할 뿐이었다. 전투에는 기세라는 것이 있다. 일단 기세가 한번 꺾이면 되돌리기란 실로 지난한 일인 것이다.

그 누구보다 앞장서서 카렌은 계속 달빛 사슬을 뿌려댔다.

"청월의 사슬!"

뇌전이 사방으로 튀며 릴스타인 왕국군을 내려친다. 그 와중에 세타와도 꾸준히 전투를 이어간다.

눈앞의 적을 상대하며, 동시에 전황을 유리하게 이끌기 위해 성문 안쪽에 공간을 마련하는 것이다. 어지간히 전투 경험이 많지 않고서는 불가능한 곡예지만 그녀에겐 일상이나 다름없는 행위였다.

어느새 성시한 군이 델스트로이 남부를 거의 장악해 갔다. 이 대로 계속 밀어붙여 필라 오브 임페라토르까지 돌파하면 시한의 승리다.

아쉽게도 그렇게까지 일이 잘 풀리진 않을 모양이었다.

"어림없다!"

그새 탑을 빠져나온 베타가 카렌을 막은 탓이었다.

세타와 베타가 동시에 덤벼들면 아무리 카렌이라도 전력을 다 하지 않을 수 없다. 그녀의 발이 묶이자 크림슨 나이츠도 숨통 이 트였다. 릴스타인 왕국군의 비호 아래 적색 기사들이 도시 내부로 하나둘 후퇴해 갔다.

창천기사단은 그들을 마저 쫓지 않았다. 카렌이 함께 움직이 지 않으면 플레이그 블레스의 묘리도 사라져 버린다. 일단은 한 숨 돌릴 때였다.

에세드가 손을 들어 신호를 보냈다.

"전원, 전열을 정비하라!"

그 틈에 베타와 세타도 몸을 빼냈다. 카렌 역시 단신으로 저 들을 쫓을 수 없으니 일단 창천기사단 곁으로 돌아갔다.

잠시 전투가 소강상태가 되었다.

물론 이 휴식은 길 수 없다. 시간이 없는 것이다. 빠르게 전열 을 수습하고 다시 몰아쳐야 한다.

문제는 베타의 등장으로 인해, 아까처럼 화끈하게 밀어버릴 수 없게 되었다는 점이었다. 한번 기울었던 천칭이 다시 평행 상 태로 돌아왔다.

"하아……."

이마의 땀을 훔치며 카렌이 고개를 저었다.

"…절반의 성공인가?"

＊　　　　＊　　　　＊

숨을 고르는 창천기사단의 수뇌부를 향해 허름한 로브를 걸친 사내가 접근했다. 전신을 가린 성시한이었다.

아무리 릴스타인의 원견 마법이 뛰어나도 개개인의 얼굴까지 식별할 정도는 아니다. 보통은 얼굴이 아니라, 복색이나 구사하는 기술을 통해 상대를 파악한다. 이렇게 복장을 숨기고 힘을 보이지 않으면 충분히 정체를 숨길 수 있다.

에세드에게 다가가 시한이 물었다.

"창천기사단의 피해는?"

"사망자는 없습니다. 하지만 부상자가 10명이 넘어요."

그토록 격렬한 전투였음에도 사망자가 한 명도 없다는 것이 일견 행운으로 보일지도 모른다. 하지만 에세드의 표정은 그리 밝지 않았다.

애당초 창천기사단의 전법은 이계 마물의 전투력을 바탕으로 철저히 방어에 치중하며 카운터를 날리는 식이었다. 계획대로라면 사망자는 물론이고, 부상자도 이렇게까지 나오지 않았어야 했다.

"역시 첫 번째 이계소환술이 막혀 버린 게 문제였습니다."

릴스타인의 마력을 훔쳐 증식과 분열을 계속하는 거대한 이계 마물을 소환한 뒤, 혼란에 빠진 적진을 마물 부대에 올라탄 창천기사단이 싹 쓸어버리는 것.

이게 원래 작전이었다.

성시한이 믿고 있던 비장의 한 수이기도 했다.

저게 잘 먹혔다면 지금쯤 크림슨 나이츠를 싹 쓸어버리고 필라 오브 임페라토르를 포위한 뒤 동료들과 함께 탑으로 침투할 수 있었을 것이다.

하지만 첫 수가 막혀 버리며 효과도 절반으로 줄었다.

분명 승리는 거두었지만, 압도하지도 못한 것이다.

"크림슨 나이츠는 아직 60기 가까이 남았습니다. 무신급 소드 하이어들 역시 건재하고요."

잠깐 고민한 시한이 결단을 내렸다.

"할 수 없지. 이젠 나 혼자서 움직이겠어."

실피스와 비렛타가 만류했다.

"하지만 카렌 님이 안 계시면……."

"그만큼 대장도 위험해질 텐데요?"

설령 릴스타인이 지구를 다녀와 초인적인 권능을 손에 넣었다 해도, 그가 이계인이 되는 것은 아니다. 상대가 릴스타인이라면 카렌은 굳이 흑색 가루를 촉매 삼지 않아도 테라노어의 질병에 걸리게 할 수 있는 것이다. 성시한은 여전히 질병의 안개에서 자유로울 테니 승산도 상당히 높아진다.

하지만 상황이 이래서야 다른 동료들은 전투에서 빠질 수 없다. 카렌이나 바락 같은 강자가 전장을 이탈하면 겨우 잡은 승기를 잃게 된다.

특히나 카렌은 플레이그 블레스 때문에, 알리타는 이계소환술 때문에 반드시 창천기사단과 합류한 상태여야 했다. 그래야 지금의 위력을 발휘할 수 있었다.

시한이 고소를 머금었다.

"그래, 카렌과 함께 릴스타인을 상대하면 분명 승산은 올라갈지도 모르지."

하지만 그 대가는 남은 아군의 확실한 몰살.

"날 위해 목숨을 걸라고 할 순 있어. 하지만 목숨을 버리라고 할 순 없잖아?"

콘라드가 주저하며 물었다.

"한 번 더 몰아쳐서 크림슨 나이츠를 전멸시킨 다음에 움직이는 건 안 되겠습니까?"

"그건 곤란해."

성시한은 단호하게 고개를 저었다.

"이젠 정말 시간이 촉박해."

사상 고정 광역 결계진의 완성까지 반나절도 남지 않았다.

*　　　　*　　　　*

"혼자 가능하겠어요, 시한?"

근심 어린 표정으로 카렌이 물었다. 그녀 역시 현 상황에서 자신이 빠질 수 없다는 것을 잘 알고 있었다. 하지만 성시한 혼자 보내려니 도저히 안심이 되지 않는다.

그녀를 돌아보며 시한은 차분히 대꾸했다.

"나 혼자서 싸우는 게 아니야. 모두가 있기에 길이 생긴 거잖아?"

베타마저 탑에서 끌어냈다. 이제 릴스타인 곁에 남은 것은 알파뿐.

"이 정도면 충분해."

릴스타인의 성격상, 알파를 곁에서 떼어놓을 리는 절대 없다. 애초에 저 둘을 상대하는 것까진 기존 계획에 있었다.

성시한 혼자서 둘을 상대할 수 있느냐가 문제일 뿐.

"이계 마력로를 무력화할 수 있다면 승산은 있어."

알리타가 걱정스러운 어조로 물었다.

"만약 무력화시킬 수 없다면요?"

"그럼 우리가 전부 몰려가도 어차피 승산이 없잖아? 그건 고민할 필요도 없지."

"그야 그렇지만……."

여전히 근심이 가득한 두 여인을 바라보며 시한은 빙그레 웃었다.

"믿고 기다려 줘."

"네, 시한."

마음을 다잡고 카렌은 고개를 끄덕였다. 그리고 잠시 머뭇거리더니 뭔가 각오한 얼굴을 했다.

성시한의 왼뺨에 입술을 가져간 뒤, 그녀가 가볍게 볼에 키스를 남겼다.

"승리의 부적이에요. 무사히 돌아와요, 시한."

"미녀의 키스라니, 훌륭한 부적인데? 벌써 이긴 기분이야."

시한이 너스레를 떨었다. 그 광경을 지켜보는 알리타의 표정이 미묘해졌다.

'어머?'

그녀도 슬쩍 앞으로 나섰다.

"승리의 부적은 많을수록 좋겠죠?"

백금발의 미소녀가 성시한의 오른뺨에 살며시 키스를 남긴다. 창천기사단원들이 휘파람을 불어댔다.

"워우!"

"휘이이익!"

카렌과 알리타가 얼굴을 붉히며 뒷걸음질을 쳤다. 그리고 이번엔 제논이 앞으로 나섰다.

"그럼 저도……"

순간 성시한의 안색이 창백해졌다.

"잠깐? 제논. 그건 아니다. 그런 눈으로 날 보지 마라."

손사래까지 치는 시한의 반응에 제논은 잠시 의아해했다. 뭐, 금방 오해를 알아차렸지만.

"…그런 거 아닙니다만? 대체 저를 뭐로 보시는 겁니까?"

"내 팬티 돈 주고 산 사람?"

"……."

지은 죄(?)가 있으니 반박할 말이 없다. 제논이 입을 다물었다. 시한이 키득대며 웃었다.

"고마워, 덕분에 긴장은 좀 풀렸다."

"하하하."

제논 역시 웃음을 터뜨렸다. 잠시 후, 제논이 정중히 성시한의 발치에 무릎을 꿇었다.

"그럼 무운을!"

창천기사단 역시 마찬가지였다. 일제히 부복하며 진심을 담아 외친다.

"무운을!"

"어휴, 이러다 릴스타인한테 들키겠다."

뭐, 이제 와선 들켜도 상관없긴 하지만.

시한은 굳은 얼굴로 발걸음을 돌렸다. 그리고 예리한 눈빛으로 저 멀리 솟은 거대한 탑, 필라 오브 임페라토르를 노려보았다.

주먹을 움켜쥐며, 각오를 다진다.

"기다려라, 릴스타인!"

*   *   *

릴스타인은 짐작하고 있었다. 시기로 보나 상황으로 보나, 이제 성시한에게 남은 선택지는 하나뿐이었다.

델스트로이 전체를 비추는 마법 영상을 바라보며, 나직이 뇌까렸다.

"와라, 시한."

Chapter 5

친구

릴스타인은 천천히 걸음을 옮겼다.

지금 그가 서 있는 장소는 수십 미터 규모의 석실. 충분히 거대한 공간이지만 성시한을 상대하기엔 그리 넓다고 할 수 없었다.

사상 고정 광역 결계진이 있는 곳에서 싸울 순 없다. 그러다 빗나간 공격이 결계진을 부숴 버리면 곤란하다.

그렇다고 결계진을 눈에서 떼어놓을 수도 없다. 안 보이는 곳에서 뒤통수 맞는 일은 사양하고 싶다.

"무대를 마련해 놓아야겠군."

릴스타인이 오른손을 들어 허공을 휘저었다.

우르르릉!

석실 벽 한쪽이 통째로 갈라지며 벽 너머의 지하층과 합쳐졌다. 순식간에 공간이 넓어지며 수백 미터에 달하는 거대한 공동이 눈앞에 펼쳐졌다. 석실 전부를 차지하고 있던 수정탑과 각종 마법진도 공동 한쪽 구석으로까지 범위가 좁혀졌다.

"이 정도면 충분하겠지?"

이걸로 손님을 맞이할 준비는 끝났다. 남은 것은 그리운 옛 친구를 기다리는 일뿐.

그는 친구의 이름을 되뇌었다.

"…시한."

문득, 예전의 기억이 뇌리에 떠올랐다.

＊　　　　＊　　　　＊

아주 어릴 때의 기억은 그다지 나지 않는다.

진짜 천재는 태어날 때부터의 기억을 전부 지니고 있다는데, 이건 그냥 저마다 개인차가 있는 것뿐이지 딱히 천재의 조건은 아닌 듯했다. 저런 사람도 만나본 릴스타인이었지만, 딱히 그가 자신보다 영리하지는 않았다.

릴스타인이 기억하는 자신의 삶은 대략 8살 이후부터였다.

흔해 빠진 농군의 아들로 태어나, 형제자매와 함께 자랐다. 힘들다면 힘든 시절이었고, 평범하다면 평범한 나날이었다.

하지만 그때부터 릴스타인은 자신이 형제자매들과는 뭔가 다르다는 것을 느끼고 있었다.

형제들이 왜 웃는지 이해할 수가 없었다.

자매들이 왜 우는지 이해할 수가 없었다.

아니, 정확히 말하면 전혀 이해하지 못하는 것은 아니었다.

맛있는 음식을 먹고 웃을 때라든가, 혹은 벌을 받아 매질을 당하며 우는 것은 충분히 이해할 수 있었다.

하지만 형이 아우에게 음식을 양보하며 웃는 것, 언니가 우는 걸 보며 여동생이 함께 슬퍼하는 것은 도무지 이해가 안 갔다.

'자신이 기쁜 것도 아니고, 자신이 슬픈 것도 아닌데 왜?'

어린 릴스타인은 저 이해 못 할 현상에 대한 합리적인 이유를 부모와 형제자매에게 물었다.

돌아온 것은 바보 취급뿐이었다.

"왜 당연한 걸 모르냐? 왜 당연한 걸 이해하지 못하냐? 혹시 너, 덜떨어진 것 아니냐?"

납득할 수 없었다.

'저게 왜 당연하다는 건데? 어째서 아무 의문 없이 저걸 당연하다고 여기는 거지?'

대답은 간단했다.

'남들은 다들 당연하게 여기니까.'

더더욱 납득할 수 없는 답변이었다.

'그러니까 왜 남들은 저걸 당연하게 여기냐고?'

부모는 더 이상 답을 주지 않았다.

아버지는 화를 냈고 어머니는 그를 불쌍히 여겼다. 형제자매들은 그저 비웃었다.

"쟤는 머리가 이상한가 봐. 어쩌다 저런 애가 태어났지?"

이후 릴스타인은 더 이상 질문을 하지 않았다. 이 상황을 통해 그가 얻은 결론은 하나뿐이었다.

'저들은 그 이유를 모르고 있다.'

이유를 모르는 이들에게 질문해 봐야 답을 구할 수 있을 리 없었다.

12살이 되던 해, 릴스타인의 삶에 변화가 생겼다. 한 마기언이 그를 자신의 제자로 삼겠다고 한 것이다.

어린 릴스타인의 몸값은 은화 세 닢이었다.

반편이를 팔아넘기는 대가로 많이도 챙겼다고 아버지는 좋아했다. 출셋길이 열렸다며 어머니도 기뻐했다. 형제자매들은 릴스타인에게 찾아온 행운을 부러워했다.

릴스타인은 기뻐하지 않았다.

그저 상황이 바뀌었을 뿐이었다. 출세를 한 것도 아니고, 마기언이 된 것도 아니었다.

아무 결론도 나지 않았는데 지레짐작하고 기뻐하는 부모와 형제자매들이 마냥 신기했다. 뭐, 아버지의 경우엔 명확하게 이해가 갔지만.

이후 그는 광제의 조카, 마기언 스파르칸트의 제자가 되었다.

이미 스파르칸트에겐 많은 제자가 있었다. 제자라 불리지만 실제로는 여러 마법의 실험체 신세인 아이들이.

그들과 교류하며 릴스타인은 그제야 자신이 일반적인 인간이 아니란 걸 깨달았다.

다른 아이들도 그의 부모, 형제자매들과 같았다. 이유를 생각지 않고서도 그들은 분위기와 순간의 감정만으로 멋대로 결론을 내리는 일이 가능했다.

근거도 없이 결론을 내리고, 그것이 틀리지 않았다고 믿을 수 있다니?

참으로 놀랍고도 부러운 능력이었다. 어째서 저런 것이 가능한지 릴스타인은 고민했다.

그리고 해답을 찾았다.

'저들의 지능이 떨어지기 때문이다.'

지능이 떨어지기에 인과를 확인하는 영역까지 사고가 미치지 않는다. 그렇기에 모자란 지능만큼 감정이 그 자리를 대체한다. 감정적으로 느끼는 것을 옳다고 믿으면 모자란 지성으로도 스스로에게 의문을 품을 필요가 없다.

부족한 지능으로도 자신의 삶과 정체성을 지키기 위한 방어 기제.

'그렇구나, 대부분의 인간은 원숭이와 별 차이가 없어.'

해답을 얻고 나니 속이 시원했다. 이제 남은 것은 저 '원숭이'들과 교류하는 적절한 방법을 찾는 것뿐이었다.

초대 황제가 남겼다는 테라노어의 옛 격언에 해답이 있었다.

'원숭이를 키우던 한 사람이 있었다. 가세가 기운 그는 키우던 원숭이들에게 먹이를 줄이겠다며 앞으로 아침에 도토리 세 개, 저녁에 도토리 네 개를 주겠다고 했다. 원숭이들은 반발했고, 그러자 아침에 도토리 네 개, 저녁에 세 개로 말을 바꿨다. 그제야 원숭이들은 만족하고 반발을 멈췄다.'

이제 와서 생각해 보면 어째 초대 황제가 지구 다녀오면서 은

근슬쩍 베꼈다는 의심이 강하게 드는 격언이었다.

어느 정도 비슷할 수야 있겠지만 저렇게 똑같으면 누가 봐도 표절이잖아? 무엇보다 원숭이가 하루에 도토리 7개만 먹고 살 수 있을 리가?

어쨌든 사람들은 저 격언을 눈앞의 이득에 급급하지 말고 미래를 내다보라는 교훈으로 이해하고 있었다.

하지만 그는 다르게 받아들였다.

저 주인은 '결과적으로 볼 때 하루에 주는 도토리 개수는 똑같다'라고 원숭이들을 설득하지 않았다. 대신 선후를 바꿔 원숭이들을 현혹하는 걸로 간단히 해결했다. 매우 현명한 태도였다.

원숭이는 원숭이로 대해야 한다.

원숭이를 사람처럼 대하면 안 된다.

진리를 깨닫고 나니 그제야 다른 사람들을 대할 수 있었다. 여전히 저들의 감정이나 사고방식을 '이해'할 수는 없었지만, 적어도 '납득'은 할 수 있었다.

상황을 통해 적절한 감정을 보이고, 전후를 계산해 적당히 어울리는 말을 해주면 아이들은 그를 평범한 인간으로 봐주었다.

그렇게 몇 년을 스파르칸트의 제자로 살던 중이었다.

한 소년이 탑에 들어왔다.

성시한이라는 이름의, 지구라는 이계에서 온 소년이었다.

"네가 이계에서 온 소년이지?"

"…누, 누구?"

"역시 제국 말을 못 하는구나. 난 릴스타인이라고 해. 스승님의 명으로 이제부터 널 돌봐주게 됐어."

＊　　　　＊　　　　＊

당시의 릴스타인은 이미 사람들을 상대하는 법을 배운 후였다.

온화하고 다정하게, 웃음으로 대하면 사람들의 반응은 두 가지다.

만만하게 보거나, 같은 웃음으로 화답하거나.

성시한은 후자였다. 어쩐지 그를 굉장히 믿고 따르며 친하게 굴었다.

그에 맞춰 릴스타인도 친하게 굴어주었다. 그럴듯한 말로 달래주기도 했다.

"약한 자의 운명 따윈 세상 어딜 가도 똑같아, 시한."

"오늘도 죽지 마, 시한."

시간이 흘렀다.

뭔가 이상했다. 점점 초췌해져 가는 성시한의 모습을 보면 동정심이 느껴졌다. 의아한 일이었다.

'어째서? 저 소년이 죽든 말든 나랑은 아무 상관이 없는데?'

비슷한 처지이기 때문일까?

아니, 이건 답이 되지 못한다.

성시한이 오기 전에도 그는 많은 실험체 아이들에게 호의적으로 굴었다. 호의에 호의로 답하는 아이들도 많았다. 그리고 그 아이들 대부분은 비참하게 죽어갔다. 하지만 릴스타인이 그 아이들의 운명을 대신 근심한 적은 없었다.

'남의 일이니까.'

그런데 왜 성시한은 그렇게 볼 수 없는 걸까?

'혹시 테라노어인이 아니라서? 지구에서 온 존재이기 때문에?'

이 역시 해답이 되지 못했다. 시한이 지구인이라 해서 릴스타인이 그의 운명을 걱정해 줄 이유는 어디에도 없다.

고민했고, 결론을 내렸다.

'착각이다.'

그날의 기분이나 신체 컨디션에 따라 이성과 감정이 따로 노는 것은 인간의 육신을 지닌 이상 자연스러운 일이다. 그러니 이런 착각을 느끼는 것도 자연스럽다.

하지만 그날 이후론 더 이상 착각이라 치부할 수 없게 되었다.

　　　　　*　　　　　*　　　　　*

"릴스타인!"

"네, 스승님!"

"내가 폭풍을 제어하겠다! 그동안 벽에 걸린 장검을 챙기거라!"

"이제 어떻게 할까요?!"

"그걸로 저놈의 팔다리를 잘라 버려!"

"…네?"

스파르칸트를 죽이고, 성시한과 함께 탈출했다.

탈출하면서도 릴스타인은 내내 의아해했다.

'내가 왜 그런 짓을 했을까?'

스파르칸트를 배신했다는 죄책감은 아니었다.

기회가 오면 스파르칸트를 처리하고 도망칠 생각은 내내 하고 있었다. 그리고 저것은 분명 기회였다. 그러니 릴스타인이 성시한 대신 스파르칸트를 죽인 것 자체는 자연스러운 일이었다.

하지만 스파르칸트를 찔렀을 때, 그는 그런 생각을 하지 않았다.

그저 성시한을 구해야 한다는 생각만을 하고 있었다.

'어째서?'

스스로를 이해할 수 없었다. 왜 그 순간 그런 감정이 움직였는지도 전혀 알 수 없었다.

하지만 한 가지는 확실했다.

그 순간, 릴스타인의 감정은 분명 움직였다. 오직 자기 자신을 위해서만 움직이던 감정이 생애 최초로 타인을 위해서 모습을 드러냈다.

상황을 종합적으로 분석한 뒤 릴스타인은 결론을 내렸다.

세상에는, 이유 없이 움직이는 감정도 있다.

'나 또한, 어쩔 수 없는 원숭이의 후손일 뿐이구나.'

불쾌해야 할 결론이었는데 의외로 기뻤다. 역시 이유는 알 수 없었다. 성시한과 얽힌 이후 계속 이성과 감정이 따로 움직인다는 것만을 재확인했을 뿐이었다.

이후 그와 함께 숨어 살며 힘을 키웠다.

힘들지만 즐거운 나날이었다.

처음으로, 자기 배가 고프더라도 남이 배부른 걸 보면 허기가 사라질 수 있다는 걸 알았다. 처음으로, 남이 웃으면 이유 없이도 기분이 좋아지고, 남이 절망하면 함께 우울해진다는 사실도 알았다.

그제야 릴스타인은 왜 자신이 저 불쾌해야 할 결론을 기쁘게 느꼈는지 깨달았다.

그는 분명 대부분의 인간이 원숭이나 다름없다며 경멸했다. 하지만, 그 '원숭이'가 없이는 '인간'도 될 수 없는 것이다.

성시한 곁에서 릴스타인은 비로소 인간이 될 수 있었다.

*　　　　　*　　　　　*

시간이 흘렀다. 다른 친구들이 하나둘 모여들었다.

젝센가드를 만나고, 테오란트를 만나고, 카렌을, 레비나를, 사파란을 만났다.

성시한은 저들을 친구로, 가족으로 대했다.

그래서 릴스타인도 저들을 소중하게 여겼다. 성시한이 소중히 여기는 이들이라면 그 역시 그렇게 대할 수 있었다.

계속 시간이 흘렀다. 혁명군의 규모가 더욱 커졌다.

점점 성시한은 변해갔다.

점차 릴스타인과 의견이 갈리는 일이 많아졌다. 두 사람의 말싸움도 잦아졌다.

결국 파국이 찾아왔다.

*　　　　　*　　　　　*

"만약 죄 없는 이들까지 처형하겠다면……."

모든 것을 잃은 무기력한 지구의 소년이 아닌, 만인의 추앙을 받는 위대한 이계구원자가 소리친다.

"난 너희들 앞을 막겠어!"

                    *   *   *

릴스타인은 현실을 인정했다.

성시한은 변해 버렸다. 아니, 어쩌면 이미 변한 지 오래임에도 인정하기 싫어 계속 외면해 왔던 것일지도 모르겠다.

그러나 이젠 확실해졌다.

더 이상 자신의 소중한 친구는 존재하지 않았다. 남은 것은 친구의 탈을 쓴, 정체를 알 수 없는 무엇인가일 뿐이다.

그럼에도 릴스타인은 성시한을 버릴 수 없었다.

언제나 가능했던 일, 이성적인 판단이 내려지면 감정도 접어버리는 그 간단한 행위가 성시한에게만은 불가능했다. 아무리 이유를 대고 또 대도 마음이 그쪽으로 움직이지 않았다. 친구가 사라졌다는 걸 알면서도 그 잔향을 버리지 못하는 자신이 있었다.

이러지도 저러지도 못한 채, 그는 타성에 젖어 혁명전쟁을 수행해 갔다.

성시한과 레비나가 광제를 암살하기 위해 루스클라니움의 정보를 모을 때였다.

운명을 만났다. 사전 답사 과정에서 황도 클라틸에 숨겨진 고대의 비밀을 접하게 된 것이다.

이계 소환술의 비밀과 완벽한 정신 지배.

하늘이 내려준 축복처럼 느껴졌다.

'이것이라면!'

자신의 의견에 반대하지 않고, 뜻을 함께하고, 자신이 원하는 모습을 보여주고, 원하는 행동을 취하며, 이 모든 것을 가식이나 위선이 아니라 진심으로 행하는 과거의 소년을 되찾을 수 있다!

웃음이 터져 나왔다. 오랜만에 과거의 감정이 심장을 움켜쥐었다.

"하하하하하!"

그를 위해서, 성시한을 배신하고 지구로 돌려보내야 한다는 것은 전혀 중요한 문제가 아니었다.

이미 시한은 더 이상 친구가 아니었다. 옛 친구의 껍질을 뒤집어쓴 거짓된 존재일 뿐이었다.

거짓된 적을 없애고 진정한 우정을 되찾는 것, 실로 합리적인 행동이 아닌가?

방황은 끝났다.

목표가 생겼다.

'시한을 재소환해 옛 친구를 되찾고, 테라노어를 차지한 뒤 원하는 모든 것을 손에 넣겠다!'

계획처럼 잘되진 않았다. 원래는 예전처럼 성시한과 함께 테라노어 전체와 싸울 셈이었는데 어쩌다 보니 상황이 너무 꼬이고 꼬여 여기까지 와버렸다.

그래도 괜찮다.

돌이킬 수 없을 만큼 늦지는 않았으니까.

*   *   *

필라 오브 임페라토르 최하층.

수백 미터에 달하는 거대한 공동에 홀로 서서 릴스타인은 미소를 지었다.

이제 곧 성시한의 껍질을 뒤집어쓴 변질된 존재가 그의 눈앞에 서리라.

그 존재를 지우고 그리운 옛 친구를 돌려받을 때였다.

"그래, 이번에야말로 모든 것을 바로잡겠다."

*   *   *

성시한은 환한 복도를 걷고 있었다. 낡은 로브 따윈 벗어 던진 지 오래, 익숙한 가죽 갑옷에 장검 한 자루만을 허리에 찬 가벼운 차림이었다.

그의 발걸음은 거침이 없었다. 어차피 가야 할 곳은 정해져 있었다.

훔쳐낸 정보에 따르면 이계 마력로도, 지구인 보관 시설도, 사상 고정 광역 결계진도 모두 같은 곳에 위치한다.

바로 필라 오브 임페라토르 최하층 서쪽.

릴스타인은 저곳에 자신의 모든 기밀을 몰아넣었다. 방어의 이점을 생각하면 나쁘지 않은 판단이다. 한 곳만을 지키면 모든 것을 지킬 수 있으니까.

'하지만 계란은 한 바구니에 담는 법이 아니라는 말도 있지.'

반대로 말하면 한 곳만 뚫리면 모든 것을 잃는다는 소리도 된다.

걸음을 옮기는 시한의 안색이 점점 더 굳어갔다. 슬슬 목적지가 보이고 있었다.

수백 미터에 달하는 거대한 공동.

그리고 그 한가운데 서 있는 너무나도 낯익은 얼굴.

"결국 여기까지 왔구나, 시한."

그는 웃으며 성시한을 반기고 있었다. 옛 친구의 우아한 미소를 마주하며 시한은 애써 평정을 찾으려 노력했다.

'후우……'

겨우 뛰는 심장이 진정되었다. 시한 역시 미소를 만면에 띠웠다.

"그래, 릴스타인."

살기 가득한 미소였다.

"결국 여기까지 와버렸네. 우리 둘 다."

릴스타인이 시한을 살펴보더니 의아해하는 표정을 지었다.

"설마 혼자 온 거냐?"

"그래."

"카렌은?"

다른 사람은 몰라도, 분명 카렌은 동행할 거라 생각했다. 현재 성시한이 취할 수 있는 최강의 조합이 그녀와 페어를 이루는 것이니까.

시한이 싸늘한 목소리로 대꾸했다.

"바보가 아니라면 전황 정도는 읽을 수 있을 텐데?"

물론 릴스타인은 바보가 아니었고, 곧바로 이유를 파악해 냈다.

"설마 부하들 목숨 때문에 카렌을 두고 온 거냐? 조금이라도 승산을 더 올려야 할 상황인데?"

릴스타인이 기가 막히다는 듯 중얼거렸다.

"맙소사, 십 년 전보다 더 물러졌구나."

성시한은 흔들리지 않았다.

"반드시 지켜야 할 것을, 반드시 지키는 것뿐이다. 그걸 무르다고 여긴다면 넌 정말 너무 멀리 가버린 거야."

릴스타인은 쓴웃음을 지었다.

성시한은 어째 그가 변해 버렸다고 여기는 듯했지만, 사실 자신은 변한 것이 없었다. 그저 과거의 성시한에게는 보여주던 모습을 지금은 보여주지 않는 것뿐.

"그렇다면 카렌은 여전히 전장에 남아 있나? 이거 예상이 조금 틀렸네."

잠시 생각에 잠기더니 뭔가를 계산하며 릴스타인이 혼잣말을 이었다.

"그래도 결과는 마찬가지다. 카렌 정도로 계산이 헝클어지진 않아."

성시한이 검을 뽑았다.

스르릉.

금속음과 함께 그의 전신으로 투기가 일어나기 시작했다.

"홍! 사투를 앞두고 언제까지 수다만 떨 셈이지?"

릴스타인은 여전히 움직이지 않았다.

"사투를 앞뒀다라……."

부드러운 눈빛을 시한에게 보내며, 온화한 목소리를 이어간다.

"난 너와 싸울 생각이 없어, 시한."

"응?"

갑자기 릴스타인이 손가락을 튕겼다.

"수정탑에서 네 흔적을 발견했을 땐 사실 꽤나 당황했어. 하지만 생각해 보니 꼭 나쁜 일인 것도 아니더라고."

그의 등 뒤로 커다란 마법 영상이 떠올랐다.

"그 말은 곧, 네가 적어도 한 달 이내에 반드시 이 자리에 설 것이라는 의미잖아?"

릴스타인이 제일 고민한 부분은, 그토록 도주에 능숙한 성시한을 어떻게 사로잡을 것이냐 하는 부분이었다. 싸워서 패할지도 모른다는 걱정 따윈 하지도 않았다.

"쥐새끼처럼 잘도 도망 다니던 녀석이 제 발로 기어들어 온다는데, 마다할 이유가 없지."

"그렇단 말이지? 뭐, 좋아."

성시한은 당황하지 않았다. 릴스타인이 뭔가를 준비해 두었을 것임은 충분히 짐작하고 있었다. 오히려 아무 대비가 없다면 그게 더 놀라운 일일 것이다.

"내가 이 자리에 있는 것만으로도 다 잡은 기분이 드나 본데, 그 착각을 고쳐주지!"

막 시한이 투기를 터뜨리려 할 때였다.

마법 영상 위로 전장의 풍경이 펼쳐졌다.

"일단 이것부터 보는 것이 어때?"

성시한의 움직임이 흠칫 멈췄다. 안 그래도 저 영상을 왜 띄웠는지 계속 신경 쓰이던 참이었다.

릴스타인의 느긋한 목소리가 이어졌다.

"꽤 재미있는 구경이 될 거야."

＊　　　＊　　　＊

크림슨 나이츠와 창천기사단이 전투를 벌이고 있었다.

혼탁한 전장 속에서 카렌이 세타와 베타를 상대로 연신 달빛 사슬을 날려댄다. 알리타 역시 이계소환술을 사용해 크림슨 나이츠를 상대하는 중이다.

"알리타라고 했지, 저 아이?"

영상을 바라보며 릴스타인이 느긋하게 입을 열었다.

"생각해 보면 당연한 일이지. 차원을 건너오려면 차원 좌표가 필요하다는 것은."

성시한 역시 테라노어의 무엇인가를 차원 좌표로 삼았기에 차원 이동이 가능했을 것이다. 시한의 귀환을 알아차린 후, 릴스타인은 그 차원 좌표에 대해서도 고민해 보았다.

"분명 루스클란의 후예 중 하나를 선택했으리라 생각했지."

자연스럽게, 그는 성시한이 그 루스클란의 후예를 처리한 뒤 심장을 동결시켜 놓았을 것이라 짐작했다.

자신이라면 그렇게 했을 테니까. 설마 그런 치명적인 약점을 그냥 놔둘 리는 없다고 여겼으니까.

성시한이 죄 없는 사람의 심장을 산 채로 뽑을 성격이 아니란 건 알고 있었다. 하지만 릴스타인의 무의식 속에서 '루스클란의 후예'는 '죄 없는 사람'이 아니었던 것이다.

무심코 루스클란 혈족이라면 그런 짓을 당해도 싸니까, 성시한도 별 심리적 거부감 없이 저질렀을 거라 생각해 버렸다.

릴스타인은 쓴웃음을 지었다.

"실수였지."

알리타의 정체를 파악한 후에야 겨우 진실을 알아챌 수 있었다.

영상에 비친 백금발의 소녀를 바라보며 릴스타인이 싸늘하게 웃었다.

"저 아이만 없어지면 네 녀석도 지구로 돌아가겠지?"

그가 굳이 이런 자리를 만든 것은 성시한을 노린 게 아니었다.

'…알리타!'

시한의 안색이 딱딱하게 굳었다. 하지만 이내 풀렸다.

다행히 그녀는 혼자가 아니었다. 옆에 카렌이 있는 것이다.

'카렌을 데리고 왔으면 큰일 날 뻔했군.'

카렌조차 상대치 못할 강자는 릴스타인과 알파뿐이다.

"그리고 둘 다 필라 오브 임페라토르 지하층을 떠나지 않았지."

성시한이 비웃음을 던졌다.

"안됐군, 릴스타인. 계획이 어긋났네?"

그리고 그 비웃음은 이어진 릴스타인의 비아냥에 순식간에 사라져 버렸다.

"누가 알파가 여기 있다고 했는데?"

영상에 비친 혼란한 전장, 그 너머에서 거대한 황금빛 기둥이 솟구쳤다. 동시에 거구의 흑인 기사가 모습을 드러냈다.

마갑 루브레스크로 전신을 감싼 채 거대한 투 핸디드 소드를 휘두르며 눈앞의 성시한 측 군세를 마구 베어 넘긴다!

"왕의 이름으로! 모조리 죽을 지어다!"

성시한은 경악했다.

"…알파?"

*　　　　*　　　　*

전장의 하늘을 날아오르며 알파는 디재스터를 크게 휘둘렀다. 황금의 광검이 분열해 눈부신 광채를 발했다.

"무신기, 십이지검!"

카렌이 허겁지겁 그에게 달려갔다. 은빛의 안개가 알파를 뒤덮어가며 십이지검이 다시 사라졌다. 플레이그 블레스에 의해 알파의 기량이 하락된 것이다.

고개를 돌리며 알파가 분노를 터뜨렸다.

"불사의 마녀여!"

검푸른 투기강을 움켜쥐며 그가 카렌에게 달려들었다.

"이 검으로 그대의 죽음을 거두리라!"

가공할 패왕기의 일격이 카렌의 머리 위로 날아들었다. 재빨리 카렌이 신성력을 발했다.

"흑월의 사슬!"

투기강과 달빛 사슬이 격돌했다. 단 일격에 사슬이 박살 나며 카렌이 뒤로 튕겨났다.

"쿠, 쿨럭!"

피를 토하며 그녀는 대지를 몇 바퀴나 굴렀다. 애써 몸을 일으키며 그녀는 경악했다.

'맙소사, 이렇게 강했나?'

알파를 처음 본 건 아니지만, 직접 공방을 나눠본 것은 처음이다. 백색 상아탑에서 싸웠을 땐 성시한이 전담했었으니까.

세타나 베타를 상대할 때와는 파괴력이 차원이 달랐다. 분명 투기량은 별 차이가 없지만 투기술 수준이 월등하고, 무엇보다 기본 육체 능력이 압도적이다.

"으하하하!"

알파가 재차 공세를 취했다. 소나기처럼 쏟아지는 투기강의 폭격 앞에 카렌은 정신없이 피해 다닐 뿐이었다.

분명히 공격 자체는 예측이 되는데 너무 빠르고 너무 강하다. 알면서도 막을 수밖에 없고, 막으면 그대로 충격이 전신을 관통한다!

"큭! 으윽! 으으윽!"

정신없이 밀리며 카렌은 치를 떨었다. 이자의 등장은 너무도 예상 밖이었다.

'설마 릴스타인이 알파를 곁에서 떼어놓았을 줄이야.'

릴스타인답지 않았다. 아무리 무한한 마력의 소유자가 되었다 해도, 그는 실낱같은 허점조차 허용할 성격이 아니었다.

이유는 세타와 베타에 의해 밝혀졌다. 알파가 카렌을 전담하자 저 둘이 또 다른 목표물로 향한 것이다.

"저주받을 루스클란이여!"

"정의의 이름으로 그대를 처단하겠다!"

백금발의 소녀를 향해 투기강을 휘둘러 댄다. 놀란 알리타가 연속으로 이계소환술을 펼쳤다.

"와라, 시라즈! 라푸트! 파이얀!"

소환된 마물들이 투기강을 가로막았다. 그리고 이내 동강나 피를 뿌렸다.

강력한 이계 마물을 셋이나 불렀음에도 고작해야 한 걸음 막아내는 데 그친 것이다. 그래도 덕분에 알리타는 위기를 넘길 수 있었다.

만약 십이지검 같은 무신기가 날아들었다면 막고 자시고도 없었을 것이다. 하지만 베타와 세타는 질병의 축복으로 상당히 기량이 떨어진 반면 알리타는 그간의 연습을 통해 충분히 질병에 적응한 상태였다.

문제는 그래봤자 여전히 격차가 어마어마하다는 점이지만.

"운이 좋았군!"

"하지만 두 번 통하지는 않는다!"

이내 베타와 세타가 알리타를 쫓았다. 알파를 등진 채 카렌이 몸을 날렸다.

양손을 휘두르며 베타와 세타의 배후를 노린다.

"청월의 사슬!"

두 줄기 뇌전의 사슬이 허공을 갈랐다. 막 알리타를 두 동강 내려던 베타와 세타가 방해받고 몸을 날렸다. 간신히 알리타의 목숨이 조금 더 연장되었다.

그리고 그 대가로 카렌은 오른쪽 다리를 헌납해야 했다. 휑히 생긴 빈틈을 알파는 결코 놓치지 않았다.

"아으윽!"

알파의 투기강에 의해 카렌의 다리가 그대로 잘렸다. 재빨리 달빛 사슬을 뻗어 그녀는 잘린 다리를 도로 회수했다. 그리고 허벅지에 붙인 뒤 재생력을 끌어냈다.

피가 거꾸로 흐르며 상처가 아물었다. 신음을 흘리며 카렌이 비틀거렸다.

"으으……."

현기증 때문에 눈앞이 핑 돈다. 간신이 다리를 붙이긴 했지만 그만큼 기력 소모가 막대하다.

휘청대는 카렌을 향해 세 명의 무신급 소드하이어가 서서히 다가왔다.

"방해가 심하다."

"왕의 명을 이행하려면."

"방해물부터 제거하는 것이 순리일 터!"

알파와 베타, 세타가 차례로 한마디씩 남겼다. 카렌은 이를 갈았다.

'빌어먹을!'

확실히 릴스타인이 알파를 곁에서 떼어놓을 만한 충분한 이유가 있었다.

'애당초 시한과 싸울 생각이 없었어, 저 인간은!'

카렌의 위기를 본 성시한은 바로 움직였다.

"…릴스타인!"

그의 전신이 순식간에 황금빛으로 물들었다. 투기를 끌어 올리고, 정신을 집중하고, 영혼을 공명하는 모든 과정을 동시에 행한다. 한 자루 빛의 검이 그의 손아귀에 잡혔다.

"무신기, 무극천검!"

공간이 둘로 갈라지며 가공할 파괴의 힘이 릴스타인을 향해 날아들었다. 그러나 릴스타인은 당황하지 않았다.

"그렇게 나올 줄 알았지."

어느새 반투명한 마력장이 12겹으로 생성되어 그를 둘러싸고 있었다. 무극천검이 마력장 위에 작렬했다.

콰아아앙!

폭음과 함께 공간 전체가 흔들렸다. 그리고 잠시 후…….

"새로운 무신기란 게 이런 거였나? 훌륭한데?"

멀쩡한 모습으로 릴스타인은 주위를 둘러보며 감탄을 터뜨렸다.

"마력장이 일곱 겹이나 뚫렸어. 정말 무극천광에 필적하는 위력이잖아? 내가 지닌 마법 중 최강의 방어력을 지닌 것이었는데."

성시한은 속으로 욕설을 흘렸다.

'제길…….'

어리석은 짓인 줄은 알고 있었다.

괜히 전사들이 전투에 임할 때 가장 강력하고 자신 있는 기술을 놔두고 견제와 탐색부터 시작하는 것이 아니다. 복잡한 공방 끝에 자신의 필살기로 상대를 격퇴하는 걸 보며 '저럴 거면 처음부터 필살기를 쓰지?'라고 묻는다면 그건 실전을 몰라서 하는 소리다.

저 복잡한 공방이 있은 후에야 필살기가 비로소 필살기일 수 있는 것이다. 그 과정을 생략했으니 가로막히는 것도 당연하다.

하지만 어쩔 수 없었다. 지금 그가 카렌과 알리타를 구하는 방법은 눈앞의 릴스타인을 처리하는 것뿐이었으니까.

그저 실낱같은 행운이 있기를 기원하며 최강의 일격을 날린 것인데…….

"포기해, 시한. 넌 졌어."

언제나 그랬듯이, 그런 행운 따윈 세상에 존재하지 않았다.

"카렌의 능력으로 저 상황을 빠져나올 방법은 없다."

릴스타인이 잔잔한 목소리를 이어갔다.

"시한, 네가 저 자리에 있었다면 아무리 알파라도 승산이 적었겠지만……."

그랬다면 애초에 릴스타인도 알파를 곁에서 떼어놓지 않았겠지.

"지금 저들을 구할 수 있는 이는 아무도 없다."

냉혹한 현실이었다.

알파의 기량을 생각하면 카렌은 고작해야 1분도 채 버티지 못할 것이다. 그리고 아무리 행운이 폭우처럼 쏟아진다 해도, 성시한이 1분 안에 릴스타인을 처리할 가능성은 전혀 없다.

카렌은 쓰러질 것이고 알리타는 죽을 것이다. 그리고 성시한은 지구로 강제 귀환 당하겠지.

모든 것이 릴스타인의 시나리오대로다.

'우린 처음부터 저 녀석의 손안에서 놀아나고 있었던 거였나?'

안색이 창백해진 성시한을 보며 릴스타인은 부드러운 미소를 건넸다.

"걱정 마, 시한. 지구에 오래 있진 않을 거야."

굳이 그가 이렇게까지 한 이유는 하나 더 있었다. 성시한이 지구로 귀환하는 모습을 직접 두 눈으로 확인하고 싶었던 것이다.

"금방 다시 소환해 줄 테니까."

　　　　*　　　　　*　　　　　*

　베타와 세타를 향해 알리타가 오른손을 뻗었다.

　"와라, 콜라즈!"

　차원 구멍이 열리며 용을 닮은 2미터 정도 크기의 마물이 모습을 드러냈다. 마물이 홰를 치며 날아올라 거센 불길을 뿜었다.

　날아드는 불길을 향해 세타가 투기강을 내뻗었다.

　"소용없노라!"

　푸른 섬광이 불길을 가르고 마물의 본체까지 닿았다. 폭발이 일어나며 마물이 일격에 박살 났다. 수많은 살점과 체액이 사방으로 흩뿌려졌다.

　알리타의 안색이 굳었다.

　'마력이……'

　크로스 크라즈를 대거 소환하느라 너무 많은 마력과 차원력을 소모해 버렸다. 그 탓에 다른 이계 마물들을 소환해도 제 위력이 나오질 않는다.

　베타와 세타가 땅을 박찼다.

　"루스클란의 악적이여!"

　"정의의 이름으로 죽음을 맞이하라!"

　두 명의 무신이 그녀를 노리고 새매처럼 날아든다. 카렌이 재빨리 양손을 떨쳤다.

　"청월의 사슬!"

　뇌전이 깃든 사슬이 베타와 세타의 배후를 노렸다. 물론 두 사람은 가볍게 공세를 튕겨냈다. 그 틈에 카렌도 다시 한 번 달빛 사슬을 펼쳤다.

"백월의 사슬!"

냉기의 사슬을 대지에 박아 넣고 그대로 당기며 카렌이 몸을 날렸다. 이내 두 사람을 가로막으며 그녀가 연달아 공격을 퍼부었다.

"타아앗!"

내려찍기로 베타를 피하게 만든 뒤 좌우 미들킥으로 세타를 노린다. 세타의 투기강이 반격에 나서는 순간, 무릎을 접어 킥의 궤도를 바꿔 채찍처럼 목덜미를 후려쳐 간다.

콰콰쾅!

폭음과 함께 베타와 세타가 뒤로 물러났다. 그러나 별 타격은 받지 않았다. 이미 두 사람 모두 완벽하게 방어 태세를 굳히고 대부분의 위력을 흘린 후였다.

그 틈에 알파가 다가왔다.

"불사의 마녀!"

투 핸디드 소드로 화한 디재스터를 휘두르며 거창한 횡 베기를 날린다. 투기강이 길어지며 반경 수 미터를 전부 뒤덮는다.

"방해는 용납할 수 없다!"

"윽!"

카렌은 허겁지겁 허리를 틀어 공격을 피하며 낮은 자세로 알파에게 파고들었다. 어떻게든 근접전으로 끌고 갈 생각이었다.

하지만 상대가 너무 빠르고 강했다.

"어림없다!"

호통을 터뜨리며 알파가 카렌의 태클을 한 손으로 제지했다. 동시에 니킥이 이어지며 가공할 파괴력이 그녀의 전신을 관통했다.

"크, 크윽!"

분명 두 팔로 방어했는데도 전신이 마비될 지경이었다. 욱신거리는 느낌이 뼈가 부러진 것 같다.

알파의 공격이 이어졌다. 고작 몇 초 지나지도 않아 카렌이 피투성이가 되었다. 알리타가 소리쳤다.

"카렌 언니!"

"도망쳐, 알리타!"

알리타는 정신없이 주위를 둘러보았다.

도망치라고? 어디로? 이미 무신급 소드하이어로 인해 완전히 포위된 상황인데?

카렌을 걷어차며 알파가 통쾌한 듯 웃었다.

"으하하!"

걷어차인 카렌이 비참하게 바닥을 굴렀다. 입에 고인 피를 내뱉으며 그녀는 절망에 빠졌다.

'더 이상 방법이 없어……'

기력도 체력도, 신성력도 전부 바닥난 지 오래였다. 재생력조차도 끝이 보여 상처가 더디게 아물고 있었다.

완패였다.

＊　　　　＊　　　　＊

투기강을 쥔 채 알파와 베타, 세타가 걸음을 옮긴다. 쓰러진 카렌을 향해 저마다 조롱을 내뱉는다.

"약하구나, 불사의 마녀."

"계란으로 바위를 내려치는 어리석음이니!"

"과연 진정한 영웅은 우리의 왕뿐이로다!"

여전히 빙의된 놈들답게 헛소리 일색이었다. 그래도 명색이 기사급 소드하이어의 영혼이다 보니 '죽어, 죽어, 죽어, 으히히! 크케케!' 따위 어투는 아니었지만, 어쨌든 정상이 아니긴 마찬가지다.

'하아⋯⋯.'

허탈한 눈으로 카렌은 알파 시리즈를 노려보았다.

전사로 살아온 이상 전장에서 죽을 거란 각오는 했지만, 그렇다 해도 상대가 저런 놈들일 줄은 몰랐다.

무신급 소드하이어라곤 하지만 전사의 긍지도 무엇도 없는 존재들⋯⋯.

'헛소리나 일삼는 귀신 들린 놈들에게 최후를 맞이하게 될 줄이야⋯⋯.'

알파가 투기강을 높게 쳐들었다.

"목을 거두겠다!"

카렌은 눈을 감았다.

'크론 리자테여⋯⋯.'

그때였다. 여신의 이름을 입에 담는 순간, 섬광처럼 뭔가가 그녀의 뇌리를 스치고 지나간 것이다.

'⋯귀신 들린 놈들?'

카렌의 눈빛이 바뀌었다. 힘겹게 그녀가 상체를 일으켰다.

남은 신성력을 모조리 끌어 올리며, 마지막 힘을 쥐어짜 낭랑한 목소리로 기도를 올린다!

"크론 리자테의 이름으로 명하노라! 이들의 육신에 깃든 사악한 악령이여, 경외받으실 이름 앞에서 떨며 도망칠 지어다!"

찬란한 빛이 알파와 베타, 세타를 휘감았다. 그리고 그 빛은 저들의 터럭 하나 건드리지 못했다. 그 어떤 파괴력도 깃들지 않은 순수한 신성의 광휘였으니까.

그럼에도 처절한 비명이 터져 나왔다.

"크아아악!"

"으어어!"

"아아아악!"

알파와 베타, 세타가 일제히 머리를 움켜쥐고 비명을 터뜨렸다. 투기도 살기도 모조리 사라지고, 오직 공포만 남아 연신 사시나무처럼 떨고 또 떤다.

모든 사령과 악령을 쫓아내는 크론 리자테의 신성한 구마(驅魔) 의식, 엑소시즘이었다.

귀신 들린 상태란 게 무엇인가?

타락한 영혼이 남의 육신을 사악한 수법으로 대신 차지한 상태를 말한다. 그리고 현재 알파와 베타, 세타는 네크로맨시 마법으로 창조된, 스스로의 정체성을 잃은 테라노어인의 영혼이 지구인의 육신을 차지한 상태.

루스클라니움의 폐허에서 카렌은 릴스타인의 사령술, 미스트 오브 뎀드의 강력한 악령들을 그저 손짓만으로 간단히 쫓아버렸다. 심지어 당시에는 기도문조차도 필요 없었다.

그 압도적인 권능이 지구인의 육신에서 테라노어의 영혼을 몰아내고 있었다.

"으.으.으!"

"크으으……."

"으어어어……."

바닥을 구르며 알파와 베타, 세타는 계속 신음을 흘렸다. 그 모습을 지켜보며 카렌은 한숨을 내쉬었다.

성시한이 릴스타인의 정보를 훔쳐내지 않았다면 이런 해법도 떠올리지 못했을 것이다. 역시 정보는 때론 그 어떤 무기보다도 강력한 힘을 발휘하는 법이다.

결국 알파 시리즈들로부터 흐릿한 영혼의 형상이 빠져나와 사라졌다. 쓰러진 알파며 베타, 세타를 향해 창천기사단이 허겁지겁 달려왔다.

"카렌 님!"

"무사하십니까?"

그리고 곧바로 창칼을 기절한 지구인에게 들이댄다.

"무슨 일인지는 모르겠지만……."

"이 틈에 확실히 처리해야!"

카렌이 그들을 만류했다.

"죄 없는 이들이에요. 생포하세요."

"네? 하, 하지만 무신급 소드하이어인데요?"

"그래도 죽일 순 없어요. 최대한 조심해서 묶어놓으세요."

"예, 예!"

한숨을 길게 내쉬며 카렌은 하늘을 올려다보았다.

그 절체절명의 순간 해결책이 떠오르다니, 정말이지 여신이 가호했다고밖엔 할 말이 없다.

'감사합니다, 크론 리자테시여.'

＊　　　＊　　　＊

릴스타인은 침묵하고 있었다.

한참 후에야 소태를 씹는 듯한 표정으로 한 마디를 내뱉는다.

"…실수했군."

충분히 예상할 수 있는 부분이었다. 징조가 없었던 것도 아니었다.

예전부터 알파 시리즈의 괴상한 말투에서 어색함을 느꼈다. 알파 시리즈의 영혼과 육체가 완벽하게 합일되지 않았다는 명백한 증거였다.

그런데 무심코 지나쳐 버렸다. 그 역시 자기도 모르게 알파 시리즈의 위용에 취해 있었던 것이다.

최강의 육체와 최강의 투기를 지닌 궁극의 무인! 이계구원자조차 능가하는 고금 제일의 무신급 소드하이어, 알파!

자신의 창조물에 창조주가 현혹되었다. 저들이 사실은 진정한 무인도, 제대로 된 검사도 아니라는 사실을 잊어버렸다.

그 대가가 이것이었다.

한순간에 무너져 버리는 모래의 성채.

"큭, 크크큭!"

문득 성시한이 웃음을 터뜨렸다.

"푸하하하!"

웃음이 점점 커지더니, 이내 광소에 가깝게 변해간다.

"역시 지켜야 할 건 지켜야 하는 법이네."

만약 성시한이 자신의 승리만을 생각해 카렌을 대동했다면, 부하들의 죽음을 외면하고 대의를 위해 희생을 강요했다면 이런 결과도 나오지 않았을 것이다. 아무 대책 없이 알리타를 잃고 지구로 귀환당한 뒤 릴스타인의 꼭두각시가 되어버렸겠지.

"어쩌지, 릴스타인?"

속 시원한 듯 웃어젖힌 뒤 시한은 릴스타인을 바라보았다.

"알파 날아갔는데? 우리 둘만 남았는데?"

웃음기 없는 표정으로 릴스타인도 성시한을 빤히 응시했다.

문득 그의 표정이 풀렸다. 싸늘한 미소가 릴스타인의 입가에 떠올랐다.

"여전히 운명은 네 편이로구나, 시한."

십 년 전에도 이랬다. 절체절명의 순간에도 성시한은 용케 위기를 극복하곤 했다. 신기할 정도로 행운이 따라준 적도 많았다.

둘이서 이런 농담을 주고받은 적도 있었다.

"아무래도 운명은 시한, 네 녀석 편을 들어주고 있나 보다."

"운명 같은 소리 하네. 야, 릴스타인. 내가 진짜 운이 좋았으면 몇십억 분의 1 확률에 당첨되어 이 지옥에 떨어졌겠냐?"

"그걸로 평생의 불운을 다 썼나 보지."

"어, 그렇게 말하니까 또 그럴듯한데?"

회상에 잠긴 채 릴스타인은 천천히 고개를 끄덕였다.

"그래, 운명은 언제나 내 편이 아니었지."

그래서 운명조차 극복할 수 있는 힘을 추구했다. 그리고 결국 손에 넣었다.

"달라지는 것은 없다."

릴스타인이 가볍게 손을 휘저었다.

"알파가 없다 해도, 나 홀로 남았다 해도……."

손짓과 함께 마법 영상이 허공에서 사라졌다.

"내가 패배할 확률은 소수점 이하다."

알파가 곁에 없다 해서 자신이 위험에 빠지거나 하진 않는다. 아주 미세한 확률, 극히 작은 변수조차 차단하고 싶어 하는 편집증의 발로였을 뿐.

섬뜩한 눈빛을 발하며 릴스타인은 천천히 양손을 들어 올렸다.

"내가 설마 널 쓰러뜨릴 힘이 없어 이런 계획을 짰다고 생각하진 않겠지?"

시한은 반박할 수 없었다. 솔직히 맞는 말이긴 했다.

"단지 상처를 입히고 싶지 않았을 뿐이다."

릴스타인의 마력 제어가 아무리 세밀하다 해도, 전투를 벌이는데 부상을 입히지 않을 순 없다.

"하지만 이렇게 된 이상, 어느 정도의 위험은 각오해야겠지."

릴스타인 자신의 위험이 아니다. 성시한의 위험이다.

"일월성신의 교단엔 좋은 프린들이 많지. 어지간한 부상은 충분히 지울 수 있을 거야."

성시한은 인상을 썼다.

"상처를 입히기 싫다느니, 모든 걸 바로잡겠다느니 하는데……"

예전부터 느낀 점이지만, 릴스타인의 태도에는 영 이해하기 힘든 부분이 존재한다.

"…도대체 뭘 바로잡겠다는 거야?"

릴스타인의 금안이 살짝 빛났다.

"네 녀석."

아주 당연한 진리인 것처럼 확신을 담아 입을 연다.

"넌 변했어. 타락했지. 더 이상 예전의 내 친구가 아니다."

문제가 생겼다면 해결해야 하는 법.

"변질되어 버린 널 바로잡아 예전으로 돌려놓을 것이다."

당당한 릴스타인의 태도에 시한은 멍한 표정을 지었다.

"어……."

그러니까, 친하게 지내던 친구가 철 좀 드니까 마음에 안 든다고 다시 원상 복귀 시키겠다는 소리?

"…뭐랄까, 어이가 없네."

헛웃음이 절로 나왔다. 성시한이 고개를 절레절레 흔들었다.

"이봐, 릴스타인. 집착이라는 단어 혹시 알아?"

노골적인 비아냥에도 불구하고 릴스타인은 태연했다. 그는 이미 스스로 결론을 내린 지 오래였다.

"이룰 수도 없는 목표를, 포기하지 못하고 마냥 매달리고 있을 뿐이라면 그건 분명 집착이겠지."

이룰 수 없는 목표가 아니다.

목표를 달성한 방법을 찾았다. 그 방법을 시행할 힘도 손에 넣었다.

성시한을 지구로 돌려보내고, 다시 소환해 완벽하게 정신을 지배한다. 그리함으로써 그릇된 현재의 성시한을 지워 버리고 진실한 우정을 보여주던 과거의 소년을 되찾는다!

"모든 것이 합리적인데, 시행하지 않을 이유가 어디 있겠어?"

시한은 말문을 잃었다.

"……"

뭐라고 받아쳐야 할지도 모르겠다. 그저 기가 막힐 뿐이었다.

한참 후, 진심 어린 혐오를 담아 성시한이 뇌까렸다.

"그냥 개를 키워, 이 멍청아. 네가 원하는 건 우정이 아니니까."

릴스타인은 듣지 않았다.

지금의 시한이 뭐라 비난하든 그에겐 한 줌의 가치도 없었다. 그가 진정 귀 기울일 상대는 과거의 무능력한 지구인 소년뿐이다.

"어차피 네 녀석만 손에 넣으면 모든 것이 바로잡힌다."

크림슨 나이츠? 얼마든지 보충할 수 있다.

지구인은 70억이나 있다. 마르고 닳도록 소모할 수 있는 자원이다.

무신급 소드하이어의 약점? 굳이 신경 쓸 필요도 없다.

성시한이 있으면 그를 소체로 삼아 원래의 계획을 시행할 수 있다. 완벽한 무신급 소드하이어를 양산하는 것이 가능해진다.

성시한만 손에 넣으면 모든 문제가 해결된다.

"그리고 넌 지금 내 눈앞에 있지."

릴스타인의 어깨 너머로 가공할 영기가 피어올랐다. 동시에 시한의 안색이 딱딱하게 굳었다.

'윽!'

지구인으로부터 훔친 무한의 마력, 그것이 본격적으로 발동된 것이다. 가공할 기세가 성시한을 압박해 갔다.

"타아앗!"

시한도 허겁지겁 투기를 끌어 올려 맞섰다. 찬란한 투기의 빛이 그의 전신을 뒤덮어갔다. 보라색 영기와 황금색 투기의 빛이 수백 미터의 공간을 가득 메우기 시작했다.

음습한 절대자의 목소리가 빛 속에서 울려 퍼졌다.

"지구로 돌아가라, 시한."

Chapter 6

릴스타인

용병왕 바락을 상대하던 두 무신급 소드하이어, 제타와 에타.
그들의 머리 위로 찬란한 섬광이 내리꽂혔다.

"크론 리자테의 이름으로 명하노라! 이들의 육신에 깃든 사악한 악령이여, 경외받으실 이름 앞에서 떨며 도망칠지어다!"

제타와 에타 역시 다른 알파 시리즈와 같은 운명을 맞이했다. 지구인의 육체를 훔친 테라노어인의 영혼이 제령되고, 이내 기절해 창천기사단에게 포박되었다.

"헉헉… 고맙네, 카렌 양."

바락이 숨을 헐떡였다. 그리고 허탈한 웃음을 지으며 바닥에 주저앉았다.

"에잉, 이놈의 늙은 몸뚱이, 영 마음대로 움직여 주질 않는구먼."

딱히 큰 부상을 입은 것은 아니다. 하지만 투기도 바닥을 보이고 체력도 고갈된 지 오래였다. 과장 좀 섞으면 손가락 하나 까딱할 힘도 안 남은 것 같았다.

그는 분명 제타와 에타보다 훨씬 노련했지만 나이를 너무 먹었다. 지구력 측면에서 손색이 너무 컸다. 진작 한계를 넘어선 것을 경험과 정신력으로만 버티고 있었다.

"아니, 90년 넘게 써먹었는데 이 정도 움직여 주는 것만으로도 감지덕지이려나?"

카렌도 상황은 비슷했다.

"시한을 도와야 하는데……."

중얼대다 말고 그녀가 휘청댔다. 체력이며 신성력이 전부 고갈된 탓이었다. 플레이그 블레스조차 유지할 수 없을 정도로 지친 상태다.

그나마 심장 재생이 많이 진행되어 안티프레이어의 목걸이를 벗을 필요까진 없었지만, 전투는 불가능했다.

그런 두 사람에게 제논과 알리타가 다가왔다.

시내 저편을 가리키며 알리타가 보고했다.

"적들이 다시 진영을 정비하고 있어요."

알파 시리즈도 크림슨 나이츠도 처리했다. 하지만 릴스타인 측엔 여전히 수만에 가까운 대군이 남아 있다.

그들이 하이어 엔다윈의 지휘하에 굳건한 방어 체계를 준비한다.

"물러서지 마라! 폐하께서 지켜보신다! 기필코 필라 오브 임페라토르를 지켜라!"

창천기사단이나 다른 군세가 시한을 돕기 위해선 저 대군을 뚫어야 한다. 그러니 시한을 도우려면 소수 정예로만 몰래 잠입해야 하는데, 바락이나 카렌은 더 이상 싸울 수 없는 상태다.

제논이 심각한 목소리로 말했다.

"그렇다고 하이어 에세드나 브렌탈 폐하가 빠지면 전투에서 밀리겠지요."

각 부대의 지휘관을 눈앞의 전투에서 뺄 순 없다. 제논이나 우드로우 역시 상황은 마찬가지다.

제논이 물었다.

"너무 서둘렀던 것이 아닐까요?"

사상 고정 광역 결계진 완성을 막기 위해 성시한은 위험을 무릅쓰고 홀로 릴스타인에게 향하는 강수를 두었다.

"하지만 사상 고정 광역 결계진이 발동된다고 단숨에 세상이 끝장나는 것은 아니잖습니까?"

분명 무시무시한 마법이긴 하지만, 그것이 발동된다 해도 곧바로 창천기사단이나 릴스타인에게 반항하던 이들이 곧바로 투지를 잃고 창칼을 버리게 되는 것은 아니지 않나?

"설령 결계진이 발동되었다 해도 릴스타인을 해치우고 다시 부수면 되는데, 좀 여유를 두는 것도 나쁘지 않았을 것을……."

"그럴 순 없어요."

카렌이 고개를 저었다.

"전쟁은 소드하이어와 마기언만으로 하는 것이 아니니까요."

분명 결계진이 발동되었다 해서 성시한 측의 주력이 바로 무기력해지진 않을 것이다. 하지만 휘하의 일반 병사들은?

체제에 순응한 릴스타인 왕국군과 달리 저들은 반군의 입장이다. 사상 고정 광역 결계진의 영향을 받을 경우 훨씬 크게 흔들리게 된다. 그리고 그 결과는 그대로 군대의 사기에 반영되어 승패에 영향을 준다.

단숨에 몰아치지 못하고 장기전으로 돌입하면 필패다. 결계진이 지속되면 점차 소드하이어나 마기언도 영향을 받게 된다. 종국엔 시한 곁에 아무도 남지 않게 되리라.

"그리고 저 문제가 아니라 해도, 저 마법을 발동시키게 할 수는 없어요."

한번 발동된 결계진을 도로 부수면 영향을 받은 사람들이 간단히 원래대로 돌아올까?

그럴 리 없었다.

"발동된 시점에서 이미 테라노어의 정신에는 거대한 흉터가 남은 후일 테니까요."

만약 저 결계진이 폭염이나 전격 같은 물리적인 파괴력을 동반한 것이었다면 일단 발동시키고 나중에 부수자는 소릴 간단히 할 수 있었을까? 수많은 사람이 화상을 입고 쓰러지겠지만, 약 바르고 치료하면 도로 낫게 될 테니까 별 문제 없다고 하면서?

사람들은 육신의 상처에 비해 정신의 상처를 가벼이 여기는 경향이 있는 것이다. 그래서 하이어 엔다윈도 여전히 릴스타인에게 충성을 다하고 있는 것이겠지. 설령 테라노어의 모든 인류가 결계진의 영향을 받았다 해도, 마음만 먹으면 금방 스스로를 되찾을 수 있을 것이라 여기면서.

하지만 성시한은, 그리고 카렌은 그 '마음먹기'라는 것이 얼마나 힘든 것인지 잘 알고 있었다.

깨졌다.

그리고 8장을 부순 시점에서 그의 돌진은 멈췄다. 모든 마력장을 부수기엔 힘이 조금 모자랐다.

릴스타인이 고개를 저으며 웃었다.

"안됐군, 시한."

용케 허를 찌르긴 했지만, 결국 절대적인 격차는 좁히지 못했다.

"네 운도 여기까지인가 보네."

카렌이 알파를 쓰러뜨리는 것은 확실히 예상치 못한 행운이었다. 하지만 그런 행운이 두 번 오지는 않는다.

"결국에는, 준비된 자만이 진정한 승리를 손에 넣을 수 있는 법이지."

여전히 성시한은 포기하지 않고 계속 마력장에 무극천검을 찔러놓고 있었다. 그런 그를 향해 릴스타인이 차분히 뇌까렸다.

"소용없어. 그것이 네 검이 닿을 수 있는 한계다."

문득 성시한이 희미한 미소를 지었다.

"…어차피 닿을 거라 생각하지도 않았어."

자신이 돌진해 온 거리, 이계 마력로까지 남은 거리를 재본다. 희미한 미소가 확신의 그것으로 바뀌어간다.

"여기까지 오면 충분해!"

동시에 시한의 등 뒤로 화려한 빛의 날개가 펼쳐졌다.

"무신기, 천외천!"

빛의 날개가 사방으로 뻗어갔다. 겨울의 고목이 앙상한 가지를 흔들듯 황금빛 수형도를 그리며 기괴하게 펄럭인다.

릴스타인은 의아해했다.

'천외천? 레비나의 무신기?'

레비나와 성시한이 전투를 벌인 흔적을 통해 많은 정보를 입수한 릴스타인이었다. 레비나의 두 번째 무신기가 저 공간을 다루는 권능이라는 것은 더 이상 비밀이 아니었다.

'설마 저 녀석도 그사이 천외천을 더욱 발전시켜 공간을 다루는 영역까지 닿은 건가?'

그건 아니었다.

주위의 공간 왜곡률에는 전혀 변화가 없었다. 레비나처럼 공간 이동을 노리는 것이라면 진작 조짐이 보여야 했다.

'무슨 속셈인지 모르겠군.'

그렇다고 성시한이 이 위급한 상황에서 헛짓거리를 했을 리는 없을 터.

'뭐, 확인해 보면 알겠지.'

릴스타인은 느긋하게 오른손을 들었다. 가볍게 마법을 날려 시험해 볼 셈이었다.

그때였다.

"뭐야?"

순간 그의 안색이 딱딱하게 굳었다.

"…내 마력이?"

릴스타인은 마력을 끌어 올렸다. 영기가 아지랑이처럼 어깨 너머로 피어올랐다.

그의 안색이 점점 더 굳어졌다.

"……."

분명히 마력 자체는 의지대로 움직인다. 하지만 마력량이 터무니없이 적다. 기껏해야 인간의 한계치를 조금 벗어나는 수준이다.

'이계 마력로의 마력이······.'

흘러들어 오던 지구인들의 마력, 그것이 급속도로 줄어들고 있었다.

'설마 마력로를 정지시킨 건가? 부수지도 않고?'

앞뒤가 맞지 않았다. 아예 이계 마력로를 정지시킨 것이라면 지구인의 마력이 전혀 흘러들어 오지 않아야 했다.

하지만 여전히 유입되고는 있는 것이다. 폭포처럼 쏟아지던 것이 시냇물 수준까지 줄어들어서 문제지.

'무슨 짓을 한 거지?'

황급히 방어막을 치며 상황 파악에 나섰다. 이계 마력로의 시스템을 점검하니 이내 답이 나왔다.

'차원 기류가 방해받고 있다······.'

이계 마력로는 여전히 정상적으로 가동한다. 하지만 그 마력을 릴스타인에게 전달해 주는 통로, 차원 기류가 투기의 파동으로 인해 잔뜩 헝클어져 꼬여 버렸다.

릴스타인이 믿기지 않는다는 표정을 지었다. 그 파동은 성시한이 펼친 앙상한 금빛 날개로부터 흘러나오고 있었다.

"투기술로··· 차원에 간섭할 수 있다고?"

천외천의 광익을 펄럭이며 시한이 의기양양하게 웃었다.

"제대로 먹혔네."

*　　　　　*　　　　　*

릴스타인　231

릴스타인의 정보를 입수한 후, 성시한은 한참을 고민하고 또 고민했다.

이계 마력로를 부수면 봉인된 지구인들도 죽어버린다. 저들을 살리면서 마력로만 정지시킬 방법을 찾아야 한다.

그간 익힌 모든 투기와 마법의 지식을 총동원했다. 바락과 카렌의 지혜를 빌리고, 에세드의 무학과 여러 마기언들의 마학도 참조하며 연구를 거듭했다.

하지만 아무리 노력해도 방법을 찾을 수 없었다.

릴스타인의 술식은 악랄할 정도로 철저했다. 이계 마력로와 지구인의 정신 지배는 완벽하게 연결되어 있었다.

릴스타인을 죽이고 정신 지배를 풀기 전엔 결코 지구인들을 해방시킬 수 없다. 그리고 지구인들을 해방시키지 않으면 이계 마력로를 부술 수 없다.

그런데 이계 마력로를 부수지 않으면 릴스타인을 이길 수 없다…….

"결국, 대의를 위해서 또다시 희생을 감수하는 수밖에 없는 건가? 하지만 이건 똑같은 타협이 될 뿐이잖아!"

좌절한 시한을 향해 바락이 쓴소리를 던졌다.

"어이구, 이 녀석아. 그렇게 요령 좀 작작 피우라고 하지 않았느냐? 착실히 자신의 기량을 키웠다면 해답도 찾을 수 있었을 것 아니냐?"

그렇게 남 실력 깎는 수법만 찾아다니더니 이럴 줄 알았다며 바락은 혀를 찼다. 성시한이 눈을 흘겼다.

"아니, 당장 문제에 직면한 사람에게 '그러게 진작 잘하지 그랬냐~'라고 하면 그게 무슨 도움이 됩니까?"

그런데 도움이 되었다.

'가만… 요령 좀 작작 피우라고 하셨겠다?'

생각해 보니 굳이 이계 마력로를 정지시킬 필요는 없었다.

'이계 마력로의 마력이 릴스타인에게 흘러들어 가는 것을 방해해도, 결과는 마찬가지잖아?'

원래부터 요령 피우는 데는 비상한 재주가 있던 시한이었다. 발상을 바꾸니 돌파구가 보였다.

레비나의 무신기, 천외천.

이를 훔친 성시한은 결국 그녀처럼 공간을 조작하는 방법을 터득하지 못했다. 대신 상대의 공간 조작을 방해하는 괴상한 기술로 바꿔놓았다.

그것은 레비나의 천외천에는 없는 권능이었다. 어떤 의미에선 성시한만의 오리지널 투기술이라고 해도 무방하다.

진정한 무신기는 베낄 수 없다.

하지만 상대의 무신기를 바탕으로 자신만의 투기술을 개발하는 것은 가능한 것이다.

'투기술로 공간 조작을 방해할 수 있다면……'

조금씩 실마리가 잡혔다.

'…차원 조작은 어떨까?'

공간 조작을 방해하는 감각은 이미 터득했다.

진정한 무신기를 깨달으며 소드하이어로서의 경지도 올랐다.

지구와 테라노어를 오가며 차원력도 손에 넣었다.

필요한 건 전부 갖추고 있었다. 남은 것은 저 이론이 실제로 적용되는지 확인하는 것뿐이었다.

그래서 알리타의 도움을 받았다. 그녀의 이계소환술을 통해 차원 간섭을 연습하고 또 연습했다.

그리고 확인했다.

일정 거리 이내에서라면 루스클란의 차원 기류를 헝클어놓을 수 있다는 사실을.

*　　　　*　　　　*

"덕분에……."

차갑게 웃으며 시한이 어깨를 으쓱였다.

"네 녀석에게 흘러가는 마력 기류 자체를 헝클어놓을 수 있었지."

준비된 자만이 승리를 손에 넣을 수 있다고 했던가?

그 점만은 동의한다.

운 좋게 위기를 벗어날 순 있을지 몰라도, 운 좋게 승리를 거둘 수는 없다. 그것이 세상의 이치다.

"나 역시 준비했어, 릴스타인. 승산도 없이 무턱대고 네 앞에 나타난 건 아니야."

릴스타인의 금빛 눈동자가 희미하게 흔들렸다.

"이해할 수가 없군……."

십 년 전, 무수한 제국군이 이계구원자에 의해 죽어갔다. 돌아온 시한이 죽인 크림슨 나이츠의 숫자도 상당하다.

그래놓고 아직도 무고한 이들의 죽음을 용납할 수 없다는 헛소리를 하고 있단 말인가?

"이미 수많은 무고한 이를 죽인 마당이잖아? 그래놓고 손이 더러워지는 걸 피하겠다고?"

"그래, 이미 수많은 무고한 이를 죽인 마당이지……."

시한이 씁쓸하게 대꾸했다.

"그러니 지금이라도 더더욱 손이 더러워지는 건 피해야 하지 않겠어?"

얼핏 어리석은 선택인 것 같아 보였지만 결과적으로는 옳았다.

만약 십 년 전처럼 미리 포기하고 현실과 타협해 버렸다면 어떻게 되었을까?

릴스타인의 방어막에 가로막혀 이게 마력로에 닿지 못한 채, 결국 무릎을 꿇고 지구로 강제 귀환 당했을 것이다.

"다행이지, 끝까지 타협하지 않아서."

과거의 친구에게 살기가 깃든 검을 겨누며, 성시한은 싸늘한 어조로 중얼거렸다.

"넌 더 이상 무한한 마력의 소유자가 아니야, 릴스타인."

빛과 어둠의 정령거수가 입을 벌렸다. 섬광과 암흑이 용솟음쳐 거대한 소용돌이를 일궜다. 동시에 다른 정령거수들도 공세에 나섰다.

일곱 정령거수가 성시한을 빈틈없이 포위하는 순간이었다.

"타앗!"

시한이 땅을 박차며 단숨에 소용돌이로 돌진했다.

흐름에 거스르지 않고 오히려 타고 오르며 정령거수들의 상공을 장악한다. 파괴의 폭풍을 관통하며 성시한이 검을 크게 그었다.

번쩍!

광채가 번뜩이며 시야가 일순 어긋났다. 거대한 선(線)이 황금빛 궤적을 남기며 일곱 정령거수들을 덮쳤다.

단 일격에 정령거수들이 일제히 박살이 났다.

'이런……'

소환 해제 된 정령거수들을 보며 릴스타인은 혀를 찼다.

별로 놀랄 일은 아니었다. 성시한의 무극천검에는 충분히 저 정도 위력이 있었다.

문제는 아까처럼 다시 저들을 바로 재소환할 수 없게 되었다는 것.

'마력을 낭비할 수 없게 되었으니……'

차원 기류가 헝클어진 지금도 릴스타인은 인간의 한계를 넘어선 마력의 소유자였다. 재소환 자체는 현 상태로도 충분히 가능했다.

하지만 천금의 재산을 가진 이가 금화 한 자루를 소모하는 것과 금화 서너 자루를 가진 이가 한 자루를 소모하는 것은 차이가 큰 법이다.

'신중하게 움직여야겠군.'

빠르게 판단을 내리며 릴스타인이 반격에 나섰다.

"스파이럴 토네이도, 서먼 트라일라, 소닉 버스트."

십수 개의 나선형 회오리가 일어 올라 공간을 메웠다. 그 기류 속에서 수십 개체에 달하는 뇌격의 새매가 날아들었다. 번개의 정령인 트라일라였다.

바람을 타고 날며 트라일라 무리의 전격이 더욱 강화된다. 또한 소닉 버스트의 연계로 인해 나선형 회오리 자체에도 폭발의 권능이 깃든다.

상아탑의 마기언들이 보았다면 찬탄을 금치 않았을 훌륭한 연계 마법이었다. 세 마법이 서로 동조해 파괴력을 높이며 성시한을 향해 쇄도해 왔다.

'역시 릴스타인이네. 대응이 빨라.'

시한도 잽싸게 응수했다.

"포스 실드!"

반투명한 마력 방어막이 성시한의 주위를 감쌌다. 거대한 폭발이 일어났고, 이내 흑발의 청년이 폭연 사이로 뛰쳐나왔다. 역시 아까보다는 위력이 약해 방어 마법으로 감당할 수 있었다.

하지만 결코 무시할 위력도 아니었다. 이걸로 충전한 마력 대부분을 소모해 버린 것이다.

더구나 릴스타인의 공세는 이것으로 끝나지 않았다.

"판을 깔아놓는 것은 마법전의 기본이지."

중얼거리며 그가 수인을 맺어갔다.

오케스트라를 지휘하는 듯한 우아한 손짓과 함께, 한 번 더 허공에 권능의 술식을 짠다.

"마력 융합, 속성 전환."

흩어진 스파이럴 토네이도와 번개의 새매, 소닉 버스트의 잔해가 다시 한 번 뭉쳐져 마력으로 화한다. 융합된 마력이 불꽃의

속성으로 바뀌며 폭풍으로 화한다.

"플라즈마 템페스트!"

가공할 폭염의 강이 수백 미터의 공간을 타고 흘렀다. 성시한의 안색이 살짝 굳었다.

아직 마력의 재충전이 끝나지 않았다. 저걸 막을 만큼 강력한 마법을 발동할 수 없다.

'그렇다면!'

시한의 주위로 장대한 어둠이 일어났다.

"잠형기, 무저갱!"

펼쳐진 암흑의 대지가 검은 창을 무수히 쏟아냈다. 솟구친 흑영의 기류가 플라즈마 템페스트를 가로막았다.

우르르릉!

굉음과 함께 투기와 마법이 서로를 소멸시켰다. 릴스타인이 쓴웃음을 지었다.

"이제 와서 널 배신한 여자의 기술을 쓰는 거냐?"

대수롭잖다는 듯 성시한이 어깨를 으쓱였다.

"마법을 상대할 땐 이쪽이 더 효율적이더라고."

거대 괴수를 상대하기 위한 파천기와 도룡기.

소드하이어를 상대하기 위한 패왕기.

프린과 프레이어를 상대하기 위한 혼천기.

이계구원자의 4대 고유 투기술은 전부 그의 경험을 통해 터득한 것이었다. 당시의 성시한은 테라노어의 마법 자체가 전혀 위협이 되지 않았으니, 대(對)마법 전문 투기술을 익힐 필요가 없었다.

반면 레비나는 릴스타인과 사파란의 존재 역시 염두에 둬야 했다. 잠형기, 무저갱이나 투기진, 블랙 위도우처럼 마법 방어에 특화된 기술에도 각별히 신경을 쓴 것이다.

재차 검을 거두며 성시한이 살기를 흘렸다.

"배신자의 기술로 배신자를 처단하는 것도 나쁘진 않겠지!"

마법과 투기를 병행하며 성시한은 계속해 공세를 펼쳤다. 릴스타인 역시 차분히 연계 마법을 이어가며 반격했다.

팽팽한 전투가 이어졌다.

'큭, 역시 만만치 않아.'

시한은 속으로 혀를 내둘렀다. 이계 마력로를 차단했음에도 그는 승기를 잡지 못하고 있었다.

더 이상 여유로운 태도를 보이지 않는 릴스타인이지만 그럼에도 여전히 강했다.

압도적인 힘을 설렁설렁 휘두를 때보다, 제한된 힘을 전력으로 구사하는 지금이 어떤 면에선 더 치명적이다. 조금이라도 집중이 흩어지면 오히려 당하는 쪽은 시한이 될 것이다.

한순간의 기회를 노려 성시한이 전신을 빛으로 감쌌다.

"은형살, 백야!"

시한이 빛 속으로 녹아들며 형태를 감췄다. 릴스타인이 눈을 찌푸렸다.

'…사라졌나?'

투기로 인한 은신이기에 마법으로 찾으려면 시간이 걸린다. 그래서 그는 수색용 마법 대신 다른 마법을 펼쳤다.

"클라우드 킬!"

강력한 독구름이 사방으로 퍼졌다. 이내 구름 한편에서 희미한 금빛이 번뜩였다.

파지지직!

릴스타인이 싸늘하게 웃었다.

'저쪽이군.'

분명 성시한에게 독 따위 통하지 않는다. 하지만 그는 시한의 해독 메커니즘을 잘 알고 있었다.

독을 해독하는 과정에서 희미한 광채가 새어 나오고, 그것이 곧 위치를 파악하게 해준다.

"아케인 퍼니시먼트!"

파괴의 섬광이 독구름을 갈랐다. 그리고 허무하게 공간 저편으로 날아가 버렸다.

정작 그 위치에 성시한이 없었던 것이다.

'저쪽이 아닌가?'

당황한 릴스타인의 등 뒤에서 가공할 살기가 뻗어왔다.

"무극천검!"

어느새 성시한이 찬란한 황금의 검으로 허공을 가르고 있었다. 릴스타인은 자신의 실수를 깨달았다.

'속았다, 저 자식 일부러 해독을 안 했어!'

클라우드 킬은 분명 강력한 마법이지만 성시한쯤 되면 중독된다 해도 전투에 별 지장이 없다.

그러니 일부러 해독하지 않고 위치를 숨기며, 엉뚱한 곳에 투기를 날려 오히려 역습에 이용한다!

"타아아앗!"

날카로운 시한의 기합과 함께 무극천검이 릴스타인에게 날아들었다. 허겁지겁 릴스타인이 양손을 교차했다.

"조디악 실드!"

이내 보랏빛 영기가 피어올라 마력 방어막을 형성했다. 벌써 몇 번이나 무극천검을 막아낸 릴스타인의 최강 방어 마법이 황금의 섬광을 가로막았다.

하지만 중첩의 숫자가 부족했다. 원래는 12장이어야 할 방어막이 지금은 고작 5장뿐이었다.

조디악 실드는 지구인의 방대한 마력이 바탕이 된 마법이다. 마력이 부족한 것이다.

이내 무극천검이 조디악 실드를 강타했다. 폭음과 함께 방어막이 연달아 깨져갔다.

릴스타인의 안색이 창백해졌다.

성시한의 무극천검은 조디악 실드의 방어막을 최대 8장까지 격파한 바가 있다. 이대로라면 뚫려 버린다!

'아차!'

황급히 그는 조디악 실드의 각도를 뒤틀었다. 그렇게 무극천검의 위력을 정면이 아닌 측면으로 비껴낸다.

5장의 방어막 중 3장이 깨지고 나서야 황금의 검이 빗나갔다. 빗나간 섬광이 웅장한 폭발을 일궜다.

콰아아앙!

사그라지는 폭연 속에서 한껏 인상을 쓴 릴스타인의 모습이 드러났다. 꽤나 충격을 받은 표정이었다.

"큭, 이 녀석이……."

순간 아찔했다. 공격을 정면으로 받아친 것이 아니다 보니 충격을 전부 무시할 수가 없었다. 충돌한 여파가 조디악 실드를 뚫고 본체까지 흔들어 버렸다.

입을 열려던 릴스타인이 다시 피가 섞인 기침을 토했다.

"쿠, 쿨럭! 크으……."

사실 무극천검의 위력은 거의 전부 가로막혔고 뚫린 것은 극히 일부에 불과하다. 객관적으로 보면 그냥 펀치 한 방 세게 맞은 정도랄까?

하지만 마기언은 소드하이어와 달리 육체는 일반인이나 다름없다. 저 정도면 소드하이어 기준에선 칼침 제대로 맞은 것만큼이나 큰 부상인 것이다.

고통으로 일그러진 상대를 노려보며 시한이 싸늘한 미소를 지었다.

"한 방 먹었지?"

릴스타인은 굳은 얼굴로 손에 묻은 피를 내려다보았다. 부상이라 할 수도 없을 정도로 가벼운 상처였지만, 부상을 입었다는 점 자체가 문제였다.

무한의 마력을 잃었다. 여전히 성시한보다는 높지만, 더 이상 압도적인 격차도 나지 않는다.

물론 마법적인 기량은 여전하니 마법전에서 밀릴 일은 결코 없을 것이다. 그러나 시한에겐 마법 말고 투기의 힘도 있고, 사실 그쪽이 더 전공이다. 투기술을 주력으로 싸우며 마법으로 보조하는 것이 성시한의 기본적인 전투 방식인 것이다.

이 말이 의미하는 바는 곧…….

'더 이상 여유 부리며 시한을 상대할 수 없게 되었다……'

이제 성시한의 검은 릴스타인 자신에게도 충분히 닿는다.

"이봐, 릴스타인!"

의기양양한 목소리가 공간을 울렸다.

"넋 놓고 있을 때가 아니지 않아?"

기껏 흐름을 잡았다. 마저 몰아붙이기 위해 시한이 막 후속타를 날리려던 참이었다. 갑자기 흠칫거리며 그가 움직임을 멈췄다.

'……!'

전사의 본능이 강하게 경고하고 있었다. 지금 함부로 뛰어들면 위험하다!

'뭐지?'

말없이 서 있던 릴스타인의 기세가 바뀌고 있었다.

사아아아…….

"이렇게 된 이상 어쩔 수 없군……."

릴스타인은 고개를 들어 눈앞의 청년을 노려보았다. 금빛 눈동자가 탁한 빛을 띤 채 검은 눈동자와 마주쳤다.

"합리적인 차선책을 선택할 수밖에."

목표를 달성할 방법이 사라졌다.

그 방법을 시행할 힘도 모자라게 되었다.

"이룰 수도 없는 목표를, 포기하지 못하고 마냥 매달리고 있을 뿐이라면 그건 분명 집착이겠지."

그를 둘러싼 마력이 기이한 형태로 흐르기 시작한다. 살기와 영기가 뒤섞여 허공으로 스며들어 가고, 그 주위로 황금의 불길이 타오른다.

그 빛을 본 순간 시한은 기겁했다.

"…투기?"

무신급에 달하는 강대한 투기가 마기언인 릴스타인으로부터 느껴지고 있었다. 마력뿐 아니라 투기 역시 성시한에 필적하는 것이다.

순간 놀랐지만 시한은 이내 납득했다.

'저 녀석도 지구를 다녀왔겠지.'

이계 마력로가 아니더라도 릴스타인의 본신 마력은 이미 인간의 한계에 다다랐다. 재능이나 노력만으로는 결코 이룰 수 없는 경지다. 차원을 넘으며 시한과 같은 능력을 손에 넣었음이 분명했다.

그리고 차원을 넘은 시점에서 원하든 원하지 않든 투기의 힘역시 함께 터득하게 된다.

쿠구구구구!

투기와 마력이 회오리치며 하나로 합일했다. 그리고 하나의 뚜렷한 의지가 되었다.

"성시한."

무수한 전투를 통해 그간 시한이 지겹도록 받아온, 그럼에도 이제껏 단 한 번도 릴스타인에게선 느껴본 적이 없었던 명확한 감정의 표명.

살기였다.

"널 포기한다."

단호하게 선언하며 릴스타인은 기도하듯 양손을 가슴으로 모았다. 순간 빛이 뿜어 나와 사방을 뒤덮었다.

"세계여, 일그러져라!"

눈에 보이는 모든 경치가 뒤틀리기 시작했다. 귀로 들리는 모든 소리가 헝클어지기 시작했다.

'윽!'

시한은 당황했다. 시각, 청각, 피부의 감각, 기척의 감지, 그가 느낄 수 있는 모든 것이 왜곡되고 있었다.

바람이 바위가 되고 바위가 파도가 된다. 시야가 갈라지고 금이 가고 일렁인다. 혼돈이 질서를 대신해 어지러움을 낳는다.

세상이 깨져간다. 끝이 없는 도미노처럼 쓰러지고 쓰러지고 또 쓰러진다.

세상이 재조립된다. 거대한 탑의 지하 공간이 재건되고 재건되고 또 재건된다.

마치 영혼 깊은 곳에서부터 붕괴되는 듯한 기이한 감각이었다. 시한은 소리 없는 비명을 터뜨렸다.

'으으으윽!'

그는 애써 이를 악물며 이 혼돈을 버텨냈다.

마침내, 변화가 끝났다.

시한과 릴스타인을 둘러싼 필라 오브 임페라토르의 지하 공간.

그것은 더 이상 같은 장소가 아니었다. 무수히 갈라진 바닥과 벽과 천장, 그 모든 것이 부유하며 공간을 흐르고 있었다.

갈라진 천장 위로 찬란한 햇빛이 쏟아진다. 푸른 하늘이 보이고, 둥실 떠 있는 흰 구름이 보인다.

조각난 바닥 아래 세상이 펼쳐진다. 저 멀리 산이 보이고, 숲이 보이고, 들판이, 대지가 보인다. 왕국의 수도 델스트로이의 부서진 거리와 파괴된 건물들, 타오르는 검은 연기와 서로 죽고 죽이는 무수한 인간이 보인다.

어느새 그곳은 탑 최상층이 되어 있었다.

'이건……'

이런 비슷한 느낌을 받은 적이 있었다.

레비나의 천외천. 그리고 사파란의 절대 공간 제어 결계, 월드 오브 더 화이트.

하지만 이 감각은 그 둘을 훨씬 상회한다. 레비나나 사파란처럼 공간 일부를 연결하거나 고정시키는 수준이 아니다.

'그렇다는 건……'

경악하며 시한은 릴스타인을 노려보았다.

"공간 자체를 완전히 지배하고 있다는 거야?!"

무심히 릴스타인이 고개를 끄덕였다.

"정답이다."

모았던 양손이 좌우로 펼쳐졌다. 응축된 권능이 일순 해방되었다.

부서진 세계가 성시한을 덮치기 시작했다.

*   *   *

델스트로이는 여전히 전쟁의 불길로 타오르고 있었다. 도시 곳곳에서 성시한의 군세와 릴스타인 왕국군이 대치하며 창칼을 주고받을 때였다.

쿠우우웅!

굉음이 도시 중앙을 덮쳤다. 목숨이 오락가락하는 전장에서도 돌아보지 않을 수 없을 만큼 무자비한 굉음이었다.

"뭐야?"

"저, 저건?!"

시선을 돌린 양국의 병사들 눈에 경이가 비쳤다.

필라 오브 임페라토르, 그 거대한 탑이 산산조각 난다. 그럼에도 무너져 내리는 것이 아니다. 조각난 채, 그대로 방대한 하늘을 뒤덮으며 새로운 형상을 일군다.

수백의 파편이 허공에 뜬 채 기하학적인 형태를 일구며 현세에 있을 수 없는 광경을 연출했다. 세상의 법칙을 무시한, 상상력이 뛰어난 추상화가가 그려낸 한 폭의 그림처럼 보이는 광경이었다.

말고삐를 쥔 채 하이어 엔다윈은 탄식했다.

"맙소사……."

무슨 짓을 하면 인간이 저런 광경을 만들어낼 수 있단 말인가?

그 광경은 델스트로이 외곽, 후방에 머물고 있는 알리타의 눈에도 똑똑히 보였다.

"…시한."

혼절한 카렌과 바락의 호위를 위해 그녀는 잠시 전투에서 물러나 있었다. 고갈된 마력과 차원력도 채워야 했으니, 어차피 필요한 조치였다.

"대체 무슨 일이 일어나고 있는 거지?"

모르겠다. 이미 눈앞의 광경은 그녀의 상식을 아득히 뛰어넘었다.

하지만 한 가지는 확실했다.

저 속에 성시한이 있다. 그녀의 혈통에 깃든 권능이 그 사실을 똑똑히 상기시켜 준다.

'어쩌지…….'

분해와 재조립을 거듭하는 혼돈의 탑. 갈라짐과 일그러짐이 반복되는 공간을 노려보며 알리타가 아랫입술을 깨물었다.

달려가서 돕고 싶었다. 하지만 카렌의 말도 일리가 있었다.

자신은 분명 시한의 가장 큰 약점이다. 자칫 잘못하면 오히려 시한을 불리하게 만들지도 모른다.

하지만 전투란, 전쟁이란 예측대로만 흘러가는 것이 아니다. 때론 본능을 따라야 할 때도 있다.

고민하던 알리타가 자리에서 일어났다. 그리고 한껏 각오가 서린 얼굴로 걸음을 옮겼다.

*　　　　　*　　　　　*

성시한은 피를 흘리고 있었다.

"헉, 헉헉……."

그 모습을 릴스타인은 무심하게 바라보는 중이었다. 무슨 생각을 하는지 전혀 알 수 없는 표정이었다.

"제기랄!"

욕설을 내뱉으며 시한이 재차 발판을 박차고 날아올랐다. 그리고 파괴의 빛을 높이 쳐들어 그대로 내려쳤다.

"무극천검!"

동시에 왼손으로 릴스타인을 겨누며 마법을 외운다.

"플레임 블래스트, 파이어 퍼니시먼트!"

무자비한 투기와 마법의 힘이 릴스타인의 머리 위로 쏟아졌다. 이제 마력로와의 연결이 끊긴 지금이라면 결코 막을 수 없는 위력이다.

그럼에도 그는 피하지 않았다.

"피할 필요가 없지."

릴스타인이 오른손을 살짝 돌렸다.

"빗나갈 테니까."

어느새 공간이 바뀌었다. 거리와 방향이 재구성되었다. 그를 노리고 뻗어갔던 모든 시한의 공세가 전혀 다른 장소로 향했다

이번엔 릴스타인이 움직였다.

가볍게 왼손을 들어 성시한을 겨눈다. 수십 줄기의 청색 섬광이 허공을 갈랐다. 재빨리 시한이 섬광을 피해 몸을 날렸다.

"맞힐 필요도 없다."

또 공간이 바뀌었다. 분명 몸을 피한 시한의 정면으로 청색 섬광의 폭우가 가득 닥쳐온다.

"네 스스로 다가와서 맞을 테니까."

콰콰콰쾅!

성시한을 중심으로 가공할 폭발이 일어났다. 폭심지에서 간신히 몸을 빼내며 그가 인상을 썼다.

"크으윽……."

왼쪽 팔이 피투성이가 된 채 축 늘어져 있었다. 모든 방어 투기를 집중하고 마력 방어막까지 펼쳤는데도 채 막지 못한 것이다.

벌써 몇 번이나 반복된 양상이었다.

무슨 짓을 해도 시한의 공세는 빗나가기만 하고, 릴스타인의 공격은 무조건 명중한다.

숨을 헐떡이며 시한이 이를 악물었다.

"왜 카렌을 신경 쓰지 않았는지 알겠군……."

모든 공간이 릴스타인의 지배하에 놓여 있었다. 거리와 방향 그 자체가 그의 제어하에 움직이고 있었다.

이래서야 카렌의 플레이그 블레스도 위협이 되지 못한다. 그냥 질병의 축복의 범위 자체를 조작해 버리면 그만인 것이다.

'어떻게 저런 게 가능한 거지?'

투기만으로, 혹은 마법만으로는 불가능한 결과였다.

식은땀을 흘리며 시한이 입을 열었다.

"투기를 특이한 방식으로 사용하네. 투기술은 아닌 것 같은데……."

릴스타인은 저 둘을 합일해 제3의 권능으로 바꾸고 있었다. 레비나나 사파란과는 전혀 다른 방식이다.

"사람에겐 적성이란 것이 있지."

릴스타인이 어깨를 으쓱였다.

"자신에게 맞지 않는 옷을 억지로 입어봐야 손해일 뿐이잖아?"

새로운 옷이 생겼다면 거기에 몸을 맞출 게 아니라, 재단하고 치장해 자신에게 맞춰야 한다.

그는 마법의 극의에 다다른 이였다. 투기의 힘을 얻었다 해서 이제 와서 소드하이어의 길을 걸을 생각은 전혀 없었다.

단순히 생각하면 마법에 투기의 힘까지 터득하니 훨씬 강해질 수 있다고 여길지도 모른다. 하지만 전투에 임할 때 무력 못지않게 중요한 것은 바로 판단력이다.

이미 마법으로 모든 상황에 대응하는 법을 완성했는데 거기에 투기라는 변수가 생겨 버린다면? 시시각각 변화하는 전황 속에서 순간적으로 마법과 투기술 중 하나를 선택해야 한다면?

그 시점에서 이미 허점이 생긴다. 무의식 속에서 수 싸움을 할 때마다 익숙지 않은 선택을 정신에 강요하게 되는 것이다.

의식적으로 조절하면 되지 않겠냐고 할지도 모르겠지만, 코끼리를 생각하지 말라고 하면 제일 먼저 떠오르는 것이 코끼리인 법이다. 인간의 무의식은 그렇게 쉽게 컨트롤할 수 있는 것이 아니다.

"이제 와서 어설프게 투기술을 익혀봐야 약점만 생길 뿐이다."

시한의 표정이 더더욱 구겨졌다.

실은 그도 같은 생각을 하고 있었다. 혹여 릴스타인이 투기술을 익혔다면 그것이 약점이 될 테니, 그 부분을 공략하면 승산이 있다고.

"역시 이런 알량한 예측 따윈 통하지 않나……."

따로 의식의 허점을 찌르는 연습도 꽤나 했는데 결국 무용지물이 되어버렸다. 한숨을 쉬며 성시한이 다시 움직였다.

투기를 끌어 올리고, 적의를, 살기를 피우며 공격에 나선다. 그동안 갈고닦은 모든 투기술과 마법을 퍼붓고 또 퍼붓는다.

"타아아앗!"

하지만 결과는 마찬가지였다. 여전히 릴스타인의 터럭 하나 건드리지 못했다.

퍼엉!

결국 또다시 폭염 마법에 강타당하고 말았다. 폭발과 함께 시한이 뒤로 날러갔다.

간신히 자세를 잡은 뒤 입가의 피를 닦으며 그가 욕설을 토했다.

"빌어먹을!"

성시한을, 그리고 세상을 상대로 릴스타인이 준비한 비장의 한 수는 완벽하게 가동하고 있었다. 도저히 파고들 틈이 보이지 않았다.

그럼에도 릴스타인은 웃지 않았다.

그는 여전히 진지한 눈으로 성시한을 노려보고 있었다.

"시한, 네 녀석이라면 이것도 결국 파악해 버리겠지."

그래서 지금까진 함부로 선보일 수 없었다. 한 번 전개해 버리면 뒤가 없는 것이다.

"그러니 지금 이 자리에서……."

계속해 공간을 왜곡시키며 릴스타인은 싸늘한 음성을 내뱉었다.

"확실히 끝낸다."

*   *   *

백금발의 소녀가 부서진 델스트로이의 거리를 질주한다. 순식간에 거리를 주파한 그녀가 한 허름한 건물 앞에 섰다.

붙잡은 알파며 베타 등, 릴스타인의 무신급 소드하이어들을 사로잡아 놓은 건물이었다. 경비병 두 명이 그녀를 보고 경례를 올렸다.

"하이어 알리타!"

"무슨 일이십니까?"

"포로에게 볼일이 있어요."

바로 통과되었다. 지금의 알리타는 성시한군의 최고 수뇌부 중 한 명인 것이다.

안으로 들어서니 기절한 지구인들이 보였다. 그중엔 거구의 사내, 한때 알파였으나 지금은 이름 모를 지구의 흑인도 있었다.

알리타의 시선이 흑인에게 향했다. 정확히는 그가 장착한 갑옷, 마갑 루브레스크를 향해서.

그녀가 마력 중추에 손을 가져간 뒤 성시한에게 들었던 마갑의 시동어를 외웠다.

"해제."

마갑이 저절로 벗겨졌다. 그녀는 다시 한 번 시동어를 중얼거렸다.

"장착."

루브레스크엔 착용자에 맞춘 사이즈 조절 기능도 있다. 거구의 흑인인 알파가 입었던 것임에도 재조정을 하니 그녀의 신체 사이즈에 딱 맞게 변화했다.

루브레스크를 걸친 뒤 흑인의 장검 역시 회수했다.

'마검 디재스터.'

잠시 검을 살핀 뒤 알리타는 바로 허리에 찼다. 그리고 한 번 더, 자신의 선택에 대해 스스로 되돌아보았다.

'정말 이래도 괜찮은 걸까?'

사실은 단순히, 가만있을 수는 없다는 십 대 소녀의 철없는

치기에서 발로된 것이 아닐까?

그럼에도 멈출 수 없었다. 지금 움직이지 않으면 돌이킬 수 없을 것 같은 불길한 기분이 심장을 죄여오고 있었다.

무장을 갖춘 뒤 알리타는 일그러진 필라 오브 임페라토르, 그곳의 분열된 최상층을 노려보았다.

'시한을 도우러 가야 해!'

*　　　　　*　　　　　*

빛의 기둥이 성시한이 머리 위로 떨어졌다. 시한이 재빨리 피하려는 순간이었다.

또다시 공간이 재조립되며 위치와 방향이 바뀌어 버렸다.

쿠우우웅!

굉음과 함께 빛의 기둥이 시한을 덮쳐갔다. 가공할 압력이 그의 전신을 짓누르며 파괴의 힘을 떨쳤다.

"으아아아!"

비명에 가까운 기합을 터뜨리며 성시한은 간신히 몸을 빼냈다.

"헉헉……."

패색이 짙은 몰골이었다.

전신 곳곳에서 뼈에 금이 가고 피부는 터지고 근육은 찢어졌다. 왼팔과 오른쪽 다리는 이제 제대로 움직이지도 않는다. 투기량도 상당히 줄었다.

그나마 배틀 메디테이션 덕분에 마법을 구사할 여력은 아직 남아 있었지만…….

'마법만으로는 승산이 없겠지……'

릴스타인이 차가운 목소리로 말했다.

"도주는 불가능하다."

이 공간은 사파란의 결계와 다르다. 사파란의 공간 결계가 거대한 장벽이라면 이곳은 혼돈으로 이루어진 끝없는 미로다.

"장벽은 힘에 의해 무너질 수 있지만, 미로는 지식과 지혜가 없으면 빠져나갈 수 없는 법이지."

누구도 빠져나갈 수 없고, 누구도 들어올 수 없다.

"누가 도망친대?"

성시한이 코웃음을 치며 발판을 박차고 날아올랐다.

"도주할 생각 따윈 전혀 없거든!"

같은 공방이 반복된다. 시한의 공격은 계속해 빗나간다. 릴스타인의 마법이 몇 번이나 시한을 두드리고 또 두드린다.

'아직……'

그럼에도 그는 포기하지 않았다.

'아직이다!'

황금의 날개를 나부끼며 성시한은 계속해 싸웠다. 시간이 흐르며 조금씩 상황이 바뀌었다.

시한의 자세가 안정되어 가기 시작한다. 여전히 피할 수 없긴 마찬가지지만, 적어도 볼품없이 바닥을 뒹굴지는 않는다. 흔들려도 바로 자세를 잡고 다음 공격의 대응에 들어간다.

릴스타인의 마법, 아홉 줄기의 어둠이 채찍이 되어 공간을 뛰어넘었다. 순간 성시한이 황금의 날개를 활짝 펼쳤다.

'천외천!'

광익이 빛의 입자를 뿌렸다. 완벽하게 릴스타인의 제어하에 들어있던 공간에 잠시 변수가 끼어들었다.

그 틈에 시한이 몸을 빼냈다. 채찍의 각도가 살짝 빗나가며 제 위력이 나오지 않은 것이다.

성시한의 눈동자에 희열이 떠올랐다.

'피했다!'

원래 역천외천은 차원이 아니라 공간 조작을 방해하는 기술이었다. 철저히 레비나에 맞춰진 기술이라 지금까진 공간 제어에 간섭하지 못했지만, 시간이 흐르며 조금씩 적응할 수 있게 된 것이다.

"역시 그렇게 나오는군."

릴스타인은 당황하지 않았다. 이 정도는 예상했던 범주 내였다.

"분명 시간이 주어진다면 넌 이마저도 베껴내겠지. 제대로 베낄 수 있을지는 모르겠지만……."

분명히 요체의 일부는 훔쳐 버릴 것이다.

"시간이 주어진다면."

저 황금의 날개, 역천외천은 비록 완전하지 않을지언정 틀림없는 무신기였다. 무신기답게 어마어마한 투기량을 소모한다는 의미다.

"공간 왜곡에 적응하는 시간이 빠를까, 아니면 네 투기가 고갈되는 시간이 빠를까?"

시간을 줄 생각은 없다.

무한의 마력을 지니고 있었을 때는 성시한의 안위도 신경 써 가며 천천히 시간을 끌 수 있었다. 하지만 지금은 다르다.

바락은 성시한이 요령만 피운다고, 남의 약점만 찾아다닌다고 타박하곤 했다.

하지만 요령도 저 정도로 잘 피우면 능력이다. 보통은 성시한 정도로 남의 약점을 잘 찾지 못한다.

릴스타인은 그 이유를 알고 있었다.

'차원 이동자 특유의 감지 능력.'

성시한은 상대의 투기와 마법을 눈으로 보는 것처럼 파악하고 베낀다. 정보 입수 능력이 굉장히 뛰어나다는 의미다.

또한, 그 입수한 정보를 이용해 적절한 대응을 하는 것도 능숙하다. 정보 응용 능력 역시 놀라운 수준이다.

'단지 정보 해독 능력이 상대적으로 떨어져 고도의 마법이나 기술은 제대로 해석하지 못하고 엉뚱한 결과를 내놓지만 말이지.'

천외천이 없었더라도, 분명 시한은 릴스타인의 공간 제어를 파해할 방법을 찾았을 것이다.

그래서 성시한을 제압하겠다는 욕심을 버렸다. 무한의 마력 없이 그를 제압하려 하면 허점이 생기고, 허점은 곧 패배를 부른다.

"더 이상 미련도 집착도 없다."

확실하게, 철저하게 목숨을 노린다!

릴스타인은 계속해 마법을 날리고 공간을 조작했다.

"인피니티 블레이드, 룬 파이어."

조작이 조금씩 어긋나도 전혀 동요하지 않는다. 그때마다 다시 계산을 통해 공간 제어를 되찾으며 살의를 쏟아낸다.

"매트리얼 디스토로이!"

물질 붕괴의 빛이 성시한의 방어 투기와 충돌했다. 푸른 섬광이 솟구치며 시한이 또다시 바닥을 데굴데굴 구르더니 피를 한 사발이나 토했다.

"쿠, 쿨럭!"

이번엔 제대로 맞았다. 토한 피에 살점이 섞인 것이 내장을 상한 듯했다. 슬슬 한계인 것이다.

비틀거리며 성시한은 릴스타인을 노려보았다. 문득 그가 힘없이 실소를 흘렸다.

"나 참, 조금 전까진 절대 안 죽인다느니 어쩌니 하더니, 아주 죽자고 달려드는구만……"

이제 와서 섭섭함 따위를 느낀다는 소리는 아니다. 그저 손바닥 뒤집듯이 태도를 바꾼 것이 어이가 없을 뿐.

릴스타인이 태연하게 대꾸했다.

"뭐가 이상하지?"

그의 모든 행동은 언제나 명확한 기준에 따라 움직이고 있었다.

"가능한 한, 원하는 것을 손에 넣는다."

가능성이 있다면 전력으로 추구한다.

가능성이 없다면 합리적인 선택을 내린다.

성시한은 분명 가장 손에 넣고 싶었던 것이지만, 릴스타인 자신보다 소중하진 않았다.

그러므로 포기한다.

"논리적이지."

사파란의 경우도 마찬가지였다.

사파란에게 완벽한 정신 지배가 먹혔다면 릴스타인도 굳이 그를 죽이지 않았을 것이다. 여러모로 쓸모가 많을 테니까.

하지만 사파란은 지구인이 아니고, 소환수로 삼을 수 없으며, 당연히 완벽한 정신 지배가 불가능하다. 그러므로 리스크를 계산해 본 뒤 '합리적'인 판단에 의해 죽였다.

"…그게 네가 말하는 논리고 합리라는 거야?"

시한은 헛웃음을 흘렸다. 적어도 한 가지는 확실하게 알겠다.

"미친 새끼……."

비틀거리는 그를 향해 릴스타인이 양손을 뻗었다. 냉혹한 음성이 공간을 흘렀다.

"죽어라, 시한."

성시한 역시 남은 힘을 끌어내 다시 일어났다.

그때였다.

제3의 장소에서, 제3자의 외침이 터져 나왔다.

"와라, 그론델라이드!"

날카로운 소녀의 목소리였다.

비늘 덮인 뱀 형상의 마물 세 마리가 릴스타인을 향해 날아갔다. 날카로운 독니를 드러내며 순식간에 거리를 좁혀 쇄도한다.

동시에 파괴의 섬광이 시간 차로 날아들었다.

"아케인 스트라이크!"

완벽한 타이밍이었다. 통상적인 경우라면 둘 다 피할 방법은 없으리라.

그러나 릴스타인은 공간 자체를 조작할 수 있다. 순식간에 마물과 파괴의 섬광이 엉뚱한 장소로 향하더니 서로 충돌해 폭발했다.

콰아아앙!

마물을 박살 낸 뒤 릴스타인은 고개를 돌렸다. 저 멀리 떠 있는 수백의 발판 중 하나에, 두꺼운 갑옷을 걸친 백금발의 소녀가 보였다.

그녀는 실망한 표정으로 중얼거리고 있었다.

"아, 기습 실패……."

성시한이 멍한 표정으로 입을 열었다.

"알리타? 어떻게 여기에?"

이곳은 릴스타인이 펼쳐놓은 끝없는 공간 미로다. 성시한 자신도 빠져나가지 못하는 이 혼돈 속에서 무슨 수로 길을 찾았단 말인가?

"어떻게라니……."

되려 의아해하며 알리타가 반문했다.

"그냥 기어올라 왔는데요? 여기 못 올 곳이었어요?"

어째 본인은 미로인 줄도 몰랐던 것 같은 눈치였다. 성시한은 황당해했다.

"아, 그게……."

반면 릴스타인은 이내 해답을 찾아냈다.

"소환수와 소환술사의 연결 고리로군."

루스클란의 혈통에 깃든 이계소환의 권능이 본능적으로 자신의 소환수가 위치한 장소로 인도했으리라.

문득 릴스타인의 입가에 미소가 떠올랐다.

"흐음, 최대한 멀리 도망가도 모자랄 판에 알아서 내 앞에 나타나 주었단 말이지?"

차분히 가라앉아 있던 금빛 눈동자, 그 고요 속에서 다시 한 번 이채가 번뜩인다.

"감사해야겠군. 다시 방법이 생겼어."

그것은 탐욕이라는 이름의 빛이었다.

갑자기 수십 줄기의 폭염이 되어 알리타를 덮쳐갔다. 기겁하며 그녀가 비명을 흘렸다.

"우아악!"

화들짝 놀라 성시한이 몸을 날렸다.

"알리타!"

알리타를 향한 것이 아니었다. 공간을 조작하는 이상 릴스타인의 공격은 무조건 그녀에게 적중한다. 달려가서 대신 막을 수는 없는 것이다.

그보단 릴스타인 본체를 공격해, 집중력을 흩어놓아야 한다!

콰아앙!

폭염이 휘몰아친다. 연쇄 폭발이 일어나고 불길의 회오리가 일그러진 공간을 강처럼 흐른다.

그 속에서 두 개의 그림자가 빠져나왔다. 알리타와 성시한이었다. 없는 힘을 긁어모아 간신히 그녀를 구한 것이다.

숨을 헐떡이며 시한이 고함을 터뜨렸다.

"야! 너 왜 왔어? 나 집에 보내려고?"

지지 않고 알리타도 고함으로 맞받아쳤다.

"기껏 목숨 걸고 도우러 온 사람한테 할 소리예요, 그게?"

피할 수 없는 마력의 폭격이 이어졌다. 모든 공격이 알리타에게 적중하려는 순간, 시한이 천외천의 날개를 펼쳤다.

우우우웅!

이번에도 릴스타인을 노려 겨우 공세를 흘리게 했다. 그럼에도 모든 여파를 막을 순 없어 일부가 알리타를 덮쳤다. 무릎을 꿇은 채 그녀가 연신 기침을 터뜨렸다.

"우, 쿨럭! 쿨럭!"

여파의 일부라고는 해도, 스치기만 해도 박살 내기에 충분한 위력의 마법이었다. 그런데도 그녀는 용케 살아 있었다.

릴스타인이 인상을 썼다.

"그 갑옷, 루브레크스였군."

한숨을 쉬며 성시한은 알리타를 돌아보았다.

"네 목숨에는 내 것도 걸려 있거든? 좀 더 소중히 다뤄주면 안 될까?"

"아, 닥치고 이거나 받아요!"

알리타가 손에 쥔 롱 소드를 세게 던졌다. 장검이 허공을 갈랐다. 무심코 시한이 손을 뻗을 때였다.

갑자기 공간이 재조립되며 검이 사라졌다. 알리타가 놀라 외쳤다.

"앗!"

그것은 어느새 릴스타인의 어깨 위에 둥실 떠 있었다.

"어리석군."

루브레스크를 확인한 순간 바로 알리타의 의도를 알아차린 릴스타인이었다. 알파가 사용하던 마도구는 루브레스크뿐만이 아닌 것이다.

"상대가 두 눈 뻔히 뜨고 있는데 디재스터를 던지는 바보짓을 하는 거냐?"

"…잘나셨네요, 정말!"

이를 갈며 알리타는 성시한 곁으로 다가갔다. 그리고 긴장한 목소리로 그를 불렀다.

"시한."

"왜?"

알리타가 허리에 차고 있던 보조 단검을 그에게 건넸다.

"받아요."

"응? 내 검도 아직 쓸 만한……."

의아해하며 성시한이 검을 움켜쥘 때였다. 갑자기 단검이 롱 소드의 형태로 변환했다.

"이, 이건 뭐야?"

"뭐긴 뭐예요? 시한이 주구장창 써왔던 디재스터지."

너무 태연하게 말한 나머지 성시한도 릴스타인도 잠시 상황 파악을 하지 못했다. 시한이 저 멀리, 릴스타인의 머리 위에 떠 있는 장검을 바라보았다.

"그럼 저건?"

"내가 쓰던 동네 대장간표 롱 소드."

순간 릴스타인의 표정이 악귀처럼 일그러졌다. 고작해야 십 대 소녀에게 산전수전 다 겪은 자신이 완벽하게 속아 넘어간 것이다.

"릴스타인, 당신 말대로……."

방긋 웃으며 알리타가 어깨를 으쓱였다.

"상대가 두 눈 뻔히 뜨고 있는데 디재스터를 던지는 바보짓을 할 리가 없잖아요?"

겉으로는 조롱을 날리며, 알리타가 슬그머니 성시한에게 속삭였다.

"시한, 루브레스크도 가져가요."

애초에 그녀가 이곳까지 온 이유가 이것이었다.

자신이 성시한의 제일 큰 약점이란 건 잘 알고 있었다. 릴스타인의 눈앞에서 계속 얼쩡거리면 불리하다는 사실도 잘 알고 있었다. 그래서 후딱 디재스터와 루브레스크만 시한에게 건네주고 도로 도망칠 셈이었다.

하지만 그럴 기회까지는 오지 않았다.

어느새 정신을 차린 릴스타인이 분노를 터뜨린 것이다.

"이 하찮은 것이!"

이내 마법이 알리타를 노리고 날아들었다. 이번에도 시한이 릴스타인을 견제하려 움직였다. 하지만 그는 같은 수법에 여러 번 당할 만큼 초짜가 아니었다.

"흥!"

코웃음을 치며 릴스타인이 양손을 교차했다. 시한의 무극천검이 전혀 엉뚱한 방향으로 흘러가 버렸다.

이번엔 성시한 쪽에 정신을 집중해 공간을 제어한 것이다

반면 알리타 쪽은 그냥 마법의 융단폭격만을 가한다. 공간을 제어한 것이 아니니 피하려면 피할 수 있겠지만…….

'어차피 저 아이는 그냥도 충분히 죽일 수 있지.'

사방에서 뇌격이 덮쳐왔다. 기겁한 알리타가 이계소환술을 펼쳤다.

"와라, 그란델라이드!"

이계 마물이 뇌격과 충돌하며 비명을 터뜨렸다. 그녀의 이계 소환술도 약하진 않지만, 릴스타인의 마법과 비교하면 격차가 큰 것이다.

그런데 그때, 알리타가 희한한 짓을 저질렀다.

"잠형기, 난영!"

어둠의 투기가 일어나 전신을 감쌌다. 알리타의 전신이 아니었다. 그란델라이드, 이계 마물의 전신이었다.

파지지직!

이계 마물이 잠형기를 펼치며 뇌격을 순식간에 박살 내버렸다. 성시한과 릴스타인이 동시에 경악한 표정을 지었다.

"뭐야, 저건?"

"이계 마물이 잠형기를?"

무사히 피한 알리타가 식은땀을 흘렸다. 급하게 성시한이 물었다.

"그거 어떻게 한 거야, 알리타?"

"네?"

"어떻게 이계 마물이 투기술을 쓰는 거냐고!"

무슨 소리 하는 건지 모르겠다는 표정으로 알리타가 되물었다.

"원래 옛날엔 다들 쓰던 기술 아니었어요?"

"뭔 소리야? 난생처음 보는데?"

"…엥?"

알리타는 창천기사단의 간접 경험을 통해 실전형 이계소환술을 익혔다. 그냥 존재하는 기술을 그대로 배운 것이 아니라, 역으로 복원하며 스스로 터득했다는 의미다.

그렇다 보니 터득 과정에서 살짝 오해가 있었다.

창천기사단 중 누군가가 설명했다.

"이계소환술사 중에는 강력한 소드하이어도 있었어. 이계소환술과 투기술을 함께 구사하며 공격해 오는데, 참 무서웠지."

소환술사가 투기술도 쓰고 이계 마물도 부린다는 소리였는데, 이 설명을 그녀는 이렇게 받아들였다

'아, 실전형 이계소환술 중에는 이계 마물에게 투기술을 쓰게 만드는 방법도 있구나.'

의심 없이 파고들다 보니, 완전히 새로운 용법을 개발해 버린 것이다.

물론 어지간한 재능으로 가능한 일은 아니다. 하지만 알리타는 처음부터 이계 소환술만은 천부적인 재능의 소유자였다. 애초에 그 정도이니까 성시한이 그녀를 차원 좌표로 삼을 수 있었던 것이다.

물론 일일이 설명할 만큼 상황이 여유롭지는 않다. 그래서 알리타는 간단히 요약했다.

"어쩌다 보니 그렇게 됐어요!"

시한도 더 묻지 못했다. 릴스타인의 공격이 바로 이어졌으니까.

콰콰콰쾅!

온갖 속성의 마법이 공간을 격하고 계속 알리타를 노린다. 수

인을 맺으며 릴스타인이 옅은 미소를 떠올렸다.

'저 소녀를 처리하면 성시한은 지구로 돌아가겠지……'

사라졌다고 생각한 희망이 되살아났다.

"파이널 템페스트!"

지수화풍, 네 속성이 뒤섞인 파괴의 폭풍이 회오리치며 알리타를 덮쳐갔다. 단순히 덮치는 것뿐 아니라 공간을 뛰어넘어 도주로조차 막는다.

"어딜!"

천외천을 펼치며 시한이 릴스타인을 방해했다.

"아케인 스트라이크!"

백색 섬광이 작렬했고, 공간이 분열되며 또다시 빗나갔다.

게다가 이번엔 방해 시도도 제대로 되지 않았다. 약간 어긋나긴 했지만 여전히 알리타의 사방 공간을 막고, 그대로 마법을 내려친다!

휘몰아치는 마력 폭풍을 노려보며 그녀가 이계소환술을 발동했다.

"와라, 델 아토르!"

메뚜기와 사마귀를 섞은 듯한 2미터 크기의 곤충형 이계 마물 세 마리가 모습을 드러냈다. 동시에 알리타와 마물 세 마리가 어둠으로 몸을 감췄다. 네 줄기 잠형기의 기류가 사방으로 흩어졌다.

콰아아앙!

폭발과 함께 이계 마물 두 마리가 박살 났다. 그래도 알리타와 다른 한 마리는 무사히 공세를 피할 수 있었다.

살아남은 이계 마물이 쏜살같이 릴스타인에게 날아갔고, 이내 일격에 박살 났다. 릴스타인이 비웃음을 던졌다.

"이까짓 하급 마물로 뭘 하겠다는 거냐?"

그 광경을 지켜 본 시한이 흠칫 놀랐다.

'어?'

확실히 알리타가 릴스타인에게 유의미한 공격을 할 방법은 없다. 굳이 공간을 뒤틀지 않더라도, 그냥 기본적인 마력 방어를 뚫기도 벅차다.

하지만 릴스타인의 공간 제어도 알리타에겐 잘 통하지 않는 것이다.

마물을 통해 잠형기를 구사하고, 연신 위치를 바꿔가며 릴스타인의 감각을 최대한 속인다. 덕분에 변형되는 공간 속에서도 아슬아슬하게나마 직격타를 피한다. 남은 여파는 루브레스크의 방어력으로 메우며 쉴 새 없이 숨고 나타나길 반복한다.

릴스타인도 어색한 점을 느꼈는지 미간을 찌푸렸다.

'뭐지, 이 감각은?'

오히려 시한보다 알리타의 위치를 잡기가 더 힘들었다.

성시한의 투기나 마법과 달리 이계 마물 투기술은 그가 여태 경험해 보지 못한 새로운 수법이다. 그렇다 보니 감지하는 과정에서 딜레이가 생긴다. 공간을 제어하고 공습하는 그 찰나의 순간이 틀어지며 조금씩 타게팅이 어긋난다.

저 사실을 깨달은 시한이 눈을 빛냈다.

'그렇다면……'

그의 최대 강점, 일명 '요령 피우기'가 빠르게 작동하기 시작했다.

재빨리 시한이 알리타에게 접근했다. 숨을 헐떡이며 그녀가 안타깝다는 듯 말했다.

"영 기회가 안 오네요, 빨리 마갑을 넘겨줘야 하는데……."

여전히 그녀는 루브레스크를 시한에게 인도한 뒤 도망칠 생각만 하고 있었던 것이다. 성시한은 고개를 저었다.

"아니, 그냥 입고 있어."

"네?"

의아해하는 알리타에게 시한이 작은 목소리로 속삭였다. 그녀의 표정이 살짝 밝아졌다.

릴스타인의 눈가가 기이하게 뒤틀렸다.

"…무슨 수작을 벌이려는 거냐?"

"무극천검!"

남은 힘을 죄다 긁어모아 성시한은 무신기를 끌어냈다. 디재스터의 칼날이 황금빛으로 찬란히 빛났다.

오른손을 내밀며 릴스타인이 고개를 저었다.

"난 소드하이어가 아니야, 시한. 디재스터의 효용이 마기언에게 통할 것 같아?"

"해보면 알겠지!"

외침과 함께 시한이 화살처럼 쏘아졌다. 순식간에 거리를 좁히며 릴스타인의 코앞까지 쇄도한다.

릴스타인이 손바닥을 뒤집었다. 공간이 왜곡되며 기껏 좁힌 거리가 도로 벌어졌다. 수 미터의 거리를 둔 채, 성시한은 그대로 무극천검을 내려쳤다.

"타아앗!"

섬광이 직선으로 날아왔다. 릴스타인도 바로 공간을 조작해 방향을 구부렸다.

그런데 여전히 섬광이 직선으로 날아든다?

'앗!'

당황하며 릴스타인은 스스로를 이동시켰다. 위치가 서로 어긋나며 무극천검이 빗나가 폭음을 일궜다.

디재스터를 거두며 시한이 힘겹게 웃었다.

"한 번에 먹히진 않네."

그 칼날은 지그재그로 구부러져 있었다. 저따위 물건을 칼이랍시고 만들었다면 그 대장장이는 만인의 지탄을 받았을 것이다.

하지만 공간이 왜곡된다면 구부러짐도 때론 직선이 되는 법.

"제법인데?"

이번만은 릴스타인도 솔직히 감탄했다. 실로 적절한 대응법이 아닌가?

물론 탈진할 대로 탈진한 주제에 이런 힘을 끌어낸 성시한도 무사하진 않았다. 잠깐 움직였을 뿐인데 코피가 주르륵 흐르며 두통이 덮쳐온다.

"으윽……."

고통을 이겨내며 그가 움직였다. 왜곡된 공간을 내달리며, 왜곡된 칼날을 통해, 올곧은 검을 내뻗었다.

파아아앗!

무극의 빛이 다시 한 번 세상을 갈랐다.

직선이 곡선이 되고, 곡선이 호선이 되었다. 공간을 구부리는 릴스타인에 맞서, 시한은 공격을 구부림으로써 새로운 혼란을 낳았다.

"분명 제법이긴 하지만……."

릴스타인이 눈을 부라렸다.

"이 정도로 통할 것 같으냐!"

공간과 공간 사이를 갈라 디재스터 자체를 공략한다. 몇 번의 교차 끝에 디재스터가 두 동강 났다.

챙그랑!

부서진 칼을 쥔 채 시한이 뒤로 물러섰다. 확실히 이것만으로는 부족했다.

"하지만 누군가가 그의 집중력을 흩어놓는다면 이야기가 다르지."

시한의 말이 끝나기가 무섭게 알리타가 양손을 머리 위로 높이 쳐들었다.

"와라, 델 아토르!"

공허가 이계의 마물을 토해냈다. 모든 마물과 마물의 주인이 동시에 어둠 속으로 몸을 숨겼다. 휘몰아치는 검은 폭풍이 릴스타인 주위를 맴돌며 진퇴를 반복해 갔다.

어차피 알리타의 실력으로 릴스타인에게 치명타를 줄 순 없다. 그러니 정신을 흩뜨리는 것만을 목표로 견제하고 또 견제한다.

"잠형기, 난영!"

워낙 강자들하고만 돌아다녔던 나날이었다.

워낙 강자들하고만 싸웠던 시간이었다.

꾸준히 강해진 알리타였지만, 그럼에도 전투의 주역은 될 수 없었다. 주역은 어디까지나 성시한과 카렌, 바락 같은 진정한 강자들의 몫이었다.

하지만 보조는 할 수 있었다. 언제나 그래왔으니까.

누군가를 도우며 보조하는 것만은 그녀가 저 진정한 강자들보다도 뛰어나다!

"타아아앗!"

노련하게 치고 빠지며 알리타는 릴스타인의 신경을 계속 긁어댔다. 릴스타인의 눈빛이 조금씩 흔들리기 시작했다.

'저 아이부터 처리해야… 아니, 시한부터 제압하는 것이……'

그 틈에 성시한이 디재스터를 가볍게 흔들었다. 부러진 칼날이 이내 복구되었다.

"헷갈리지, 릴스타인?"

입술을 비틀며 그가 회심의 미소를 지었다.

알리타가 죽으면 성시한은 지구로 돌아간다. 릴스타인이 바라마지않던 완벽한 결말이다.

하지만 지금의 시한은 여유 부리며 상대할 수 있는 적이 아니다. 전력으로, 진심 어린 살의로 대해야 이길 수 있다.

선택지가 둘로 갈라졌다.

위험을 감수하고 최선의 결과를 얻을 것인가? 아니면 모험을 피하고 확실한 결과를 얻을 것인가?

논리적, 합리적인 판단을 내리면 결론은 명확했다.

저 백금발의 소녀를 무시하고 성시한을 마저 처리해야 한다. 그것이 옳다. 가장 확실하게 결과를 얻을 수 있다.

그런데 저 소녀만 해치우면 모든 것이 깔끔히 해결되어 버린다. 포기하기엔 얻을 수 있는 과실이 너무도 크고 달콤하다!

갈라진 선택지가 혼란을 낳았다. 그리고 성시한은 그 틈을 놓치지 않았다.

알리타는 미끼다. 릴스타인의 평정을 흔들어놓는, 그의 이성과 감정을 충돌시키는 심리적 함정이다.

'그 의식의 허점을 노린다!'

구부러진 디재스터를 통해 쭉 뻗은 섬광이 쏘아졌다. 릴스타인은 당혹해했다.

"윽!"

알리타에게 정신이 팔린 틈이라 공간 조작 타이밍이 살짝 늦었다. 다급하게 그가 방어막을 펼쳤다.

"조디악 실드!"

무극천검이 5중첩 조디악 실드를 내려쳤다. 아까처럼 비껴 흘렸음에도, 중첩된 마력 장막이 절반 이상 부서져 나갔다.

콰콰쾅!

충격이 연약한 마기언의 육신을 뒤흔들었다. 릴스타인이 피를 토했다.

"크억……!"

성시한은 계속해 왜곡된 공간 사이를 오갔다. 그 움직임은 능숙하기 짝이 없었다. 조금 전, 릴스타인의 공간 조작에 허우적대던 때와는 전혀 달랐다.

상대의 의식, 그 허점을 노리는 연습 자체는 이미 해온 것이다.

'원래는 저 녀석이 투기술도 써댈 줄 알고 준비한 거였지만.'

쓸모없는 짓이라 생각했는데 이런 식으로 써먹을 줄은 몰랐다.

점점 릴스타인이 밀리기 시작했다. 공간 조작 타이밍이 느려지고, 마법의 정확도도 떨어진다. 자꾸 허점을 드러내 마법 영창도 어긋난다.

릴스타인도 바보가 아닌지라, 이내 자신의 문제점을 깨달았다.

"그렇다면……."

그리고 바로 해결책도 찾았다.

"확실하게 포기하면 그만이다!"

현실을 인정하고 욕심을 버린다. 논리적, 합리적인 사고에 의해 가장 확률 높은 결론을 낸다.

릴스타인은 머리를 식히며 정신을 집중했다. 그리고 오직 성시한을 죽이겠다는 일념으로 마법 영창을 이어갔다.

"두하디의 심연이여, 업의 불꽃을 태워라!"

왜곡된 공간 사이로 푸른 불길의 강이 흘렀다. 흐름이 부서지고 흩어지고 다시 합치며 타올라 파편이 되었다. 마치 만화경으로 들여다 본 세상 같은 기이한 광경이었다.

그 속에서 성시한이 불길을 헤치며 빠져나왔다.

"그게 말처럼 쉬울 것 같아?"

별 상처를 입은 모습이 아니었다. 여전히 릴스타인의 집중력은 흩어져 있는 것이다.

아무리 입으로 포기를 외친다 해도, 사람의 마음은 의지대로 되지 않는다.

"코끼리를 생각하지 말라고 하면 제일 먼저 떠올리는 게 코끼리인 법이지!"

성시한과 알리타의 합공이 이어졌다. 빛과 굉음과 폭발 속을 연신 넘나들며 두 남녀는 9층 마법과 이계소환술을 번갈아 날려댔다.

"지옥의 업이여, 내 손에 임하라! 헬파이어!"

"와라, 크론델!"

릴스타인의 표정이 점점 더 굳어갔다.

"이, 이놈들이……."

결국 그는 실수를 저질렀다. 한 타이밍 늦게 공간을 왜곡시키는 바람에 시한의 접근을 막지 못했다.

날아드는 성시한의 눈빛이 매섭게 빛났다

'기회다!'

탈진할 대로 탈진한 육신으로부터 최후의 투기를 끌어낸다. 몸이 부서지든 말든 상관없다. 후유증 따위도 신경 쓰지 않는다!

여태 숨기고 숨긴 비장의 한 수가 디재스터를 통해 쏘아졌다.

"무극천검 십이지격!"

열두 자루의 금검이 빛이 되어 허공을 갈랐다. 순간 릴스타인은 흠칫 놀랐다.

'설마 무극천검을 12개나?'

말도 안 된다. 그럴 힘이 있을 리 없다.

분명 무극천검의 위력을 열둘로 나눈 것일 터였다. 그것만으로도 십이지검보다야 몇 배나 강력하겠지만, 대응하지 못할 정도도 아니다.

"조디악 실드!"

방어막을 펼치며 릴스타인이 공간을 조작했다. 타이밍이 늦어 12자루 모두를 제압할 순 없었다. 그러니 일부를 흘리고, 일부는 막으며 자기 자신의 위치를 바꾼다!

여덟 자루의 광검이 엉뚱한 곳으로 향하고 네 자루는 조디악 실드에 충돌했다. 폭음이 터졌다.

콰아아앙!

조디악 실드는 멀쩡했다. 역시 저 기술은 무극천검 12자루를 날리는 식이 아니었던 것이다.

그럼에도 릴스타인은 당황했다. 광검의 위력이 예상보다 너무 낮았다.

'이건 그냥 십이지검인데?'

흘려낸 다른 광검들 역시 마찬가지였다. 저마다 떠 있는 공간 발판에 충돌해 폭발하는데, 그 파괴력이 십이지검과 전혀 다르지 않다.

딱 한 자루만 빼고.

번쩍!

황금의 광검 중 하나가 바닥에 작렬하며 어마어마한 빛을 뿜어냈다. 사방이 흔들리고 밀집된 힘의 여파로 공간마저 일순 뒤틀릴 정도였다.

'뭐야?'

릴스타인은 등골이 서늘해지는 걸 느꼈다.

'저것 중 하나는 진짜 무극천검이라고?!'

평생 갈고닦은 무의 정수가 깃들어 있는 성시한의 진정한 무신기, 무극천검.

그런데 시한의 무의 정수는 단순히 무지막지한 파괴력뿐만이 아니다. 다들 별로 정수라고 인정하지 않아서 그렇지, 실은 하나 더 있다.

좋게 말하면 요령 피우기, 나쁘게 말하면 야매, 야바위, 편법 찾아내기.

솔직히 성시한의 센스로 바락이나 레비나처럼 새로운 무의 영역을 개척하는 것은 무리다. 저런 건 진짜 하늘이 내린 천재들이나 하는 짓이다.

하지만 지닌 것을 최대한 활용하는 짓은 충분히 익숙한 것이다.

"이게 내 비장의 한 수다!"

고함과 함께 성시한이 한 번 더 투기를 떨쳤다. 겨우 흔들어놓은 타이밍, 기껏 잡은 기회를 놓칠 수 없었다.

"무극천검 십이지격!"

길거리 야바위꾼처럼 12개의 광검에 진짜 무극천검을 숨긴다. 그리고 계속해 위치를 바꾸고 또 바꾼다.

릴스타인의 안색이 창백해졌다. 타이밍이 맞지 않았다. 저것들 전부를 공간 조작할 여력은 없었다.

그러니 아까처럼 일부는 흘리고 일부는 막아야 하는데…….

'어느 게 진짜지?'

극에 달한 그의 마법으로도 전혀 진위를 파악할 수가 없었다. 방식은 비록 야바위꾼의 그것이라도, 그 속엔 분명 무신급의 지고한 경지가 깃들어 있는 것이다.

'운에 맡길 수밖에 없나!'

이를 악물며 릴스타인은 방어막을 펼치고 공간을 조작했다. 여덟 자루의 광검이 공간 왜곡을 통해 엉뚱한 곳으로 날아갔다.

강대한, 그러나 무극천검의 진짜 위력에 비하면 실로 소소한 폭발이 이어졌다.

콰콰콰쾅!

운은 따르지 않았다. 빗나간 광검은 전부 평범한 십이지검이었다.

뒤이어 네 자루 광검이 날아들었다. 셋은 방어막과 충돌해 튕겨 나갔지만 하나는 아니었다.

진정한 무극천검이 조디악 실드를 부순다. 섬광이 방어를 뚫고, 마력을 뚫고, 공간을 가르며 무방비가 된 릴스타인을 강타했다.

금색 눈동자 위로 작렬하는 무극의 빛이 선명하게 비쳤다.

'…아, 안 돼!'

콰아아앙!

압도적인 파괴의 힘이 한낱 인간의 육체를 잔혹하게 난도질하며 지나갔다.

Chapter 7

복수의 끝, 새로운 시작

찬란히 비쳐오던 햇살이 사라지고 인공적인 마법 조명이 그 자리를 대신했다. 수없이 분열되어 있던 바닥과 벽, 천장이 다시 거대한 하나의 공간이 되었다.

릴스타인의 권능으로 인해 왜곡되었던 공간이 어느새 사라졌다. 성시한 역시 원래 있던 장소, 필라 오브 임페라토르 최하층에 서 있었다.

'끝… 났나?'

긴장이 풀리며 통증이 밀려온다. 시한은 신음을 흘리며 무릎을 꿇었다.

"크으윽!"

한계를 넘어서 몸을 혹사시킨 후였다. 육체뿐 아니라 투기도 정신력도 전부 너덜너덜했다. 전신이 피투성이였고 어디 하나 성한 곳이 없었다.

"아으으으……."

고통으로 성시한은 벌벌 떨었다. 너무 아파서 아픔마저 느껴지지 않는데, 그래도 죽도록 아프다는 모순된 감각이 그를 덮치고 있었다.

알리타가 허겁지겁 그에게 달려갔다.

"시한!"

바로 부축하며 그녀가 근심 가득한 표정으로 물었다.

"괜찮아요? 아니, 척 봐도 괜찮지 않은 줄은 알지만……."

'하긴, 관짝에 반쯤은 기어들어 간 몰골인데 당연히 괜찮아 보일 리 없겠지.'

고소를 지으며 시한은 알리타의 어깨에 몸을 걸쳤다.

"걱정 마, 곧 죽을 정도는 아니야."

알리타의 부축을 받아 시한은 힘겹게 몸을 일으켰다. 그리고 공동 저편을 돌아보았다.

저만치 떨어진 부서진 바닥 위에 쓰러진 흑발의 사내가 보였다. 그는 움푹 파인 구덩이에 등을 기댄 채 피를 흘리고 있었다.

시한이 사내의 이름을 입에 담았다.

"릴스타인……."

릴스타인은 죽어가고 있었다.

아직 희미하게 숨을 쉬고는 있지만 사지가 뒤틀리고 내장이 박살 난 상태였다. 상처만 보면 즉사했어야 정상이었다.

그럼에도 미약하게나마 생기가 남아 있다.

릴스타인이 펼쳤던 공간 왜곡장, 그 마력의 일부가 돌아온 덕이었다. 그 권능이 그의 마지막 생기를 붙잡아주고 있었다.

물론 그 시간은 길지 않을 것이다. 제어하지 못하는 마력은 결국 흩어질 뿐이니까. 그리고 지금의 그에게 그럴 힘은 남아 있지 않다.

성시한이 천천히 걸음을 옮겼다. 릴스타인이 고개를 들었다.

"시한……."

서로의 시선이 마주했다.

"내가… 졌나……."

현실을 인지한 릴스타인이 고개를 저었다.

"이해할 수 없군, 계산상 내가 패배할 요소는 없었는데……."

성시한은 릴스타인을 조용히 내려다보았다.

그리고 입술을 달싹였다.

"…배신의 대가를 치를 시간이야, 릴스타인."

기필코 목적을 달성한, 마침내 복수를 마친 자답지 않은 차분하고 잔잔한 목소리였다. 슬픔도 기쁨도, 적의도 호의도 아닌 형용할 수 없는 복잡한 감정이 그 속에 맴돌고 있었다.

릴스타인은 피식 웃었다.

"인정하는 수밖에 없군……. 아직 내 힘이 모자랐다는 것을."

"애당초 방법이 틀렸다는 생각은 안 하는 거야?"

순간 성시한의 표정이 일그러졌다.

"널 여기까지 몰아세운 게 바로 그 힘이야!"

원하는 것을 손에 넣기 위한 힘이 필요했다고? 그럼 원하는 것을 손에 넣지 못하면 불행한 것인가? 세상의 절대 다수를 차지하는 약자들은 모두 불행한 존재일 뿐인가? 세상을 뒤엎고 대

류을 지배하고, 원하는 것을 손에 넣지 못하니까?

"네가 조금만 욕심을 버렸다면 이렇게까지 되진 않았을 거다."

조금만이라도 변한 성시한을 이해했다면 조금만이라도 타인의 처지에 공감했다면 조금만이라도 다른 이들을 배려했다면…….

저들 역시 같은 것을 릴스타인에게 돌려주었을 것이다.

"사상 결계진 따위가 없어도 사람들은 너를 사랑할 수 있었어. 그걸 먼저 버린 건 너야."

릴스타인이 코웃음을 쳤다.

"그래, 욕심을 버리면 되겠지. 그리고 타인과 맞춰 살면 되겠지."

모두가 그렇게 살듯, 자신도 그렇게 살면 된다는 걸 릴스타인이라고 모르는 바는 아니었다.

"아쉽게도 난 그런 축복을 받지 못했어."

원하는 것을 손에 넣는다.

이것이 인간의 본성.

물론 인간인 이상 살아가며 모든 욕심을 채울 순 없다. 인간의 욕심은 그 능력에 미치지 못한다. 그래서 포기하는 법, 세상과 맞춰가는 법을 배우며 살아간다.

약한 자는 보다 많이 포기할 것이고, 강자는 조금 덜하겠지. 하지만 인간인 이상 포기하지 않을 수는 없다.

"다른 인간들은 쉽게 포기하고, 스스로 포기했다는 사실조차 망각하며, 처음부터 자신이 선택한 것인 양 받아들일 수 있더군. 참 부러운 능력이야."

하지만 저 행위가 불가능하다면 처음부터 그렇게 태어난 인간이라면 그럼에도 원하는 것을 손에 넣고 싶다면…….

"힘을 추구하는 수밖에⋯⋯."

릴스타인의 목소리가 서서히 잦아들었다. 점점 숨이 가늘어지고 눈동자가 생기를 잃어간다.

"내 힘이 모자랐다⋯ 단지 그뿐이다⋯⋯."

그가 마지막 호흡을 내뱉었다.

성시한은 죽은 옛 친구를 말없이 바라보았다.

신과도 같은 힘을 손에 넣었던 릴스타인이었지만 죽음만은 어느 인간과 다를 바가 없었다. 그가 죽여온 무수한 평범한 사람들처럼, 그대로 죽어버렸다.

과연 죽음은 만인 앞에 평등하다.

문득 시한이 깊은 한숨을 내쉬었다.

"하아⋯⋯."

마지막까지 그의 옛 친구는 자신이 틀렸음을 인정하지 않았다.

'어쨌든 마지막 마무리를 해야겠지.'

한시라도 빨리 사상 고정 광역 결계진을 정지시켜야 한다. 성시한은 알리타를 돌아보았다.

"도와줘, 알리타. 난 힘이 남지 않았어."

"알겠어요."

탈진한 그를 대신해 알리타가 이계소환술을 준비했다.

"와라, 라프라드!"

사상 고정 광역 결계진 역시 이계 마력로처럼 자동 방어 마법으로 보호받고 있었지만, 릴스타인의 죽음으로 인해 마법 발동의 중추가 소멸된 상태였다. 그녀의 공격에 아무런 방어도 못 한 채 그대로 박살 나버렸다.

이계 마력로 역시 마찬가지였다.

릴스타인이 사망하며 그의 정신 지배 역시 효력이 끊겼다. 이젠 이계 마력로를 부수어도 봉인된 지구인들이 죽거나 하지 않는 것이다. 안심하고 부술 수 있었다.

지구인 보관 시설의 처리는 일단 미뤘다. 시한과 알리타, 두 사람만으로 수백 명의 지구인을 일일이 구해낼 순 없으니까.

대신 성시한은 릴스타인의 시신으로 다가갔다.

디재스터의 검광이 번뜩이며 릴스타인의 가슴을 갈랐다. 시한은 갈라진 가슴으로 손을 뻗었다. 투기염동의 힘이 작용하며 완전히 멈춰 버린 붉은 심장이 허공에 떠올랐다.

이 심장을 불사르면 릴스타인이 행한 모든 소환 마법이 테라노어에서 소멸된다. 그가 소환한 지구인들, 알파 시리즈며 크림슨 나이츠도 모두 고향으로 돌아가리라.

'당장은 불태울 수 없겠네.'

막강한 투기와 마력을 지닌 수백 명의 지구인을 아무런 대책도 없이 무턱대고 지구로 돌려보낼 수는 없다. 그래서 심장을 불태우는 대신 마법적 조치를 해 동결시키고 품에 넣었다.

그로써 모든 것이 마무리되었다.

테라노어를 뒤덮던 한 마기언의 광기도 진정 그 끝을 고했다.

*   *   *

릴스타인 왕국군 앞에 서서 성시한은 선포했다.

"릴스타인은 죽었다! 그대들의 왕은 더 이상 없다! 모두 무기를 버리고 항복하라!"

이미 패색이 짙은 마당이었다. 몰리고 있던 릴스타인 왕국군은 이내 백기를 들었다.

전쟁이 끝났다.

"와아아아!"

"우리가 이겼다!"

병사들의 환호성 속에서 카렌이며 바락, 제논과 창천기사단이 시한에게 달려왔다.

그를 얼싸안으며 제논이 격한 기쁨을 표했다.

"결국 이겼군요, 시한!"

우드로우와 비렛타, 실피드 등 창천기사단원도 환호에 동참했다.

"대장이라면 이길 줄 알았어요!"

"그럼! 시한 대장이 어떤 사람인데!"

바락 역시 시한의 어깨를 두드리며 주름진 미소를 보였다.

"고생했다, 녀석아."

모두를 돌아보며 성시한은 쓴웃음을 지었다. 문득 옛 기억이 떠오른 탓이었다.

"다들 이러다가 갑자기 '네 녀석은 너무 강해졌어'라든가 '네 명성은 너무 높아' 따위의 말을 해대는 건 아니겠지?"

에세드와 콘라드가 멍한 표정을 지었다.

"네?"

"뜬금없이 그게 뭔 소리입니까, 시한 대장?"

반면 카렌은 바로 알아들은 모양이었다. 얼굴을 새빨갛게 물들이며 고개를 푹 숙인 걸 보면 틀림없다.

"……."

'카렌 언니가 왜 저러지?'

잠시 고개를 갸웃거렸지만 알리타는 이내 신경을 껐다. 그보단 더 중요한 문제가 있었다.

성시한에게 다가가 그녀가 진지하게 물었다.

"시한."

"응? 왜?"

"이제 어쩔 건가요?"

성시한은 테라노어의 최강자가 되었다. 더 이상 이 세계에 그를 거스를 자는 존재하지 않는다.

황제가 되어 만인의 위에서 군림하는 것도 지금의 그에겐 전혀 어려운 일이 아닌 것이다.

그녀의 질문을 이해한 시한이 빙그레 웃었다.

"더 이상 테라노어에 볼일은 없어."

이 세계로 돌아왔을 때부터 그는 결심을 굳히고 있었다.

"지구로 돌아가야지."

*　　　　　*　　　　　*

모든 복수를 끝마쳤다.

하지만 성시한은 바로 한국으로 돌아가지 못했다. 릴스타인은 죽었지만 그가 저지른 죄악은 여전히 남아 있는 것이다.

최우선적으로 붙잡혀 온 지구인들의 문제부터 해결해야 한다.

델스트로이에 머물며 봉인된 지구인들은 몽땅 구해냈다. 정신

적으로 충격을 줄 수 있어 함부로 깨우진 못했지만, 일단 수정관
에선 모두 꺼낸 후였다.

시한은 고민했다.

"저들을 어떻게 지구로 돌려보내야 하지?"

지구인의 귀환 자체는 간단하다. 보관 중인 릴스타인의 심장
을 불태우기만 하면 된다. 그럼 자연스럽게 지구로, 자신들이 소
환되었던 장소로 돌아가게 되리라.

'뭐, 오차는 좀 있겠지만.'

대전에서 강제 소환 되었던 시한이 정작 돌아갔을 땐 서울 광
화문 한복판이었던 걸 생각해 보면 수십 km 단위 오차까진 어떻
게 손쓸 방법이 없는 듯했다.

어쨌든 지금 문제는 저 거리 오차 따위가 아니다.

"지구인들이 지닌 투기와 마력이 문제란 말이지."

육체를 멀쩡히 보존한 채 투기와 마력만을 없애는 방법은 없
다. 그래서 테라노어에서도 소드하이어나 마기언을 금제할 땐 두
팔을 자른다거나 혀를 뽑는 등의 잔혹한 벌을 내리곤 했다.

당연하겠지만, 죄 없는 이들에게 저런 잔인한 짓을 저지를 순
없다.

그렇다고 저들을 아무런 조치 없이 지구에 풀어놓을 수도 없다.

'그랬다간 슈퍼 히어로 만화가 현실에 펼쳐져 버릴걸?'

성시한 혼자서 고민하는 것만으론 도통 답이 나오지 않았다.
그래서 새로운 4 대 상아탑주를 모두 불러 대책을 의논했다.

죽은 릴스타인을 대신해 새로운 적색 상아탑주가 된 테이엔이
결론을 내렸다.

"기억을 지우고, 무의식 속에 투기와 마력을 사용할 수 없도록 정신 봉인을 하는 정도가 최선이라고 봅니다."

이 수법은 피시전자로 하여금 '내게 초능력 따위가 있을 리 없다'는 강력한 강박관념을 심는 마법이다. 그래서 테라노어에선 쓸모가 없다. 소드하이어와 마기언이 실존하는 세상이니만큼 아무리 강박관념을 심어도 결국은 풀려 버릴 테니까.

"하지만 투기와 마법이 상식이 아닌 지구에서라면 충분히 효과가 있을 겁니다."

백색의 모투스, 흑색의 이데알룬, 청색의 체르보스 역시 같은 의견이었다.

성시한이 께름칙하다는 반응을 보였다.

"하지만 그건 미봉책일 뿐이잖아?"

아무리 봉인을 해둬도 저 지구인들 중 누군가가 자기도 모르게 잠재력을 깨달을 가능성도 없지는 않은 것이다.

"어쩔 수 없지 않습니까? 시한 님은 신이 아닙니다. 할 수 없는 건, 할 수 없지요."

옳은 말이었다.

성시한은 인간이었다. 이계구원자라 불리며, 분명 초인이라 칭해도 족할 정도로 엄청난 권능을 지니고 있었지만 그럼에도 여전히 인간일 뿐이었다.

할 수 있는 최선을 다하고 나머지는 운명에 맡기는 수밖에 없다.

"혹여 돌아간 지구인이 문제를 일으키면 그때 나서든가 해야지. 나 참, 전신 타이즈 입고 코스튬 플레이라도 해야 하나?"

모투스와 이데알룬, 체르보스가 저마다 의문을 표했다.

"전신 타이즈?"

"코스튬 플레이?"

"뭡니까, 그게?"

"아, 그냥 헛소리야, 헛소리."

어쨌든 찜찜하긴 하지만 결론이 났다.

지구인들에게 정신 제약을 건 뒤 성시한은 보관해 두었던 릴스타인의 심장을 불태웠다. 자연스럽게 모든 지구인도 자신의 고향으로 돌아갔다.

뭐, 그 덕에 지구 각지에서는 기억 잃은 알몸의 행방불명자들이 비처럼 쏟아지는 엽기적인 사태가 일어났겠지만…….

"할 수 없잖아? 내가 할 수 있는 일에는 한계가 있다고!"

루스클란의 유적, 그곳에 위치한 지구와 테라노어의 차원 균열 역시 해결해야 할 문제였다.

4대 상아탑의 협조와 릴스타인이 남긴 기록을 통해 성시한은 차원 균열에 대해서 열심히 연구했다. 그리고 새삼 카렌의 말이 옳았다는 걸 알았다.

"이거, 그냥 파묻어 버리다간 큰일 나는 거였네?"

괜히 초대 황제가 저 거대한 시설, 왕의 심장을 세운 것이 아니었다.

차원 균열은 테라노어의 물질과 접촉하면 극히 불안정해진다. 기체나 입자 정도라면 괜찮지만 액체나 고체 같은 고밀도 질료와의 지속적인 접촉은 차원 균열을 더욱 크게 벌리는 것이다.

'초대 황제의 목표는 균열을 닫는 것이었으니 그런 상태로 만

들 수는 없었겠지.'

이 차원 균열의 문제도 해결책을 찾았다. 초대 황제에겐 불가
능했지만 성시한에겐 가능한 방법이었다.

테라노어와 지구, 양쪽에서 봉인 마법을 쓰면 균열을 완전히
닫을 수 있다.

"지구로 돌아가면 해외여행도 한번 해야겠네."

그렇게 차원 균열에 대한 해결책까지 마련함으로써 간신히 릴
스타인이 저질러 놓은 짓에 대한 뒷수습이 끝났다. 하지만 그 외
에도 할 일은 많았다.

오랜 전쟁으로 혼란스러워진 테라노어였다. 그리고 그 혼란에
는 분명 성시한의 책임도 있었다. 새 시대를 열고 새로운 질서를
확립하는 것을 도와야 했다.

육왕국 곳곳을 오가며 그는 바쁘게 움직였다. 이것저것 처리
하다 보니 지구로 돌아갈 날은 자꾸 늦어지기만 했다.

그리고 6개월이라는 시간이 더 흘렀다.

＊　　　　＊　　　　＊

왕도 델스트로이의 중심에 위치한 거대한 왕성, 한때 릴스타
인의 소유였던 중앙 홀에 수많은 이가 모여 있었다.

새로운 왕의 즉위를 축하하기 위해 모인 이들이었다. 금박을
입힌 제단 좌우로 달의 교단 프린들이 도열하고 그 아래 우아한
복색을 갖춘 귀족과 위풍당당한 기사들, 깔끔한 로브를 걸친 마
기언들이 줄지어 서 있었다.

이윽고 나팔 소리가 울렸다. 근사한 예복에 자줏빛 망토를 걸친 중년 사내가 홀에 모습을 드러냈다.

멸망한 릴스타인 왕국을 대신해 이 나라를 통치할 자.

신과 여신과 신민과 백성들의 사랑을 받는 이.

새로운 국왕, 켈테론 1세였다.

제단에 선 흑발의 미녀, 달의 여교황 카렌 이나시우스가 입을 열었다.

"일월성신의 지음을 받은 정명한 통치자여, 여신의 앞으로 오세요."

켈테론은 한 발씩 걸음을 옮겼다. 기름을 발라 올백으로 넘긴 머리에 우아하게 다듬은 카이젤 수염, 화려한 장신구와 비단으로 치장한 그는 정녕 기품이 넘쳐 보였고 풍채도 위풍당당하기 그지없었다.

사람들 사이에 서서 그 모습을 지켜보던 성시한이 혀를 내둘렀다.

"켈테론 체구가 저리 좋았나?"

옆에 서 있던 알리타가 나직이 한마디 했다.

"어깨에 뽕 넣었어요."

"…어쩐지."

뭘 넣었든 간에, 하여튼 겉보기엔 참 그럴싸했다.

켈테론이 제단 앞에 섰다. 정해진 절차에 따라 달의 신전 고위 프린 세 명이 차례로 새 왕에게 축복의 기도를 올렸다.

예식이 끝나자 켈테론은 무릎을 꿇고 머리를 숙였다. 카렌이 왕관을 든 채 그의 앞으로 걸어 내려왔다.

"크론 리자테의 이름으로 당신을 축복합니다. 부디 현명하고 자애로운 왕이 되기를……."

새 왕의 머리 위에 새 왕관이 얹어졌다.

켈테론은 다시 몸을 일으켰다. 차분하면서도 엄숙한 표정으로, 새로운 시대를 상징하는 왕의 홀을 들어 보인다.

"와아아아!"

넓은 홀 가득 축하의 박수와 함성이 울려 퍼졌다. 이로써 테라노어 만방에 새로운 왕조의 탄생이 선포되었다.

신생 켈테론 왕국의 출범이었다.

*   *   *

전쟁이 끝나며 승전국의 국왕들은 모두 제자리로 돌아갔다.

브렌탈은 다시 사파란 왕국의 왕좌에 앉았고 에란트 1세 역시 테오란트 왕국의 왕위를 돌려받았다. 라텐베르크 왕국 역시 아인츠 1세의 치세로 돌아왔다. 이나시우스 교국 역시 그들의 여왕, 카렌 이나시우스를 되찾았다.

왕들이 자리를 비운 시기가 그리 길지 않다 보니 큰 문제는 생기지 않았다. 릴스타인이 저들을 폐위시키고 몇 달 지나지 않았으니까. 부서진 왕좌 대신 새로운 옥좌를 만들어야 하는 사소한 문제 정도만 있었을 뿐이었다.

문제는 주인을 잃은 패전국의 왕좌였다.

전범국이기도 릴스타인 왕국을 그냥 놔둘 수는 없다. 팔로스 왕국 역시 임시로 자치령화시키긴 했지만 슬슬 손을 쓸 때였다.

승전국에 합병시키거나, 아니면 새로운 정부를 세워야 한다.

일단 합병은 불가능했다. 승전국이 넷이나 되는 것이다.

각 나라마다 지리적 상황이 다르니 4국이 공평하게 영토를 나눠 먹는다거나 하는 방식은 비현실적이었다. 그래서 이계구원자의 적극적인 지지 아래, 하이어 베르패스가 팔로스 왕국의 새로운 국왕이 되었다.

딱히 시한의 지지가 아니더라도 그는 원래부터 신중한 인물로 많은 이의 인정을 받아왔다. 레비나의 통치 시절에도 그녀를 살살 달래며 백성들의 안위를 살피곤 했다. 또한 릴스타인 편을 든 것도 아니니 승리에 일정 부분 공이 있다고 할 수 있었다.

큰 잡음 없이 팔로스 왕국은 베르패스 왕국으로 국명을 바꾸고 새로운 시대를 열었다.

이제 남은 것은 릴스타인 왕국뿐이었다.

승전국의 왕들이 모두 모인 자리에서 시한이 물었다.

"누가 릴스타인의 빈자리를 계승해야 한다고 생각해?"

아까도 말했지만, 릴스타인 왕국을 타국이 합병하는 것은 현실적으로 불가능하다.

아인츠 1세가 입을 열었다.

"홍룡기사단장이었던 하이어 엔다윈이나 기타 몇몇 대귀족들이라면 일단 구색은 맞겠지만……."

에란트가 고개를 저었다.

"처형을 당해도 모자랄 전범들을 데려다가 덜컹 일국의 왕으로 올려줄 순 없지 않은가?"

저들은 전부 릴스타인을 적극적으로 섬겼던 이들이었다. 마찬가지로 테라노어를 어지럽힌 책임이 있는 것이다.

팔짱을 낀 채 브렌탈이 무뚝뚝하게 말을 받았다.

"그렇다고 아무 상관도 없는 외부인을 왕으로 추대하는 것도 무리요. 백성들이 명분도 없는 왕을 인정할 리 없소."

카렌이 모두를 돌아보았다.

"결국 요약하면 이런 이야기네요."

기존 정치 체계를 그대로 수용할 수 있을 만큼 구(舊)릴스타인 왕국에 강한 인맥과 영향력을 지니고 있으면서, 귀족과 백성들의 인정도 받아야 하며, 동시에 릴스타인의 죄악에 대항한 공적이 뚜렷한 이가 필요하다.

"즉, 릴스타인 왕실의 중추였으면서도 정작 릴스타인은 적극적으로 적대한 인재여야 한다는 소리죠."

그녀의 설명에 성시한이 쓴웃음을 지었다.

"역시 한 명밖에 없나?"

굳이 이름을 말하지 않아도 다들 저 '한 명'이 누구를 의미하는지 잘 알고 있었다.

에란트와 브렌탈, 아인츠가 저마다 한마디씩 덧붙였다.

"가장 적합한 인재라고 생각합니다."

"제 생각에도 그 친구뿐입니다."

"그러면 자격도 능력도 충분하겠지요. …성품은 잘 모르겠지만."

켈테론은 멍하니 눈을 껌뻑였다.

"네? 지금 뭐라고 하셨습니까, 시한 님?"

한때 외모 싹 바꾼 채 테라노어 남부로 잠적해 버린 그였다.

하지만 성시한의 승전보가 들려오자 이때다 싶어 바로 돌아온 것이다.

염색도 풀고, 수염도 도로 기르고, 희희낙락한 채 온갖 생색 다 내가며 열심히 그동안 투자한 것들을 회수하던 중이었는데……

"저보고 왕 하라굽쇼?"

투자에 비해 너무 큰 대가가 돌아와 버렸다.

질린 표정을 짓는 켈테론을 보며 성시한이 어깨를 으쓱였다.

"자네 말곤 없어. 생각해 봐, 누가 있는데?"

시한은 카렌이 요구한 조건을 그대로 주워 넘겼다. 이야기를 듣던 켈테론의 표정이 침착해졌다.

"…어, 진짜 저밖에 없긴 하군요."

확실히 현 상황에서 릴스타인 왕국을 안정시킬 만한 명분과 영향력을 지닌 이는 켈테론뿐이었다. 기존 왕실의 귀족들과도 인맥을 꽤나 쌓아놓았으니, 왕이 된다 해도 충분히 통제할 자신이 있었다.

그럼에도 켈테론은 쉽게 승낙하지 못했다.

"그래도 그렇지, 나 같은 놈이 왕이라니……"

그 반응에 시한은 당황했다.

"왕 되기 싫은 건가, 혹시?"

좀 의외다. 돈 좋아하고 권력 좋아하는 켈테론이니 왕관 역시 좋아할 줄 알았는데?

당연하다는 듯 켈테론이 반문했다.

"저 같은 놈이 왕이 되면 저라도 반발할 것 같습니다만?"

"하지만 백성들은 자네 같지 않잖아? 그럼 꼭 반발할 거라 할 수도 없지."

"…그게 또 그렇게 해석이 됩니까?"

고민하던 켈테론은 결국 결심을 굳혔다. 성시한이 추가로 붙여준 조건 덕분이었다.

"창천기사단 붙여줄게."

"아, 그거라면 해볼 만하겠군요."

국왕의 자리에 오른 켈테론은 정열적으로 일했다. 즉위식은 길일에 맞춰 몇 개월 뒤로 미뤄졌지만, 업무 자체는 바로 들어갔다.

과연 그는 유능했다.

전쟁으로 피폐해진 국가 제도를 바로 세우고 귀족들과 수하 관리들의 기강도 잡았다. 어차피 릴스타인 밑에서 일하며 이미 파악해 놓은 일인지라 그리 어려울 것이 없었다.

특히 부정부패, 뇌물 수수 등을 막는 데 지대한 공을 들였다.

"부정부패를 일삼는 간신배가 많을수록 나라가 어지러워지는 법!"

잘하고 있긴 한데, 옆에서 보는 성시한 입장에선 참으로 미묘한 기분이었다.

"그러는 댁이 부정부패 일삼는 간신배 아니었어?"

"원래 자기가 하면 로맨스고 남이 하면 불륜인 법 아니겠습니까? 그것이 인지상정입지요."

"인지상정이 그렇게 나쁜 의미는 아니었던 것 같은데……."

여하튼 잘은 하고 있었다. 특히 뇌물 수수 등을 막는 대책 마련에 있어선 가히 완벽에 가까웠다. 원래는 자기 전공이었으니까.

'내가 해먹어봐서 잘 알아!'

물론 인간이 만든 이상, 세상의 모든 제도는 완벽할 수 없다. 반드시 허점은 생기게 마련이다.

그에 대해서 켈테론은 명확한 지침을 내놓았다.

'내 눈마저 속여가며 뇌물을 받아먹을 수 있다면 그땐 창조 뇌물(?)로 인정하겠다.'

다행인지 불행인지 귀족들 중 그 정도로 유능한 이는 아직 없었다. 덕분에 신생 켈테론 왕국은 꽤나 청렴하게 돌아가고 있었다.

그렇게 몇 개월이 지난 후, 마침내 켈테론은 크론 리자테의 축복하에 정식으로 대관식을 올렸다.

즉위식이 끝나자 관례에 따라 축하 연회가 열렸다.

우아한 예복을 입은 사내들과 아름다운 드레스를 입은 여인들이 삼삼오오 짝을 이뤄 때론 춤을 추고, 때론 음식과 음악을 감상하고, 때론 담화를 나눈다.

성시한과 알리타 역시 그 속에 껴서 느긋하게 연회를 즐기고 있었다. 켈테론이나 카렌 등 대관식 당사자들은 할 일이 많았지만 이 둘은 한가한 처지였다.

잠시 시한이 자리를 비운 틈이었다.

홀로 서 있는 알리타를 향해 녹색 드레스를 걸친 빨간 머리의 소녀가 다가왔다.

"마스터!"

알리타는 그녀의 실수를 정정해 주었다.

"이젠 마스터가 아니잖니? 하이어 디나."

디나가 멋쩍은 듯 뒷머리를 긁었다.

"버릇이 돼서요, 헤헤."

전쟁이 끝난 지 반년째, 결국 그녀는 투기검을 깨치는 데 성공했다. 종자급을 넘어 엄연히 한 사람 몫을 하는 투사급 소드하이어가 된 것이다. 알리타도 크게 기뻐하며 마스터와 종자, 서로의 의무가 끝났음을 증명해 주었다.

고소를 지으며 디나가 말했다.

"덕분에 우리 아빠는 자기 딸이 굉장히 천재인 줄 알더라고요."

"틀린 말은 아니잖니? 15살에 투사급 소드하이어가 되었다면 충분히 빠른 진도야."

디나가 고개를 저었다.

"그렇긴 한데, 이게 딱히 제가 재능이 뛰어나거나 해서인 건 아니잖아요."

그녀는 현실을 제대로 보고 있었다.

디나는 분명 상당한 재능의 소유자였고 노력도 충분히 해왔다. 하지만 소드하이어가 되고자 하는 이들이라면 누구나 그 정도 노력은 하는 법이다. 재능에 비해 월등한 그녀의 성장은 전적으로 환경 덕분이었다.

테라노어 최강자들 사이에서 온갖 다양한 가르침을 받아왔다. 그 나이에선 겪기 힘든 실전도 무수히 치렀다. 성시한이 사다 놓은 투기 강화 시약도 자주 얻어먹었다.

저만치 떨어진 시한을 힐끔거리며 디나가 배실배실 웃었다.

"역시 사람은 큰물에서 놀아야 한다니까요?"

한편 성시한은 에세드와 대화를 나누고 있었다.

"켈테론을 부탁한다, 에세드."

"걱정 마십시오, 대장. 잘 살펴볼 테니까요."

창천기사단은 정식으로 켈테론 왕국의 왕실기사단이 되었다. 대륙을 떠돌던 에세드나 은퇴했던 콘라드, 실피스도 다시 기사의 자리로 돌아왔다.

예전에야 성시한을 잃은 뒤, 충성을 다할 만한 군주를 찾지 못해 은퇴한 것이었다. 하지만 이번엔 경우가 달랐다.

시한의 당부 때문이었다.

"켈테론이 너무 가버리면 말릴 사람이 필요하잖아?"

설마 켈테론이 폭군이나 암군이 되진 않을 것이다. 그 정도 믿음은 있다.

그런데 과연 성군이나 현군이 될까? 이 부분은 좀 애매하다.

게다가 다른 국왕들과 달리 켈테론은 기반 세력이 빈약하다. 창천기사단이라는 강력한 무력이 뒷받침되어 줘야 왕 노릇을 제대로 할 수 있는 것이다.

젯값을 치른 홍룡기사단까지 흡수한 지금, 창천기사단은 명실공히 테라노어 최강의 자리를 되찾은 후였다. 충분히 켈테론의 힘이 되어줄 수 있으리라.

창천기사단도 흔쾌히 시한의 부탁을 수락했다.

애초에 창천기사단과 켈테론의 사이는 상당히 좋은 편이었다. 그동안 투자받은 액수가 상당했으니까. 창천기사단을 위해서라면 켈테론은 결코 돈을 아끼지 않은 것이다.

에세드의 약속을 확인하고 성시한은 한 번 더 안심했다. 그런 그에게 거구의 청년 기사가 다가왔다.

바락과 함께 수행을 떠났던 제논이었다.

"시한!"

"어, 제논!"

반가워하며 성시한은 제논을 찬찬히 살폈다. 그리고 잠시 놀랐다.

"벌써 벽에 다다랐네?"

몇 개월 만에 다시 본 제논은 어느새 달인급의 극에 도달해 있었다. 역시 레비나에 맞먹는 가공할 재능의 소유자다웠다. '

"벽을 넘기가 정말 어렵더군요. 넘을 듯 말 듯하면서도 손이 닿지 않는 것이……."

함께 온 잘생긴 노인, 바락이 혀를 찼다.

"너무 서두르지 말라고 하지 않았느냐? 네 녀석 정도면 충분히 빠른 진도다. 애당초 벌써 벽이 보이는 것 자체가 비상식적이야."

시한이 황당해하며 물었다. 그럼 제논보고 게으름 피우란 소린가?

"다른 스승이라면 제자가 게으름을 피우지 않도록 더욱 정진하라고 하지 않습니까?"

"그것도 제자 나름이지? 요새는 저 녀석 말리는 게 일이다. 내 버려 두면 자꾸 무리한단 말이야."

성시한과 제논을 번갈아 보며 바락이 인상을 썼다.

"한 놈은 오지게 말을 안 듣더니, 다른 놈도 다른 의미로 오지게 말을 안 들어요, 참."

말은 저렇게 해도 여전히 눈이 웃고 있는 걸 보면 실제론 마냥 좋은 것 같았다.

그 외에도 여러 사람들을 만났다.

십 년 전부터 이어진 인연들, 테라노어로 돌아와 새롭게 쌓은 인연들, 많은 반가운 이들을 만나 웃고 떠들었다.

흥겨운 분위기 속에서 연회가 무르익어 갔다.

＊　　　＊　　　＊

델스트로이는 켈테론 왕국 시대에도 계속 수도의 위치를 지켰다. 세상이 바뀌었음을 알리기 위해 이름을 바르와툰으로 바꾸긴 했지만 여전히 같은 거리, 같은 시민들의 도시였다.

어느 화창한 날의 오후.

왕도 바르와툰의 거리를 두 남녀가 걷고 있었다. 천변기로 정체를 숨긴 성시한과 알리타였다.

사방에서 재건이 한창이다. 전쟁의 피해도 어느덧 상당히 벗어났다.

도시는 활기에 차 있었고 시민들은 안정적으로 삶을 이어가고 있었다.

그 평화 속에서도 알리타는 여전히 좌우를 유심히 살피며 걸음을 옮기는 중이었다. 시한이 기가 차 물었다.

"아직도 '다가오는 모든 사람이 적일지도 몰라' 상태인 거야? 이제 더 이상 대륙의 공적도 아니잖아, 너?"

이제는 알리타도 당당한 영웅 중 한 명이다. 감히 그녀를 상대로 루스클란의 후예라면서 경멸하는 배짱 좋은 인간은 더 이상 없다.

배시시 웃으며 알리타는 긴장을 풀었다.

"아, 습관이 돼서요."

그럼에도 경계를 완전히 늦추진 않았다.

루스클란에 대한 이미지가 많이 좋아진 것은 사실이지만, 증오란 그리 쉽게 사라지지 않는 것이다. 대놓고 나서지만 않을 뿐이지 여전히 루스클란에 좋지 않은 인식을 지닌 이들은 남아 있다.

그녀를 물끄러미 바라보던 시한이 문득 물었다.

"지구로 데려가 달라는 생각, 지금도 변함은 없는 거지?"

알리타는 단호하게 고개를 끄덕였다.

"네."

더 이상 숨어 살아야 하는 처지는 아니다. 하지만 여전히 위협을 신경 쓰며 살아야 한다. 이곳, 테라노어에서는.

그럴 바엔 아무도 모르는 곳에서 완전히 새 출발을 하고 싶다.

"뭐, 꼭 그런 이유만은 아니고……."

문득 알리타가 얼굴을 붉혔다.

"시한은 지구로 돌아갈 거잖아요?"

"응."

"그럼 저도 따라갈래요."

성시한의 얼굴도 살짝 붉어졌다. 두 남녀가 서로를 바라보았다.

스치는 산들바람이 둘의 머리칼을 부드럽게 매만지며 스쳐 지나갔다.

두 사람은 계속 왕도 바르와튼의 거리를 걸었다. 한 블록쯤 더 걷다 보니 웬 책방 하나가 보였다.

가판대에 서적을 가득 쌓아놓고 광고용 천까지 걸어놓았는데,

자세히 보니 이렇게 적혀 있다.

이계구원자 시리즈 완결판! 『이계구원자의 연인』과 『버림받은 이계의 연인』에 이어지는 삼부작의 마지막 이야기! 그 배신과 음모의 끝을 확인하세요!

『치명적인 이계의 연인』, 절찬 판매 중.

알리타가 눈을 반짝반짝 빛냈다.

"어머? 저거 신간 나왔네?"

좋아라 달려가 책을 이리저리 뒤적거린다. 물론 성시한은 펼쳐보지도 않았다. 그간의 학습을 통해 터득한 현명한(?) 대처였다.

대신 책 뒷면을 살피며 투덜거렸다.

"아니, 그래서 이 작가는 대체 정체가 뭔데?"

뭐, 굳이 알아낼 생각은 없었다. 세상엔 비밀로 남겨둬야 좋은 일도 있는 법이다.

반면 알리타는 아주 신이 난 듯 책을 훑어보는 중이었다.

"이번엔 카렌 언니도 등장하네."

문득 그녀가 시한을 돌아보며 중얼거렸다.

"그러고 보니 카렌 언니는 어쩌실 생각일까요?"

"카렌이 왜?"

"언니는 지구에 가보고 싶은 생각이 없는 걸까요?"

성시한은 고개를 저었다. 그리고 아련한 아쉬움을 담아 대꾸했다.

"카렌은 결코 테라노어를 떠나지 않을 거야. 개인적인 일로 자신의 의무를 버릴 사람이 아니니까."

알리타가 미심쩍다는 눈빛을 보였다.

'…정말 그럴까?'

분명 카렌의 대외적 이미지가 책임감이 높고 착실하다는 것이긴 한데, 솔직히 개인적으로는 좀 의문이 든다.

'그런 것치곤 몇 년씩 여왕 노릇 때려치우고 고아원에서 애들이나 돌보고 있었잖아? 정말 카렌 언니가 착실하긴 한 거야?'

*　　　　*　　　　*

이나시우스 교국의 수도, 리자테리움.

밤의 눈동자 최상층에 위치한 여왕의 방에서 카렌은 오랜만에 한가한 시간을 보내고 있었다.

대륙의 정세도 안정이 되었고 켈테론의 즉위식도 무사히 마쳤다. 여전히 할 일은 많지만 적어도 급한 불은 끈 셈이었다.

응당 기뻐해야 할 일이겠지만, 그녀의 표정은 그다지 밝지 않았다.

대륙의 정세가 안정이 되었다는 것은 곧 더 이상 성시한이 테라노어에 머무를 이유가 없다는 의미도 된다.

그가 지구로 돌아갈 날이 가까워지고 있었다.

카렌은 천장을 올려다보며 한숨을 쉬었다.

'지구라……'

솔직히 말하면 그녀도 따라가고 싶었다. 애초에 여왕의 권력이나 교황의 지위 같은 것에는 큰 미련도 없었던 카렌이었다. 자신이 평범한 프린이었다면 고민하지도 않았을 것이다.

하지만 그럼에도 그녀는 여왕이었고, 달의 교황이었다.

'힘이 있는 자는 그에 걸맞은 의무를 행해야 하는 법이지.'

애써 고개를 저으며 카렌이 상념을 떨칠 때였다. 밖에서 견습 프린 한 명이 방문객의 소식을 알렸다.

"교황 성하, 시종장과 하이 프린들께서 찾아오셨습니다."

"들라 하세요."

이내 시종장 시디아를 비롯한 다섯 명의 늙은 프린이 카렌을 찾았다. 방에 들어서자마자 프린 중 한 명이 엄숙한 표정으로 용건을 전했다.

"성하께서 시한 님과 함께 지구로 가주셔야겠습니다."

카렌 입장에선 실로 황당한 용건이었다.

"그게 무슨 말씀인가요, 프린 라팔라드? 전 여신의 첫 번째 종이자 최초의 검입니다. 그런 제가 어찌 책무를 저버릴 수 있겠습니까?"

"책무를 버리라는 의미가 아닙니다, 성하. 오히려 책무를 이행하셔야 한다는 의미입니다."

과장스럽게 고개를 저으며 라팔라드가 말을 이었다.

"누군가는, 혹여 나올지 모를 제2의 광제를 막아야 하니까요."

이들은 알리타의 존재를 걱정하고 있었다.

이제 알리타는 명실공히 현존하는 테라노어 최강의 이계소환술사였다. 루스클란의 비술을 제대로 터득한 지금은 족히 무신급 소드하이어에 필적하는 강자가 되었다.

"더구나 기사급 소드하이어이자, 강력한 마기언이기도 하지요."

"그런 알리타 양이 지구에 다녀온다면 과연 어떻게 되겠습니까?"

초대 황제인 루스클란 대제가 지구에 떨어졌을 때 고작 4층의 마기언 수준이었다. 소드하이어도 아니었고 이계소환술사도 아니었다. 그럼에도 그는 테라노어를 지배하는 절대자가 되었다.

그런데 이미 투기도, 마법도, 이계소환술도 지닌 알리타라면?

"초대 황제는 비교도 되지 않는 괴물이 탄생할지도 모릅니다."

솔직히 성시한이 알리타보다 딱히 무술적, 마법적 재능이 뛰어난 것은 아니다. 같은 조건이라면 그녀는 이계구원자조차 능가하는 초인 중의 초인이 된다!

"그런 그녀가 만약 변심한다면 그 누가 막을 수 있겠습니까?"

"제어책이 있어야 합니다."

"교황의 자리는 다른 사람이 대체할 수 있습니다. 하지만 제2의 광제를 막을 수 있는 이는 오직 카렌 님뿐입니다!"

일월성신의 신성술을 지구에서도 쓸 수 있을지 어떨지는 솔직히 모른다. 다른 세계이니까.

하지만 아무런 힘도 없던 일개 지구인 소년 성시한도 저런 초인이 될 수 있었다. 카렌 정도의 힘과 재능이라면 적어도 알리타보다 못하진 않을 것이다.

프린들의 요구에 카렌은 당황했다.

일단 일리는 있었다. 하지만 너무 비약이 심한 이야기이기도 했다.

"…아무리 그래도 알리타 양이 제2의 광제가 될 리가 없잖아요?"

시디아가 진지하게 말했다.

"이런 말씀을 드리는 건 죄송한 일이지만, 카렌 님은 십 년 전의 릴스타인도 저렇게 변할 거라곤 생각하지 않으셨잖아요?"

카렌의 말문이 막혔다. 맞는 말이었다.

"여신의 종으로서, 테라노어의 신민을 위해서……."

"지구로 가셔야 합니다!"

강요하듯 프린들이 입을 모았다. 잠시 고민하던 카렌이 고개를 끄덕였다.

"여러분들의 말이 옳아요."

그리고 결심을 굳혔다.

"저 역시, 지구로 가야겠군요."

*　　　　*　　　　*

용건을 마친 늙은 프린들이 여왕의 방을 나섰다. 복도를 걸으며 노인들은 서로를 향해 푸근한 미소를 보냈다.

"다행히 카렌 님을 설득할 수 있었구려."

그것은 테라노어의 어두운 미래를 대비했다는 안도감에서 나오는 미소가 아니었다. 그보단 차라리 과년한 딸내미 시집보낸 부모의 웃음에 가까웠다.

"좋은 핑계였소, 프린 라팔라드."

"허허, 저런 이유라면 성하께서도 납득하시겠지요."

"저분은 충분히 세상에 봉사했습니다. 슬슬 자신의 행복을 찾으셔야지요."

이제야말로 카렌도 행복해질 거라 믿으며 프린들은 흐뭇해했다. 물론 여전히 알리타라는 방해물(?)이 있긴 하지만…….

"이계구원자 정도 되는 영웅이 부인이 한 명뿐일 리는 없지 않겠소?"

"정실은 카렌 님이어야 하겠지만 말이오."

"에이, 설마 카렌 님이 그녀에게 밀릴 리는 없겠지."

"두 미녀가 사이좋게 시한 님을 보필하면 참으로 흐뭇한 광경이 아니겠나? 허허."

남녀평등 따윈 진작 내다 버린 대화들이 훈훈하게 오갔다. 이래서 문화의 차이란 참으로 좁히기 힘든 것이다.

한편, 카렌은 방에서 안절부절못하고 있었다.

'지구? 지구라고? 내가 지구로 간다고?'

손가락을 꼬며 패닉에 빠져 시종장 시디아를 돌아본다.

"어쩌지, 시디아? 짐부터 싸놓아야 할까?"

오랫동안 섬겨온 자신의 영웅을 바라보며 시디아는 황당해했다. 원래 알몸으로 왔다가 알몸으로 가는 게 차원 이동 아니었나?

'그런데 무슨 짐을 싸신다는 거야? 어차피 들고 가지도 못하실 텐데.'

*　　　　　*　　　　　*

두 명이었던 지구행 차원 이동자가 세 명으로 늘었다.

만전을 기하기 위해 시한은 차원 이동 술식을 더욱 상세히 파고들었다. 릴스타인이 남긴 기록도 연구하고 4대 상아탑주들의 협조도 받으며 완벽한 술식을 짜기 위해 심혈을 기울였다.

마침내, 성시한의 귀환 날짜가 잡혔다.

*　　　　　*　　　　　*

켈테론 왕궁 서쪽의 한 정원.

화창한 푸른 하늘 아래 켈테론 국왕과 창천기사단 전원, 달의 교단의 고위 프린들과 시디아, 바락과 제논, 디나 등이 모여 있었다. 지구로 돌아가는 성시한을 배웅하기 위해서였다.

인연을 맺은 수많은 이가 바라보는 가운데 성시한과 알리타, 카렌이 한자리로 모였다.

하늘을 힐끔거리며 시한이 중얼거렸다.

"차원 이동이 끝나면 한국의 내 별장 지하실에 도착하게 될 거야."

카렌이 얼굴을 붉히며 재차 확인했다.

"시한, 도착하면 꼭 눈 감아요!"

지구로 도착하는 순간 세 사람은 전부 알몸이 되는 것이다. 성시한은 연신 고개를 끄덕였다.

"걱정 마, 카렌. 절대 눈 안 뜰게."

반면 알리타는 그다지 신경 쓰는 눈치가 아니었다.

"첫 만남 때 이미 서로 못 볼 꼴 다 보였는데 뭘 이제 와서……."

별문제는 없을 것이다. 귀환에 대비해 시한은 미리 별장 지하실에 옷가지도 다 준비해 놓았다. 시간이 오래 지나 먼지는 좀 쌓였겠지만 입는 데 지장은 없다.

"남자 옷이긴 하지만 뭐, 여자들도 못 입을 건 아니니까."

떠나기에 앞서, 성시한이 제논에게 다가갔다. 그리고 허리춤의 장검을 칼집째 건넸다.

"이제 디재스터는 네 것이다, 제논."

한껏 긴장한 얼굴로 제논이 검을 공손히 받았다.

"네, 시한."

디재스터뿐 아니라 마갑 루브레스크 역시 제논에게 물려주었다.

적룡의 망토는 이계 마력로의 부속물로 기능하고 있었기에 시설을 파괴하면서 같이 망가졌지만, 이 두 물품만 해도 테라노어에서 손꼽히는 최강의 아티팩트였다. 창천기사단원들이 부러운 눈으로 제논을 바라보았다.

문득 시한이 씨익 웃었다.

"디재스터와 루브레스크라면 이계구원자 관련 물품 중 최상급이지? 그러니까 이젠 남의 팬티 같은 거 비싼 돈 주고 사지 말라고."

떠나기 직전까지도 놀려먹을 셈인 듯했다. 제논의 표정이 와장창 일그러졌다.

"안 삽니다, 안 사요! 아오, 그놈의 팬티를 내가 왜 구입해서……."

알리타의 블루 레이븐은 디나가 물려받았다.

"블루 레이븐의 기능을 완전히 복원했어. 마기언이 아니더라도 마법 방어 효과를 낼 수 있을 거야, 부디 몸조심해, 디나."

"몸조심하세요, 마스터."

"얘는 참, 이젠 마스터가 아니라고 했잖니?"

"습관이란 게 쉽게 고쳐지지가 않네요, 헤헤."

카렌은 목에서 안티프레이어의 목걸이를 끌러 시디아에게 건넸다. 시디아가 걱정하며 물었다.

"정말 이 목걸이가 없어도 괜찮으시겠어요?"

"심장 재생은 거의 끝났어. 이젠 더 필요 없어."

목걸이를 받아들며 시디아는 울상을 지었다. 카렌이 부드럽게 웃으며 그녀를 달랬다.

"나, 완전히 떠나는 거 아냐. 다시 돌아올 테니까 그런 표정 짓지 마, 시디아."

테라노어인인 카렌과 알리타는 마법만 익히면 언제든 테라노어로 되돌아올 수 있다. 차원문을 열고 지구인인 성시한을 대동하는 것도 가능하다. 예전과 달리, 이제 이들은 마음껏 지구와 테라노어를 오갈 수 있게 되었다.

완전한 이별이 아니다. 언제든 다시 볼 수 있다.

시디아는 애써 웃었다.

"네, 카렌 님."

성시한과 알리타, 카렌이 정원 한복판으로 걸어갔다. 시한이 머리 위로 손을 뻗었다.

"열려라, 이계의 문이여……."

검은 공허, 두 세계를 잇는 차원 통로가 모습을 드러냈다. 성시한은 감회에 젖어 그 광경을 지켜보았다.

복수는 끝났다. 과거의 매듭도 완전히 지었다.

이제 미래로 나아갈 차례였다.

"그럼……."

모두를 향해 그는 작별 인사를 건넸다.

"다들 잘 지내."

어둠이 세 사람을 휘감아 차원 저편으로 쏘아 올렸다.

에필로그

빛과 어둠이 혼돈이 되어 등 뒤로 스쳐 지나간다. 차원 균열
이 세 사람을 뒤덮고 공허를 향해 빠르게 날아든다.

"아차! 실수했다!"

차원의 흐름 속에서 갑자기 성시한이 불길한 외침을 토했다.
카렌과 알리타의 눈이 휘둥그레 커졌다.

"아차?"

"실수라뇨?"

머쓱해하며 시한은 둘의 눈치를 보았다.

"그게, 다른 차원 이동 술식은 세 명분으로 잘 조정해 놓고,
정작 도착 지점 쪽 술식을 생각 못 했는데?"

"잠깐?"

"그럼 어떻게 되는 거예요?"

미처 대답이 나오기도 전에 눈앞이 환하게 밝아졌다.

＊　　　　＊　　　　＊

서울 광화문 사거리 한복판, 세종대왕상이 굽어보는 중앙 공원. 그곳에 절세미녀 두 명과 곱상한 청년이 갑자기 나타났다.

21세기 대한민국에서는 보기 힘든 범상치 않은 이들이었다. 죄다 벌거벗고 있었으니까!

"어머!"

"뭐야, 저 사람들?!"

당연하게도 행인들의 시선이 집중되었다.

"광화문 스트리퍼다!"

"나 저 짤방 본 적 있어!"

"어, 그런데 이번 짤방은 후방주의 버전일세?"

쏟아지는 관심 속에서 나체가 된 카렌이 몸을 가리고 주저앉았다.

"꺄악!"

전혀 상상도 못 해본 일이다 보니 순간 패닉에 빠져 버린 것이다. 반면 알리타는 침착하게 잠형기부터 펼쳤다.

"에휴, 저 인간 하는 일이 그럼 그렇지……."

성시한이 이마를 짚으며 신음을 흘렸다.

"또 이거냐?"

생생하게 기억한다. 알몸으로 세종대왕상을 바라보며 멍하니 주위의 시선을 받고 있던 그 순간을.

숨이 막힐 듯 매캐한 공기, 현기증이 날 정도로 요란한 거리의 소음, 그리고 손에 든 폰으로 촬영하는 사람들.

다른 점이 있다면 그땐 촬영 도구가 폴더폰이었는데, 지금은 스마트폰이 되었다는 정도?

찰칵! 찰칵! 찰칵! 찰칵!

"환장하겠네……."

시한은 이를 바드득 갈았다.

당시엔 정말 공황에 빠져 아무것도 하지 못했다. 하지만 이젠 그도 더 이상 소년이 아니다. 충분한 뻔뻔함을 지닌 어른이 되었다!

절규에 가까운 외침과 함께, 눈부신 빛의 파동이 광화문 사거리 전체를 뒤덮었다.

"두 번은 안 당해! 두 번은!"

＊   ＊   ＊

—오늘의 주요 뉴스입니다.

금일 오후 3시경, 광화문 사거리에서 세종대왕상을 중심으로 반경 400미터 내의 모든 기록 매체가 마비되는 기현상이 일어났습니다.

인근 CCTV 및 자동차 블랙박스, 스마트폰 등 모든 영상 기록이 지워지고 관련자들의 기억마저 모조리 사라졌습니다. 이 알 수 없는 현상에 대해 시민들은 불안에 떨고 있습니다.

과연 무슨 일이 일어났던 것일까요?

정부는 이 사건이 최근 세계 전역에서 벌어진 대규모 행방불명자 출현 현상과 관련이 있다고 보고 특별 조사에 들어갔습니다.

그럼 다음 뉴스입니다…….

『이계진입 리로디드』 완결